U0133389

Gedichte von Stefan George

格奥尔格诗选

（修订版）

［德］施特凡·格奥尔格　著

莫光华　译

华东师范大学出版社

上海

华东师范大学出版社六点分社　策划

目 录

卷五　选自《同盟之星》

8

格奥尔格引论（代译序）①

莫光华

> 他那素朴而幽微的言词，
>
> 透出一股主宰和诱惑力，
>
> 他使空气令人窒息地旋舞
>
> 他能杀伐，却无需接触。
>
> （霍夫曼斯塔尔：《预言家》）②

这个威力巨大的"他"就是施特凡·安东·格奥尔格（Stefan Anton George，1868. 07. 12—1933. 12. 04）。

有人认为，他也许是自歌德以来，诗写得最好的人，也许是自尼采以来，活得最纯洁的人……他太纯洁，他的荣耀在于他的纯洁，他的罪错也在于他的纯洁。③

---

① 本文关于格奥尔格的主要史实出自《格奥尔格：诗人和他的圈子》（B. Zeller，W. Volke，G. Hay u. a.，*Stefan George. Der Dichter und sein Kreis*. Stuttgart：Turmhaus Verlag，1968）。该书是 1968 年在德国举办的"格奥尔格诞辰 100 周年纪念展"资料汇编。本文中的所有引文均为笔者所译。本文的主要部分刊发于《同济大学学报》（哲社版）2005 年第 6 期，此处略有增补和改动，本次修订时亦有增删。

② 转引自《词语缺失处无物存在：纪念格奥尔格》（Manfred Schlösser，*Kein ding sei wo das wort gebricht*. Darmstadt：Agora，1961），第 115 页。

③ 《施特凡·格奥尔格：诗人和他的圈子》第 305 页。为节省篇幅，本文中的外文书名、人名和地名等，首次出现时，在括号里附上原文，后面援引时，只呈现其中文名称。

也有人认为，在德国文学史上，没有哪位诗人像他一样，生前既赢得那样高度的承认和赞扬，又遭到同样程度的拒斥和蔑视；也无人像他一样，自始至终都严格奉行其作为诗人的使命；更无人像他一样，能将那么多才华横溢的青年吸引至自身周围，并作为"大师""引路人"和"先知"受到罕见的崇拜。[①]

一、格奥尔格和格奥尔格圈

格奥尔格生于德国宾根（Bingen）附近的布德斯海姆（Büdesheim）。其父系先祖是法国人，在法国大革命期间，他们迁至德国莱茵兰地区，后来又搬到布德斯海姆，世代经营葡萄种植园，销售葡萄酒。格奥尔格的父亲施特凡·格奥尔格二世（Stephan George II.，1841—1907）起初是旅店主，1873年举家移居宾根，又重操祖辈旧业，做起葡萄和葡萄酒生意并任有公职，虽颇有资产，但并不贪婪。此人性格开朗，具有莱茵兰人知足常乐的性格，虽然他后来曾说"要是我儿子格奥尔格肯和我一起卖葡萄酒，我会更高兴"，[②] 但他对子女的发展基本上是顺其自然。格奥尔格的母亲埃娃（Eva Scmitt，1841—1913），出身富裕农民家庭，没什么文化。据说她笃信宗教、性格粗鲁、待人冷漠、少言寡语，拒绝任何社交来往，甚至从不亲吻自己的孩子，对子女也是放任自流。格奥尔格有一个姐姐奥蒂莉（Anan Ammalia Ot-

---

① 《施特凡·格奥尔格：诗人和他的圈子》第5页。
② 《施特凡·格奥尔格：诗人和他的圈子》第38页。

tilie，1866—1938），性格与其母近似。她终生都为其光荣的诗人弟弟活着，是一位"在他生命的某些阶段给他安慰的庇护者"。[1] 继承父业的是格奥尔格的弟弟巴普蒂斯（Friedrich Johann Baptist，1870—1925）。这三兄妹都没有婚育。

格奥尔格儿童时代就表现出很强的社交能力，例如：他能在和同伴的游玩中说服小伙伴让他一直做国王，其他人作臣仆，而不是按常规，轮流坐庄。格奥尔格的中学时代（1882—1888）在位于达姆施塔特、具有严格人文主义传统的路德维希-格奥尔格-文理中学度过。他后来的挚友克莱因（Karl August Klein，186？—1952）[2]、沃尔夫斯凯（Karl Wolfskehl，1869—1948）、贡多尔夫（Friedrich Gundolf，1880—1931）等人也在该校其他年级。格奥尔格对按部就班的学习兴趣不大，成绩平平，惟独对语言学习情有独钟。他积极参加各种语言课程，并开始阅读当时的世界名著原文。他还和朋友创办了一份"排斥宗教和政治内容"的校园刊物《玫瑰和飞廉》（Rosen und Disteln，1887）。[3]

1888 年，中学毕业的格奥尔格开始漫游欧洲。他先在伦敦呆了半年，受到那里盛行的世界主义思想的影响。当年冬天，他在瑞士。次年早春，他到了意大利北部。5 月，他终于到达人生最重要的一站——巴黎。到巴黎之前，他虽然已经开始写诗，也有过自己的思考和观察，但一直未能找到

---

[1] 1897 年版《心灵之年》的献词。

[2] 生年未详。

[3] 《施特凡·格奥尔格：诗人和他的圈子》第 41 页。

属于自己的艺术道路。经朋友引荐，他结识了法国象征主义大师马拉美和魏尔伦，后来还拜见过罗丹。此外，他还到过荷兰和比利时，认识了荷兰诗人费尔维（Albert Verwey，1865—1937）。回国后，格奥尔格起初在柏林上大学（1889—1891），主修哲学、日耳曼学和法语文学。此间，他与克莱因交好，从此有了一位长期而忠实的朋友。

格奥尔格一生爱过的唯一一个女人，可能是他 1892 年在宾根认识的伊达·科布伦茨（Ida Coblenz，1870—1942）。格奥尔格把她唤作"伊丝"（ISI），并为她写过一些诗。这个女子妖媚迷人、精神饱满，一度是他渴望的"世界"。后来，"伊丝"先是嫁做商人妇，遭受一段不幸的婚姻之后，改嫁自然主义作家戴默尔（Richard Dehmel，1863—1920）。由于厌恶戴默尔，1896 年起，格奥尔格中止了与科布伦茨的联系。

大学中辍的格奥尔格从未寻求也不曾担任过任何借以谋生的社会职位。他既无家室，也无房产，终生过着无拘无束的漫游和寄宿生活，处于一种精神上的"游牧状态"。可以说，无论在艺术和生活上，他都达到了千百年来无数艺术家梦寐以求的那种自由、自治的生活。就此而言，格奥尔格无疑是一个真正意义上特立独行的人，一个与现实生活可以说完全"绝缘"的人。但他又绝非那类怀才不遇、愤世嫉俗、离群索居的诗人。对于格奥尔格，那种"独行独唱独嗟哦"的诗人生活是不可想象的——他最需要、也最不缺少的就是朋友，包括他的崇拜者、追随者和学生。就是这些人组成了格奥尔格的"朋友圈"（Freundeskreis），史称"格奥尔格圈"[①]（George-Kreis）。

其实，所谓"格奥尔格圈"，简言之就是他自己的朋友圈，是他的精神赖以为生的"小社会"，是由络绎不绝的朋友、崇拜者、追随者和学生们自愿以他为核心组成的不止一个的"圈子"（Kreis）。这些圈子带来的种种问题和危机也与他相伴一生。事实上，要理解格奥尔格中学毕业以后的生活和创作，就不可能也不应该不讲格奥尔格圈，因为它对格奥尔格的生活和创作具有决定性的意义，以至于格奥尔格的生活和作品之间那种"不可拆解的交织与融合"关系在德国文学史上"几乎是绝无仅有的"。[②]

大约在格奥尔格漫游欧洲之后，格奥尔格圈就开始形成。起初的一批朋友大都是他的同龄人，是清一色的世界主义者，具有强烈的欧洲意识。在年龄上，格奥尔格圈内的人主要包括三代：他的同龄人，他的下一辈和第三代。在时间上，格奥尔格圈的存在时间大致从1891到1933年。在数量上，格奥尔格圈的核心成员、外围成员，加上一些与格奥尔格有特殊关系的人，前前后后总共不下百人。从职业和身份上看，其主要成员大都是诗人、作家、学者、教授、艺术家。从国籍上看，他们主要来自德国、奥地利、荷兰、波兰、比利时。这些成员在格奥尔格圈内的时间或长或短，有

---

① 人们通常把 George-Kreis 笼统地译成"格奥尔格派"，既成定译，本无大碍，但容易让读者误以为它是一个同"浪漫派"、"现代派"一样的文学流派，遮蔽了这个概念本应透露的更多信息。为行文方便起见，笔者此处直译为"格奥尔格圈"。

② 《格奥尔格诗选》2004 版（*Stefan George. Gedichte*. Stuttgart: Reclam, 2004），第 299 页。

少数人与格奥尔格保持着终生友谊，只有极少数属于核心成员，也有一些成员后来模仿格奥尔格建立了自己的圈子。

格奥尔格的主要活动地点是慕尼黑（约1892年起）、柏林（1896年秋起）和海德堡（1911年起），因为他在这三处分别有一个朋友圈。生活简单、不求奢侈的格奥尔格常常转徙于这三个城市，过着吉普赛人式的浪游生活。

格奥尔格圈没有固定的组织形式，对成员也没有成文的明确要求，他本人就是这个群体的标尺、维护者和评价人。按贡多尔夫的说法：

> 格奥尔格圈既非一个具有确定章程和固定组织及活动形式的秘密社团，也非一个具有教义和仪式规程的宗教派别，更不是一个文学帮派，就算参加了《艺术之页》的编辑和出版工作，也还并不意味着就是格奥尔格圈内的人。[1] 属于格奥尔格圈的是这样一小群人：他们具有共同的精神旨趣和思想，出于对一个伟大人物的崇敬而走到一起；他们追求的是这个人身上体现出来的那种理念，他们愿意通过自己的日常生活和社会贡献为他朴素、客观而严肃地效劳。对格奥尔格圈的一切此外的解释，都是愚蠢的昏话或胡说"。[2]

---

[1] 有资料说"格奥尔格派"是以《艺术之页》为核心聚集的一群文学青年。实际上，《艺术之页》在1919年以后就停刊了，而格奥尔格圈一直到他死后才解体。

[2] 《施特凡·格奥尔格：诗人和他的圈子》第353页。

除了霍夫曼斯塔尔①和里尔克（Rainer Maria Rilke，1875—1926）以外，曾属于格奥尔格圈的重要人物大致有：哲学和心理学家及现代笔迹学奠基人克拉格斯（Ludewig Klages，1872—1956）、作家德尔勒特（Ludwig Derleth，1870—1948）、历史和考古学家舒勒（Alfred Schuler，1865—1923）、作家沃尔夫斯凯、文学批评家贡多尔夫、文学史家和作家沃尔特斯（Friedrich Wolters，1876—1930）、诗人和戏剧家海泽勒（Bernt Heiseler，1875—1928）、学者海林格拉特②、文学史家和作家贝特拉姆（Ernst Bertram，1884—1957）、荷兰诗人费尔维、医生兼作家希尔特布兰特（Kurt Hildebrandt，1881—1966）、犹太作家康托罗维茨（Ernst Kantorowicz，1895—1963）、文学批评家和作家科梅内尔（Max Kommerell，1902—1944）、学者高特海恩③和艺术家莱希特（Melchior Lechter，1865—1937）等等。而与格奥尔格圈有往来的哲学家主要有西美尔（Georg Simmel，1858—1918）、狄尔泰（Wolhelm Dilthey，1833—1911）、韦伯（Max Weber，1881—1961）等人。

---

① 霍夫曼斯塔尔（Hugo von Hofmannstahl，1874—1929），奥地利诗人。格奥尔格 1891 年在维也纳与他相识，一直想得到他的青睐，终以失败和关系破裂告终。

② 海林格拉特（Norbert Hellingrath，1888—1916）：20 世纪荷尔德林研究的奠基人。他把格奥尔格目为自己的"精神导师"，在后者支持下，通过自己的学术实践使被埋没近一个世纪的荷尔德林"重见天日"。参阅《荷尔德林手册》（*Hölderlin-Handbuch*，hrsg. von J. Kreutzer. Stuttgart & Weimar：Verlag J. B. Metzler, 2002），第 422—425 页。

③ 高特海恩（Percy Gothein，1896—1944），曾长期被视为格奥尔格的继承人，后来建立了自己的"圈子"。

有必要单独列出的圈内人物，是后来以刺杀希特勒而闻名于世的施陶芬贝格三兄弟：贝托尔特（Berthold von Stauffenberg，1905—1944）、亚历山大（Alexander von Stauffenberg，1905—1964）和克劳斯（Claus von Stauffenberg，1907—1944）。他们经人介绍先后成为格奥尔格圈的核心成员。①

显然，格奥尔格周围这些人皆非等闲之辈，大都是那个时代名副其实的文化"精英"。另外，引人注目的是，这个圈子中的核心成员全是男性，虽然外围有一些女性——主要是某些男性成员的妻子或女友。

下面简单谈谈对格奥尔格产生过重要影响的几个人。

1891年，格奥尔格和被称为"文学神童"的奥地利诗人霍夫曼施塔尔相遇，随后他们共同创办了唯美主义的纯文学刊物《艺术之页》（Blätter für Kunst，1891—1919）。这份刊物主要刊登格奥尔格自己和朋友们的诗歌、戏剧以及他们翻译的外国文学作品。其出版人一直是克莱因，每期印数在500份以内，仅供圈内人士和少数精英人物阅读。

在格奥尔格的朋友中，对格奥尔格的作品做出最好诠释的，就是霍夫曼斯塔尔。他和格奥尔格的关系是后来的研究者的经常话题。尽管他对格奥尔格的评价多有矛盾之处，但他在死前不久却说，与格奥尔格相遇"使我受益匪浅，就像

---

① 1944年7月20日，格奥尔格的忠实信徒，时任帝国上校参谋的克劳斯·施陶芬贝格刺杀希特勒失败，连同参与其事的哥哥贝托尔特先后纳粹被处决。亚历山大在集中营里躲过劫难，后来成为古代史学家。

一个经过漫长旅程的人，把一个新的国度认作秘密的第二故乡。"①

　　1893 年，舒勒经克拉格斯介绍与格奥尔格相识。此人对秘教仪式很有研究，对格奥尔格和不少人都产生过重要影响。1894 年，"青年风格"（Jugendstil）画家和书籍装帧艺术家莱希特与格奥尔格相识。他很欣赏《艺术之页》的格调，此后便负责格奥尔格作品的装帧设计。他还设计了一种格奥尔格专用的印刷字体，用于出版格奥尔格的作品。

　　格奥尔格与身为犹太作家和翻译家的沃尔夫斯凯过从甚密，他与沃尔夫斯凯夫妇保持了长达 40 多年的书信联系。②研究沃尔夫斯凯的专家，新西兰奥克兰大学的欧洲文学教授沃伊特（Prof. Dr. Friedrich Voit）指出，在沃尔夫斯凯心目中，格奥尔格就是他的"精神祭师"（Priester vom Geiste）③。1898 年，沃尔夫斯凯向格奥尔格引荐了后来成为在魏玛共和国时期享有盛誉的犹太诗人和学者贡多尔夫。贡多尔夫将格奥尔格视为自己的导师和偶像，此后长期都是格奥

---

①　《霍夫曼斯塔尔和格奥尔格》（Jeans Reckmann, *Hugo von Hoffmanstahl und George Stefan*. Tübingen 1997），第 18 页。

②　他们之间的通信，参见《论人与权力：施特凡·格奥尔格与卡尔和汉娜·沃尔夫斯凯书信集（1892—1933）》（*Von Menschen und Mächten. Stefan George, Karl und Hanna Wolfskehl：Der Briefwechsel* 1892—1933，hrsg. von Birgit Wägenbaur und Ute Oelmann. München：C. H. Beck Verlag, 2015）。

③　参见沃伊特："大师崇拜"之诞生——论施特凡·格奥尔格与卡尔和汉娜·沃尔夫斯凯的书信往来"（Friedrich Voit, *Die Entstehung des „ Meister "-Kults. Zum Briefwechsel zwischen Stefan George und Karl und Hanna Wolfskehl*），转引自 https://rotary.de/kultur/die-entstehung-des-meister-kults-a-8399.html [2021 年 8 月 5 日]。

尔格最贴心的人，格奥尔格的许多不可避免的社会事务都是由他代劳。贡多尔夫撰有《格奥尔格》[①] 一书并于 1920 出版，对于格奥尔格圈的精神建构起过关键作用。就是他们三个人决定了世纪之交前后几年的慕尼黑格奥尔格圈的基本特征。他们的大多数活动都在沃尔夫斯凯的"灯泡屋"进行。[②]

除贡多尔夫和科梅内尔之外，沃尔特斯自 1904 年起成为格奥尔格最重要的追随者。同年，克拉格斯和舒勒离开格奥尔格。1906 年，格奥尔格与霍夫曼斯塔尔的友谊破裂。1907 年起，又有一些早期的朋友逐渐疏离。格奥尔格想重塑自己的圈子，希望在"秘密的德国"[③]（Das geheime Deutchland）这一理念指引下，建立一个具有"精神同盟"性质的精英人士圈。于是，沃尔特斯写了《统治与服务》[④] 一书。他把柏拉图意义上的"国家"概念运用于格奥尔格圈的建构。在书中，沃尔特斯基于统治者的精神业绩、为少数人服务和牺牲的意志，发展出一种"精神帝国"观念。贡多尔

---

① Friedrich Gundolf, *George*. Berlin: Georg Bondi, 1920.

② 这间屋里挂着一盏在当时还比较少见、没有灯罩的乳白玻璃灯泡，像太阳一样明亮，在格奥尔格的诗中被称作 Kugelzimmer。

③ 由于克劳斯·施陶芬贝格刺杀希特勒事件的发生，1945 年以后，常常有人把这个"秘密的德国"视为反抗纳粹政权的最有效的抵抗模式。关于"秘密的德国"这一有争议的话题，参阅《秘密的德国：论格奥尔格和格奥尔格圈》（Kahlhans Kluncker, *Das geheime Deutschland: Stefan George und sein Kreis*. Bonn: Bouvier-Verlag, 1985），亦参《秘密的德国：施特凡·格奥尔格与施陶芬贝格兄弟》（Manfred Riedel, *Geheimes Deutschland. Stefan George und die Brüder Stauffenberg*. Köln: Böhlau Verlag, 2006）。

④ Friedrich Wolters, *Herschaft und Dienst*. Berlin: Otto v. Holten, 1909.

夫则开始宣扬"服从和追随"思想并提出了"国家诗"（Staatsgedichte）的概念——按他的理解，格奥尔格的诗集《同盟之星》就是"国家诗"的代表。[①] 这些模糊不清的概念，以及格奥尔格的一些作品（例如《追随者》）本身的歧义性，都为日后某些纳粹分子对格奥尔格及其圈子的"好感"埋下了祸根。

格奥尔格生命中最重要的转折发生在1902年：他与14岁的中学少年马克西米连·科伦贝格（Maximilian Kronberger，1888—1904）在慕尼黑的凯旋门附近相遇。格奥尔格及其朋友把这个少年尊称为"马克西敏"（Maximin）。两年之后，科伦贝格病亡。于是，"马克西敏"连同这段"马克西敏经历"被格奥尔格神化，成为他后半生精神生活的核心。后来，格奥尔格出版了诗集《纪念马克西敏》（Maximin-Ein Gedenkbuch，1907），其中包括科伦贝格的一些作品。

鉴于《艺术之页》只刊登原创作品，1910年，格奥尔格支持贡多尔夫和沃尔特斯等人创办了评论性质的刊物《精神运动年鉴》（Das Jahrbuch für die Geistesbewegung，1910—1912），旨在吸引年轻一代的文学精英尤其是大学生到格奥尔格旗下，共同对抗那个"被神所抛弃、没有英雄、毫无福佑、不再追思伟人、堕落而失去良知"[②] 的时代，该年鉴也只发行500份。

---

① 《施特凡·格奥尔格：诗人和他的圈子》第248页。
② 《施特凡·格奥尔格：诗人和他的圈子》第236页。

我们或许要问，格奥尔格和他的朋友们究竟在一起做什么呢？

除了编辑他们的刊物，他们在一起主要是讨论艺术，举行作品朗诵会，偶尔也有室内化妆聚会。朗诵会主要是格奥尔格朗诵自己的诗歌。只有经过格奥尔格精心挑选的成员才可以参加这些活动。有两次重要的朗诵会值得一提：

第一次（1897 年 11 月 14 日）是在画家雷普休斯夫妇（Sabine Lepsius, 1864—1942；Reinhold Lepsius, 1857—1922）家中。里尔克和西美尔都曾应邀参加。里尔克被格奥尔格朗诵的《心灵之年》里的诗篇深深地震撼了，随后致信格奥尔格，请求让他正式成为他的作品朗诵会听众。[①] 那次朗诵会给里尔克留下了不可磨灭的印象。里尔克后来回忆说："我钦佩施特凡·格奥尔格的诗"，与他的相遇，"成为我最乐于珍藏的记忆。"[②]直到 1924 年他还说："从一开始，《心灵之年》就对我具有重要的意义……而当我在雷普休斯夫妇家中听到诗人自己道说他那些颇具力量的诗行，它们才表现为令人倾倒的东西。"[③]

对于朗诵会的情况，一位当年的听者描述如下：

> ……灯光昏黄，一些名人已经在座，有人压低嗓音交谈……这时一个男子从侧门悄然进来，鞠了一躬，然后开始朗诵，虽然我熟悉其中的大多数诗句，他的莱茵

① 《施特凡·格奥尔格：诗人和他的圈子》第 121 页。
② 《施特凡·格奥尔格：诗人和他的圈子》第 123 页。
③ 《施特凡·格奥尔格：诗人和他的圈子》第 123 页。

兰口音却使人难以立即跟上那些变幻莫测的思绪和形象。可是稍后，人们就感到自己好像受到了催眠术的影响，渐渐被攫入他所发出的魔力之中。最后……他第一次抬起眼来，显出暗淡、发红的眼睑和黑色的、有些僵直、不大的眼瞳。然后他再鞠一躬，便离去了……①

第二次重要的朗诵会也在柏林（1902 年 10 月 22 日），地点是出版商邦迪（George Bondi，1865—1935）家中，可谓盛况空前，共有 80 多位听者，其中也有西美尔——他写过三篇论格奥尔格及其作品的文章（1898、1901、1909）。1919 年圣灵节，格奥尔格召集第一次世界大战劫后余生的圈内成员相聚海德堡，由于不少人在大战中死去，此时的格奥尔格圈内主要是年轻一代的追随者，人数已不足 10 个。此后，格奥尔格周围又逐渐形成第三代追随者。

那么，格奥尔格的魅力和吸引力究竟何在呢？对此，有一位追随者后来回忆说：

格奥尔格有一种独特的、难以模仿、难以描述的行为方式。他跟任何年龄的人都能以相宜的方式交往。他既能以对方的话语方式和行为方式与之交流，同时又总能保持他自己。他总是他所处的环境和每一种情势的主宰者，似乎在他身上，自然和艺术、力量和风格、表达和形式已经熔铸为一个更高的生命统一体……他不仅善

---

① 《施特凡·格奥尔格：诗人和他的圈子》第 143 页。

于理解每一个年龄段的人的特殊问题和困苦，而且能让人深信，这些困苦和问题也正是他自己所面临的。[①]

这至少说明，格奥尔格既有鲜明的个性和行为方式，又非常善解人意、乐于助人，具有独特的亲和力和人格魅力，不乏一代"引路人"的风范。

关于格奥尔格对于追随者们的精神价值，沃尔夫斯凯的夫人汉娜（Hanna）在给友人的信中写道：

在我们的世界，没有什么比跟施特凡在一起更令人安慰的了！他能给予只有上帝才能带给世界的东西——那些属于这世界的东西！如果他不给予我们一种那样的、我们通常无法找到的支撑，我们就会动摇，就会不安。历史上那些伟大的灵魂、预言家和统治者们离我们都太遥远——我们需要这个活着的来代替那些死者！只有这个自身就属于那类伟大者之一的人，才能取代那些人！[②]

格奥尔格生命中的最后三个冬天是在瑞士度过的。一位朋友为他在诺加洛附近的米努西（Minusio）租下了一所僻静的住处。在科梅内尔离开之后，艺术天分极高的雕塑家梅纳特（Frank Mehnert，1909—1943）成为格奥尔格的继承

① 《施特凡·格奥尔格：诗人和他的圈子》第 286 页。
② 《施特凡·格奥尔格：诗人和他的圈子》第 218 页。

人，一直陪伴着格奥尔格。格奥尔格临终时，施陶芬贝格三兄弟都守在病床前。贝托尔特被指定为代位继承人，[①] 克劳斯负责安排后事。

二、格奥尔格的诗

在论及作为诗人的格奥尔格之前，必须特别指出，格奥尔格也是一位优秀的文学翻译家，因为格奥尔格正是"在翻译法语诗歌的过程中"，特别是"通过迻译波德莱尔，找到了自己作为德语诗人的道路。"[②] 同时格奥尔格也精通法语、希腊语、拉丁语，掌握了英、意、西、荷、丹、挪等多国语言。他对外国诗歌可以说一往情深。从中学时代起，他就开始了翻译尝试。18 卷本《格奥尔格全集》（1927—1934）中就有 7 卷译著，包括波德莱尔的《恶之花》（1891）、莎士比亚的《十四行诗》（1909）、但丁的《神曲》（1912）等，这些译文准确而优美，质量很高。

格奥尔格很早就开始写诗。他早年的诗歌 1901 年才整理出版，取名《学步》[③]（Die Fibel），里面的作品比较稚拙。格奥尔格成年后的创作可分成前期（1890—1897）、中期（1898—1913）和后期（1914—1933）三个阶段。前期有

①　梅纳特 1943 年阵亡。贝托尔特死前曾指定他的孪生弟弟亚历山大为继承人。但格奥尔格死后，他的圈子实际上就已解体。

②　参阅《格奥尔格诗选》1983 年版（*Stefan George. Gedichte.* Stuttgart：Klett-Cotta Verlag，1983）"后记"，第 104 页。

③　Fibel：出自拉丁语 fibula，指古人使用的胸针、发卡一类饰物；也出自 Bibel（圣经），指圣经作为幼儿入门读物，后泛指初级阶段的东西。此处根据诗集的习作性质试译为"学步"。

5部诗集。起初的三部诗集《颂歌》（Hymnen，1890）、《朝圣》（Pilgerfahrten，1891）和《阿迦巴尔》[①]（Algabal，1892）主要是在法国象征主义影响下写成的。

随后，格奥尔格开始探索自己作为诗人的道路，这种探索集中体现于第4部诗集《牧歌和赞美诗，传说和歌谣，空中花园[②]》（Die Bücher der Hirten- und Preisgedichte, der Sagen und Sänge und der hängenden Gärten，1895）。从标题上就不难发现，它描述了古代、中世纪和东方这三个伟大的文明世界。作品中的"我"试图为自己探寻精神渊源，追寻可以作为"原型"的生活形态。这种选材使诗人能游刃于巨大的历史空间，多方面尝试使用外来的语言素材，以不同风格寻求新的起点。在这部诗集里，诗人的心灵穿越时空，驰骋于遥远的文化时空，用德国式的目光观照西方古代文明。

对于格奥尔格的发展，这部诗集是一个重要的过渡。

他前期创作的巅峰和成熟的标志，是第五部诗集《心灵之年》（Das Jahr der Seele，内部版1897，正式版1899）。

这部诗集里的作品主要写于1892至1897年间，有一些是献给他的爱人"伊丝"的。作品以吟咏自然为主，同时描

---

① 书名 Agabal 可能出自古代叙利亚地区的太阳神 Elagabal。公元218—222在位的罗马皇帝（Heliogabal，204—222）起初是叙利亚的太阳神 Elagabal 的大祭师，称帝之后，他将此神引入罗马。

② hängende Gärten：直译"悬挂的花园"。据据古希腊作家的记述，在公元前6世纪，新巴比伦的国王尼布甲尼撒二世在巴比伦城为其宠妃修建了位于高台上的花园，用以慰藉其思乡之苦。据说是将花园建在由砖石垒成的多层平台上，平台用数十米高的梁柱支撑，园里栽种各种花木，远观好像是悬在半空中的花园。

述个人对世界的独特体验。与歌德和德国浪漫派处理自然题材时强调主观感受这一传统做法不同，格奥尔格在自然和社会面前，总是保持着冷静而克制的距离。诗集中的作品具有鲜明的形象和严谨的形式。入诗的园林、海滨、河流等自然景物作为表达空间，往往具有欧洲古代哀歌中的景物风格。《心灵之年》是格奥尔格最成功的一部诗集，1897 年由格奥尔格自己的"艺术之页出版社"首次出版，到 1922 年已推出了 12 版，印数达 3 万册。

之所以提到印数，是因为按今天的话来说，格奥尔格一生都是"低调主义者"，始终与他所处的那个"堕落"时代保持距离。故此，格奥尔格前期的作品都由自己刊印，印数极少，[①] 仅供他精心挑选的少数朋友作为内部版传阅，或者由他为他们朗诵。因此，直到 1898 年，格奥尔格的作品都没有走向公众。这时候，他认识了出版商邦迪，从此有了固定的商业性出版社。1899 年，邦迪首次公开出版了诗人此前的全部作品。关于这一时期的作品，上文提到的沃伊特教授认为，格奥尔格最初的几部诗集在 19 世纪末架设了一座从德国通往欧洲象征主义的桥梁，并且对于德国诗歌在世纪之交和随后一段时间的更新做出了重要的贡献。[②]

在这期间，格奥尔格和沃尔夫斯凯着手编选三卷本的

---

① 按《格奥尔格诗选》2004 版第 302 页，前三部诗集分别 100 册，后两部诗集各 200 册；《生命之毯》和《梦与死之歌》300 册。

② 参见沃伊特："大师崇拜"之诞生——论施特凡·格奥尔格与卡尔和汉娜·沃尔夫斯凯的书信往来"，转引自 https：//rotary. de /kul-tur /die-entstehung-des-meister-kults-a-8399. html ［2021 年 8 月 5 日］。

《德国诗选》（Deutsche Dichtung）①。对他的创作而言，这是回顾德意志民族文学传统，从中汲取精神养分的时期。此间，他深深地走进了歌德的世界——古典主义的歌德。同时，作为荷尔德林（Freidrich Hölderlin，1770—1843）的重要"发现者"之一，② 他开始从这位被埋没了将近一个世纪的伟大诗人的作品中寻求养料。事实上，《心灵之年》这一标题就可以看作"对荷尔德林的回响"。③

格奥尔格的第六部诗集是《生命之毯和梦与死之歌》（Der Teppich des Lebens und die Lieder von Traum und Tod mit einem Vorspiel，1900）。它标志着诗人抛弃唯美主义价值观，转向了伦理学价值观。在越来越多的朋友、学生和追随者的拥戴下，格奥尔格开始建立一个理想中的、具有神秘主义色彩的价值世界，逐步强调人之行为的伦理意义。这部诗集的结构非常考究："生命之毯""梦与死之歌"和"引子"三个部分各包含 24 首 4 行一节的诗，总共 96 首。作品

---

① 他们旨在由此呈现一个"德国诗艺之苑囿"，三卷诗集分别收录了让·保尔（Jean Paul，1763—1825）［卷 1］、歌德［卷 2］和歌德时代的其他 12 位诗人的作品［卷 3］，其中包括席勒、荷尔德林、诺瓦利斯、海涅等名家。这三卷诗集在当代德国仍多有再版。

② 关于格奥尔格作为荷尔德林之"发现者"的功绩，笔者已有述及，参见：莫光华，荷尔德林及其创作：从高贵的疯子到存在之创建者，载梁坤主编《新编外国文学史——外国文学名著批评经典》（普通高等教育"十一五"国家级规划教材）第 7 章，北京大学出版社，2009。

③ 荷尔德林对格奥尔格的影响参阅《我们是一个无意义的符号：荷尔德林接受史——从开始到施特凡·格奥尔格》（B. Henning，*Ein Zeichen sind wir，deutungslos. Die Rezeption H. s von Anfang bis zu Stefan George.* Stuttgart：J. B. Metzler，1992），第 115—220 页。

既洋溢着一种适度的古典主义情愫，同时又有超越时代和自身的倾向。

在 20 世纪的第 7 个年头，与前一部诗集恰好相隔 7 年，格奥尔格完成其第 7 部诗集——《第七个环》（Der Siebente Ring，1907）。这部诗集以数字"7"为结构原则：全书共分 7 部，7 个部分环环相扣，核心是由 21 首诗构成的"马克西敏组诗"（Maximin，7 个字母），组诗的前后各有三部分。7 个部分中，每部分包含的诗歌首数均为 7 的倍数。① 这部诗集在结构上看似具有高度的统一性，内容却比较庞杂。里面的诗歌风格各异，质量也不尽整齐。然而，正是这种矛盾性标示出格奥尔格诗歌创作的又一转折：诗人放弃了《生命之毯》中对形式的过份追求，而是承续《心灵之年》的哀歌风格，同时有节制地表达了马克西敏之死带给他的伤痛。

又过了 7 年，格奥尔格出版了《同盟之星》（Der Stern des Bundes，1914）。这是诗人结构最独特的一部诗集，全诗分三部分，每部分各 30 首，另有 9 首引子和 1 首终曲，总共 1000 行。在这部作品里，格奥尔格的"马克西敏体验"才得到最重要的表达。由于格奥尔格把"马克西敏"看作一个新的"神"（Gott），于是他也就成为那个"新神"的代言人，成为"新帝国"的宣告者。此时，"为艺术而艺术"的唯美信条已被抛弃殆尽，预言、法度和教义决定了这部诗集的基调。这些诗的形式不再规整圆润，而是与《第七个环》

① 格奥尔格热爱印第安文化，熟知印第安人的习俗、仪式和魔法世界。他相信"3"和"7"等数字具有特殊力量。参阅《格奥尔格诗选》1983 年版第 107—108 页。

中某些与时代相关的诗行、格言、警句如出一辙，甚至散发出一种秘教味道。这种性质使它成为格奥尔格最难以接近和最不为人理解的诗集。

自《第七个环》以后，人们曾以为，格奥尔格作为诗人的力量已经泯灭。然而，《同盟之星》却又一次充分体现了这种力量。为了克服荷尔德林在 18 世纪初期就已切身体验到的、由欧洲社会大转型带来的严重文化危机，深受尼采影响的格奥尔格试图在小范围内实践其"超人"哲学，建立一个不无神秘主义性质、由一些有贵族精神的文化精英组成的"新同盟"——这应该就是格奥尔格所意指的所谓"同盟"。可是由于第一次世界大战的爆发，《同盟之星》1914 年正式出版后引起了极大的反响和误解，让人以为它是为战争而作。加之这部诗集里部分作品的可阐释空间极大，后来甚至"不幸地"赢得了一些纳粹分子的"青睐"。其实这部诗集本来不是为了发表，而是写给圈内人士的，无奈它生不逢时，或者说，它正逢其时。

14 年以后，格奥尔格的最后一部诗集《新帝国》（Das Neue Reich，1928）不再出单行本，而是直接作为 1927 年开始出版的 18 卷本《格奥尔格全集》的一部分问世。其中的《歌德在意大利》一诗早在 1909 年就已写成。"新帝国"这个后来引起极大误解的书名，按贡多尔夫的解释，有三种含义。其一，此时格奥尔格个人的精神发展，已获得稳定的形式和秩序，正如一个理想的精神帝国。其二，对于这个新的理想国，作为先知的格奥尔格虽能看到，但由于年事已高，他已无力研究和欢呼。如果在《同盟之星》里，他还只能远远地瞻望这个精神帝国，那么此时，他已是在俯瞰它：

同盟是形式，国家是内容。其三，那些感性与伦理力量通过诗人的言说获得表达和检验。"帝国"（Reich）就是指令，是一种规范，一种要求，一种戒条。[①]

结构上，《新帝国》分为 4 部分。第 1 部分吟咏和反思德意志的历史英雄和文化伟人——他们或为德国建功立业，或为德国带来灾难。诗中的战争、罪恶、灾难等，都不是起因于民族、个人或党派，而是象征奔涌撞击、永恒不息的时间和生命之魔力。诗集第 2 部分纵横古今，描绘历史上的拯救者、牺牲者、永恒的引导者、救世主、魔灵、自然强力，或者描述格奥尔格理想世界的法度，充分展演了基督教的、异教的、天上的、冥界的、自然的、秘密的以及公开的等等一切力量。诗集第 3 部分是"致生者的格言"，主要回顾诗人的朋友和追随者们的苦难与命运，特别是第一次世界大战与他们的关系，在一定程度上揭露了战争对他们造成的创伤。在作为结束部分的尾声中，格奥尔格运用德意志民族文学传统里长盛不衰的叙事诗体，从古代文化中采取素材，写作了一些歌谣、短歌，意在召唤人们回顾民族精神的起源，从民族神话和传说吸取精神养分，回到承载着自然之律动和存在之意义的"词语"（Wort）之魔力中。此外，这部诗集里的部分作品也体现了格奥尔格作为教育者的一些思想。

需要特别强调的是，在作为诗人的格奥尔格一生里，与"马克西敏"的相遇是一个具有转折意义的根本经历。后者的死在以后的岁月里逐渐升华为诗人的一种艺术体验，深入

---

① 《施特凡·格奥尔格：诗人和他的圈子》，第 295 页。

其骨血。格奥尔格将"马克西敏"看作一个"新神"的显灵，看作他想象中"新世界"的缔造者。对此，沃尔特斯说过："是格奥尔格的信仰之力诞生了那个神，唯独从它那里，一个新世界才能得到解释"。因此有人认为，格奥尔格的最后三部诗集最难懂，因为它们都是"马克西敏体验"的产物，它包含太多了我们的语言无法承受的东西。[①]

最后，从形式上看，格奥尔格的诗大都句式简短、用词考究（少数作品因而有雕琢之嫌）、结构轻巧、极富韵律感。这与当时方兴未艾、以砸烂传统诗歌为能事的某些现代主义流派的诗学旨趣截然相反。不仅如此，格奥尔格的作品体裁多样，包括十四行诗、叙事谣曲、颂歌、古体诗以及简洁的歌词和自由诗。

三、格奥尔格与他的时代

格奥尔格对于 19、20 世纪之交的德语文学尤其是德语抒情诗发展的重要性，是不容置疑的。通过他自己的创作和他翻译的外国诗歌，特别是法语诗歌，凋敝已久的德国诗坛与当时方兴未艾的欧洲现代主义接上了趟，实现了一次重大的转折。与此相应，他让他的《艺术之页》体现这一转折，而且"从那时起，他就将 1900 年前后唯一能与他并驾齐驱的霍夫曼斯塔尔远远超越"。[②]

---

① 《词语缺失处无物存在：纪念格奥尔格》第 56 页。

② 《格奥尔格：〈第七个环〉及其以后的作品和影响》（Wolfgang Braungart, *Stefan George*：*Werk und Wirkung seit dem „ Siebenten Ring "*. Tübingen：Max Niemeyer Verlag, 2001），第 IX 页。

尽管格奥尔格生前已名声远扬，但就他与现实和公众的距离而言，他一生都过着隐士般的生活，活在他那个深深地镌刻着尼采之烙印的精神王国中。①

1905年，当英、德之间首次面临战争威胁时，两国一些名流试图通过发表公开信的方式制止战争爆发。霍夫曼斯塔尔等人希望格奥尔格在那样一封公开信上署名，但格奥尔格拒绝签名，因为正如后来在1914到1933年那些黑暗岁月中一样，他坚信：只有当人们能够达成一种内心的转向，彻底弃绝对现代社会的所谓"进步"与物质生活的崇拜，并认真思索过，何为真正的生活价值，才能从根本上避免那样的战争。② 可以想象，格奥尔格当时拒绝签名的态度，必定会被视为"主战派"，不管他内心怎样想。即便在今天看来，他那种超前的信念，超前的战争观，他对人们的那种要求，也都是难以实现的。

第一次世界大战爆发后，格奥尔的一些朋友认为他在《同盟之星》里预见的事情实现了，并为此欢欣鼓舞，连里尔克都写出了歌颂战争爆发的《五歌》。③

格奥尔格生前先后受到魏玛共和国和纳粹当局的赞赏，尤其是后者的认同，在二战后几乎就等于一纸"封条"。然

---

① 格奥尔格受尼采影响很大，参阅《尼采对格奥尔格及其圈子的意义》（Frank Weber, *Nieztsche für Stefan George und seinen Kreis.* Frankfurt am Main：Peter Lang, 1989）。

② 《霍夫曼斯塔尔的格奥尔格形象》（Karl Schefold, *Hoff-mannstahls Bild von George Stefan.* Basel：Schwabe, 1998），第9页。

③ 《里尔克诗选》，绿原译，人民文学出版社1996，第3页，第619页。

而诗人自己却只是被动地与当时的德国官方发生过为数不多的几次"联系":

1927年,歌德的故乡法兰克福市决定将首届"歌德奖"(Goethe-Preis)[①] 授予格奥尔格,因为评委们认为:

> 格奥尔格作为诗人、教育者、领路人和人,在迷惘混乱的时代,为我们维护了歌德、诺瓦利斯和荷尔德林的语言精神,并以自己新的形式证明了诗的永恒意义。他在对词语之精神职分的信仰中,意识到超越于被描绘的事物之上的美,并且通过筛选、节制和音律,把世界的素材转化为世界的精神。作为一个先知,他洞悉了事物幽暗而光辉的秘密,并温柔地借助具体的词语,同时也以丰富的表情,以歌吟的语言将它表达出来……在这个时代,他无出其右地守护了诗人的歌德式的尊严。[②]

客观地讲,这段话对于格奥尔格作为诗人的功绩之评价,就当时德语诗坛的实况而言,当不为过。但格奥尔格没去领奖。

1928年,格奥尔格60大寿,魏玛共和国总统兴登堡(Paul von Hindenburg,1847—1934)亲自写信表示祝贺。格奥尔格仅仅写了寥寥数语的致谢函回应。他之所以觉得有

---

① 1926年设立,在每年的歌德诞辰日颁发。
② 《施特凡·格奥尔格:诗人和他的圈子》第307页。

必要回信，是因为到那时为止，兴登堡是唯一的一位出现在他诗中的当代人物。[①]

不久以后，希特勒及其党羽开始发挥影响。据希尔特布兰德的记述，对于希特勒的"国家社会主义党"即纳粹党，格奥尔格曾建议他圈内的人，不要支持也不要反对，也不要无视国家社会主义具有的某些积极因素。到后来，格奥尔格坚决反对纳粹主义；可是对于纳粹分子迫害犹太人的做法，他的态度不太明朗。[②]

纳粹1933年初攫取德国政权之后，第三帝国的文化当局企图把格奥尔格奉为"民族诗人"，借此将格奥尔格纳入他们的阵营，因为他们已经觉察到，这位诗人后期的作品对于当时的青年和参加过一战的士兵有着怎样的影响。

于是，在格奥尔格65岁生日时，纳粹媒体纷纷祝贺和赞扬格奥尔格这位"新帝国的诗人"。时任帝国宣传部长和帝国文化局主席的戈培尔博士（Pual Joseoph Goebbels，1897—1945）就是格奥尔格的忠实追随者贡多尔夫的学生，他借机向格奥尔格这位"师爷"表示了生日祝贺，称他为"诗人和先知、词语大师、善良的德国人"。[③] 当时甚至还设立了一个"施特凡·格奥尔格奖"（由于格奥尔格的不合作态度，不久就被改名）。

---

① 参阅本书卷6《新帝国》里《战争》一诗。

② 《青年格奥尔格》（Manfred Durzak, *Der junge George. Kunsttheorie und Dichtung*. München: Wilhelm Fink Verlag, 1968），第10页注9。

③ 原文刊载于1933年7月13日的《德意志汇报》，转引自《施特凡·格奥尔格：诗人和他的圈子》第309页。

虽然厌恶政治的格奥尔格从没做出过任何归顺纳粹政权的表示，也拒绝与他们发生任何形式的关系，纳粹文化当局却让人传话，请格奥尔格去帝国诗人协会（Dichterakademie）担任"主席"之类的职务。格奥尔格的回答是：他不想接受任何职位，即使是名誉上的，更不愿获取任何薪俸。他还自豪地宣布，"半个世纪以来，他无须任何协会也能一直得心应手地治理着德国的诗歌和德国的精神"。[1]

为了与纳粹当局保持距离，格奥尔格随后避走瑞士最南部的提契诺（Tessin）。但这一举动不一定完全表明他拒绝整个纳粹政权。这件事，后来被一些人，当然主要是他的追随者们，包括施陶芬贝格兄弟，解释为一种无声的抵抗行为。[2] 格奥尔格死后，纳粹文化当局的一位官员（传说是戈培尔本人）以官方名义发去了唁电并刊登于当时的媒体。而格奥尔格本人生前从未向纳粹官员写过书信。

尽管如此，上述情况已足以让后人对格奥尔格与第三帝国的关系产生各种猜测和误解。

1933 年以后，第三帝国的媒体不再提及格奥尔格。有人认为，这恰好是对格奥尔格与纳粹帝国之关系的一种最好的反面佐证，是对格奥尔格那种"无声抗议和拒斥"的佐证！[3]

最后，我们不妨来看看格奥尔格的同时代人是如何评价他的。

---

① 《施特凡·格奥尔格：诗人和他的圈子》，第 307 页。
② 《格奥尔格诗选》2004 年版，第 306 页。
③ 《青年格奥尔格》第 7 页。

1928 年，为庆祝格奥尔格 60 大寿，当时的著名诗人、作家、出版家、艺术家和政客纷纷谈论格奥尔格对自己精神发展的影响。此处不妨摘引几段。

对格奥尔格最具代表性的拒斥出自当时正在积极学习马克思主义的布莱希特（Bertolt Brecht，1898—1956），他毫不留情地挖苦道：

> 这个诗人属于这样一类现象——他们由于自己在一个恰好被他们视为毫无光彩的时代与世隔绝地活着，并与这世界对立……恰好是他们的精英意识和统治欲使他们将自己孤立起来。我个人不会批评格奥尔格的诗，说它显得空洞无物——因为对于空洞的东西，我向来无话可说。至于它的形式，则显得太沾沾自喜，它的外表毫不重要，而且是偶然的，纯属滑稽。他脑子里大约塞进了不少书，这些书可能也只是具有规规矩矩的形式。而他所交往的，都是些靠养老金过活的人。他看起来像个游手好闲、无所事事之徒……① (1928)

可想而知，对布莱希特这样一个彻底的现实主义者和深谙无产阶级之疾苦的作家而言，格奥尔格之类的诗人确实无异于对现实无补的"多余的人"。不难想见，以布莱希特后来的身份和显赫的声名，他这一番其实不无道理的评论，会对无产阶级阵营或社会主义国家的格奥尔格接受有着怎样的

---

① 《词语缺失处无物存在：纪念格奥尔格》，第 125 页。

影响。

可是后来自杀身亡的克劳斯·曼（Klaus Mann，1906—1949）的评语则截然相反：

> 格奥尔格向我们证明，即便在世纪之交的德国，诗人也是可能的，他在这个混乱的时代发出警告、呼吁、预言并且影响人，对于1914年牺牲的那一代人，他就是那个荷尔德林式的德国最纯洁、最可爱的代表。那一代人相信自己是为理想的德国而死，其实却在党派的谎言中倒下……对于我们这些在崩溃的世界中成长起来的一代人而言，正是格奥尔格使我们得以与往昔伟大而有教养的世界那些价值观和传统保持联系。他通过警醒我们不要失去根源，也通过他的作品，预示我们面前的命运，他就是路标和领路人，他引领人通向一个有着更纯洁的光，有着更严谨的幸福之未来。[①]（1928）

克劳斯·曼的这段评论可以说代表了他那一代人的真实感受，但恰好在对待战争的态度上，这番话却可能为格奥尔格的形象罩上了一道阴影：似乎就是格奥尔格将那一代青年人送去当了"炮灰"。

此外，对于格奥尔格的文学语言，奥地利作家茨威格（Stefan Zweig，1881—1942）表达了由衷的敬意：

---

① 《施特凡·格奥尔格：诗人和他的圈子》第304—305页。

凡是想要对于共建语言大厦有所作为的人，都无法绕开施特凡·格奥尔格，纵然是那些刻意不同于他的人……在当代德语诗人中，我对于 S. 格奥尔格笔下精炼的形象所产生的钦敬，超过了任何其他人。[1]（1928）

对于格奥尔格作为一种精神现象的独特性，诗人贝恩（Gottfried Benn，1886—1956）1933 年也发表了一番颇有见地的感慨：

格奥尔格是德国精神史上曾经有过的最流畅而又光辉四射的现象……只要想一想尼采和荷尔德林，想一想他们历经了多少毁灭，克服了多少难以言说的痛苦，才写成那些语句；想一想他们那些图像，是穿透了多少阴影，才得以最终呈现……在格奥尔格那里，一切却都来得温柔、明晰，具有阿波罗精神，一切都显得那么井然有序——单是这一点，在德国就已经是一个令人无比惊奇的现象……这就是格奥尔格，我们不会忽视这种独特性，可恰好就是它，它向我们澄清并且意味着我们的全部未来：这种形式意志，这种新的形式感，这不是唯美主义，不是唯理智主义，不是形式主义，而是一种至高的信仰：要么相信，真有一个精神性的世界图像，它超越于自然和历史；要么根本就没有那样的东西，

---

[1] 《词语缺失处无物存在：纪念格奥尔格》，第124页。

从而克莱斯特、荷尔德林、尼采作出的牺牲就是徒劳无益的。①

贝恩把格奥尔格与克莱斯特、荷尔德林、尼采等德国文学和精神史上堪称最纯洁的三个代表相提并论，肯定了格奥尔格的艺术追求、思想境界和精神生活之高卓不俗。

对于这一点，奥地利作家穆齐尔（Robert Musil，1880—1942）1923年就已指出，格奥尔格"具有新的重要性……不要忘了，他是唯一真正实现了艺术自治的人。"②

至于格奥尔格圈内的人对他的评价，不言而喻大都带着无比的崇敬之情，同时也给他罩上了一层神秘的面纱，此处不单独引述。

四、格奥尔格的影响和研究现状③

熟悉德国文学和文化的读者或许都知道，里尔克、霍夫曼斯塔尔、特拉克尔（Georg Trakl，1887—1914）、贝恩、海森布特（Helmut Heissenbüttel，1921—1996）、托马斯·克林（Thomas Kling，1957—2005）等德语文学史上的重要诗人和作家都与施特凡·格奥尔格密切相关；一些著名哲学家如本雅明（Walter Benjami，1892—1940）、海德格尔（Martin Heidegger，1889—1976）、伽达默尔（Hans-Georg

---

① 《词语缺失处无物存在：纪念格奥尔格》，第127页。
② 《词语缺失处无物存在：纪念格奥尔格》，第127页。
③ 笔者此处仅就有限的资料对有关情况略作介绍。

Gadamer，1900—2002）、布洛赫（Ernst Bloch，1885—1977），还有音乐家①勋伯格（Arnold Schönberg，1874—1951）、里姆（Wolfgang Michael Rihm，1952—）等人都曾在精神上受惠于格奥尔格。

虽然总的来说，1945 年以后，格奥尔格并没有被人遗忘，但是在那之前，他已开始陷入各种误解之"迷雾"。正如 1961 年再版的一部格奥尔格论文集编者在前言里所写的那样：

> 从本书的再版可以看出，人们对这位一度被遗忘的诗人之兴趣不仅存在，而且还在继续增长。他之所以被里尔克、特拉克尔和霍夫曼斯塔尔的光辉遮蔽，不是因为他对我们说得不多，意义不大，而是我们至今仍未将他从——他那些毫无保留的崇拜者们为他罩上的——一层厚厚的坚冰里，通过相应的阐释解放出来。同时，仍然有人用一种模糊不清、似是而非的看法，把他的诗歌跟纳粹主义的某些劣迹扯上精神联系。甚至还有一些别有用心的崇拜者仍然在往他的祭坛里投掷香火，为了假他之名呈现自己的形象。②

可以说，从 1933 年死后直至 20 世纪 90 年代初，格

---

① 格奥尔格可能是自海涅以后作品被谱曲最多的德语诗人：从 19 世纪末至今，为格奥尔格的诗配乐的作曲家有 10 多位，入乐的诗近 50 首。

② 《词语缺失处无物存在：纪念格奥尔格》，第 7 页。

奥尔格都被封闭在那样的"坚冰"里。在上个世纪70年代中期，一位学者高度评价了格奥尔格作为诗人的地位，同时又根据当时的情况断言："格奥尔格在二十世纪不可能复兴"。[①] 到了80年代，更有人确认，"在德国，在这个国家，人们如今已彻底放弃——哪怕仅仅是追求一下——精神文化。因此，施特凡·格奥尔格已被忘却。"[②]

时至今日，德国人对于格奥尔格的诗，尽管"存在着广泛得令人惊奇的认同"，以至于"在任何一部严肃的德国抒情诗集中，格奥尔格都不可或缺"，然而人们对格奥尔格也一直抱着一种"普遍的回避和畏惧态度"。[③] 笔者认为，这一现象首先不能不说与格奥尔格跟纳粹德国之间那些如今显得说不清、道不明的"瓜葛"不无关系。毕竟纳粹分子给世人造成的精神创痛，不是在一两代人之内就可以完全愈合的——后人"爱屋及乌"，凡是纳粹分子推崇过或是喜欢过的一切，无不成为"禁区"，这也是可以理解的。如是观之，格奥尔格本人的悲剧大概就在于，他当时未能认识到也未曾预见他自己的作品可能已经并且将要产生的那种具有导向性的实际影响，而且这种影响事实上恰好又发生在诗人自己及其追随者都相信它不可能、不应该、不可以发生的时候。

---

① 《施特凡·格奥尔格——不问政治的人的政治》（Klaus Lan-fried, *Stefan George - Politik des Unpolitischen*. Heidelberg：Stiehm，1975），第15页。

② 《格奥尔格诗选》1983年版"后记"，第124页。

③ 《格奥尔格诗选》2004年版"后记"，第299—300页。

尽管如此，一个值得注意的现象是，自 1990 年代以来，不少德国学者开始关注格奥尔格——他的诗、他的圈子、他的广泛影响，并且有越来越多的研究成果问世。与此相应，从 1992 年起，德国杜塞尔多夫的海涅大学设立了每两年颁发一次的"施特凡·格奥尔格翻译奖"（Stefan George-Preis），专门奖掖将法语文学译成德语的优秀青年译者。1974 年成立的"格奥尔格纪念馆促进会"（Gesellschaft zur Förderung der Stefan-George Gedenkstätte）1994 年正式更名为"格奥尔格学会"（Stefan-George-Gesellschaft），它每年召开一次国际格奥尔格研讨会。该学会和"格奥尔格基金会"（Stefan-George-Stiftung）① 从 1996 年起合作出版两年一卷的《格奥尔格年鉴》（George-Jahrbuch）。此外，"格奥尔格博物馆"（Das Stefan-George-Museum）也常年开放。

有必要指出，世界上至今仍有一批诗人、学者、艺术家以格奥尔格的"精神遗产继承人"身份在活动。他们以位于荷兰阿姆斯特丹的"卡斯特鲁-佩莱格里尼"基金会（Stiftung Castrum Peregrini）为依托，事实上是一个以基金会形式存续的"格奥尔格圈"，拥有一份自己的以文学、艺术和精神史为内容的刊物《卡斯特鲁-佩莱格里尼》（1951 年创刊）和同名出版社——主要出版关于格奥尔格及其圈子的研究成果。该出版社自称以"对抗时代精神"为宗旨，其刊物

---

① 关于该基金会的情况参见《格奥尔格基金会 50 年：1959—2009》（Christoph Perels［Hrsg.］, *Fünfzig Jahre Stefan George Stiftung*. 1959—2009. Berlin & New York：Walter de Gruyter，2009）。

"秉承了施特凡·格奥尔格的传统"。①

在中国，多数读者对诗人施特凡·格奥尔格知之不多。部分读者首先是从海德格尔讨论语言与存在之关系的书中获知这位诗人的名字的，因为海德格尔为了阐释其存在哲学，先后选取了荷尔德林②和格奥尔格这两位他认为最具代表性的德语诗人的作品作为样本来"解剖"。

1957 年底，海德格尔在弗莱堡大学作了题为《语言的本质》的演讲，1958 年 5 月做了题为《思与诗：论格奥尔格的〈词语〉》的演讲。③ 这两个演讲对于理解海德格尔对语言与存在之关系的思考具有重要意义。对于《词语》（Das Wort）这首诗，迦达默尔曾经写道："格奥尔格以其杰出的语言掌控力——不同于他的某些诠释者——探寻命运之边界，于是将诗人的使命变成了一种受苦。'词语缺失处无物存在'——这是他在一首诗中对那样的临界体验的最深刻表达。可惜许多阐

---

① 卡斯特鲁-佩莱格里尼基金会的创始人之一是克莱因。该刊物与格奥尔格的关系，参阅《秘密的德国：关于格奥尔格和格奥尔格圈》第 135—156 页"格奥尔格传统与卡斯特鲁-佩莱格里尼"。

根据最新消息，2007 年起，卡斯特鲁-佩莱格里尼基金会的新任管理层已将该组织与此前的格奥尔格崇拜划清了界限。德国女记者恩克（Julia Encke，1971— ）2018 年采访该组织时，其工作人员甚至断然否认了他们与格奥尔格的关系，说是在当代阅读格奥尔格已经不合时宜，虽然他们背后窗台上就有诗人的塑像，参见 https：//de. wikipedia. org / wiki /Castrum _ Peregrini [2021. 08. 05]。

② 参阅孙周兴译：《荷尔德林诗的阐释》，北京：商务印书馆 2000。

③ 参阅孙周兴译：《在通向语言的途中》，北京：商务印书馆 1997。

释者却对此视而不见，因为那与他们心目中的大师形象不相符。"① 由此可知格奥尔格及其作品何以被曲解。

1970 年由温克勒编撰的一部格奥尔格文献目录，② 著录了到那时为止关于诗人生平、著作和相关研究的各种德语文献，它仅有 80 多页，证明格奥尔格研究成果当时确实稀少。

2006 年，里德尔（Manfred Riedel，1936—2009）出版了《秘密的德国：施特凡·格奥尔格与施陶芬贝格兄弟》，以严谨的学术态度重新考察了那段颇有争议的晦暗历史。作者认为，尽管施陶芬伯格兄弟的英雄行为是在格奥尔格死后 10 多年才发生的，但是诗人生前对他们的影响具有决定意义，在格奥尔格身上，施陶芬贝格兄弟找到了他们精神上的"恩主"（Musaget），他作为"一个令人尊崇的灵魂向导……使他们对于纳粹帝国元首的崇拜产生了免疫力"③。但该书并未引起普通读者的关注。凑巧的是，由美国著名影星汤姆·克鲁斯（Tom Cruise）主演的电影《刺杀希特勒》④

---

① 转引自《细微而鲜明的差异：海德格尔与格奥尔格》（F. W. Hermann, *Die zarte aber helle Differenz*：*Heidegger und George*. Frankfurt /Main 1999）的"前言"，原文载于伽达默尔《美学与诗学》（Hans-Georg Gadamer. *Gesammelte Werke 9. Ästhetik Und Poetik II*. Tübingen：Siebeck，1993）。

② Michael Winkler. *Stefan George*. Stuttgart：J. B. Metzler，1970.

③ Manfred Riedel，*Geheimes Deutschland. Stefan George und die Brüder Stauffenberg*. Köln：Böhlau，2006，第 186 页。

④ 影片《行动目标希特勒》于 2008 年 12 月 25 日在美国上映，2009 年 2 月 25 日在中国上映，再现了以施陶芬贝格等纳粹军官于 1944 年 7 月 20 日刺杀希特勒未遂而功败垂成的重大历史事件。

2007 年夏天开始拍摄，德国的媒体纷纷报道，引发了德国民众的强烈兴趣，加之同年问世的一部厚达 800 多页的传记《施特凡·格奥尔格：魅力之发现》① 的助推，格奥尔格本人及其对施陶芬贝格兄弟乃至对纳粹帝国命运的影响，一时间成了人们纷纷议论的话题。这部传记的作者卡尔劳夫（Thomas Karlauf，1955—）早年曾进入阿姆斯特丹那个以"卡斯特鲁-佩莱格里尼"为名存续的"格奥尔格圈"，且在该组织所在的楼宇内生活工作了十来年，对格奥尔格的精神遗产和艺术旨趣深有感触。他的传记分为三部分，标题分别为"崛起（1868—1898）""使命（1899—1914）"和"撤退（1918—1933）"，对诗人的一生进行了全面细致的刻画，有助于我们充分认识格奥尔格其人其作及其精神历程。

马尔巴赫德国文学档案馆在学界享有盛誉。2010 年，其馆长劳尔夫（Ulrich Raulff，1950—）完成了一部 500 多页的力作《没有了主人的圈子：活在生者记忆中的施特凡·格奥尔格》②，收获了学界的盛赞。劳尔夫基于对历史文献和档案的深度发掘，讲述了在格奥尔格死后，那个充满杰出人物的独特圈子的后续故事：它在慢慢瓦解的过程中，形成各种联盟并滋生敌意，围绕对大师的解释权和忠诚而斗争。这个过程中从 1933 年直至 1968 年，几乎是以偶然的方式展开了一段最不寻常的影响史、思想史和使徒史。事实表明，

---

① Thomas Karlauf, *Stefan George：Die Entdeckung des Charisma*. München：Karl Blessing，2007.

② Ulrich Raulff, *Kreis ohne Meister：Stefan Georges Nachleben. Eine abgründige Geschichte*. München：C. H. Beck，2010.

那些深受格奥尔格影响的精英所构成的网络对于德意志联邦共和国的早期历史有过特定的影响。德国社会学家布罗伊（Stefan Breuer，1948—）读了该书之后也深感，20世纪的德国思想史可能再也离不开施特凡·格奥尔格了，但他同时也认为，该书还是没有彻底揭开格奥尔格圈的神秘面纱。①

2012年，德古意特出版社推出了共约1868页的三卷本《格奥尔格手册：格奥尔格及其圈子》。② 该手册全面介绍了格奥尔格的生平和创作，以及格奥尔格圈的内部和外部关系，首次为人们提供了相关学术研究成果的一部可靠汇编。该书对大量的历史证据进行了科学的评估，全书内容具有鲜明的跨学科性质，涉及到文学和社会科学、政治科学和历史学以及艺术和科学史。书中首次呈现了曾经出现在格奥尔格周围的人物、联盟和圈子的完整图谱。简言之，该手册包含了人们可能希望了解的关于格奥尔格及其圈子的一切信息。同时相关研究所达到的进展，也可望成为未来对诗人及其圈子进行再研究的起点和契机。

至此为止，或许我们可以说，作为艺术家，作为历史和文化人物，作为学术研究对象，格奥尔格在当代德国实际上

---

① 有关论述原载于2009年10月13日的《南德意志报》和2009年10月12日的《新苏黎世报》，此处转引自 https：//www. perlentaucher. de /buch /ulrich-raulff /kreis-ohne-meister. html ［2021年8月6日］。

② *Stefan George und sein Kreis. Ein Handbuch*（3 Bände）. Hrsg. von Achim Aurnhammer, Wolfgang Braungart, Stefan Breuer and Ute Oelmann. Berlin：De Gruyter 2012.

还是受到了认真的对待和高度关注，因为正如康德和黑格尔、歌德和席勒、巴赫和贝多芬等无数德意志历史文化人物，格奥尔格如今也有了自己的档案馆、博物馆、学会、基金会、年鉴和手册，有一批学者致力于研究、纪念、维护和传承格奥尔格的精神文化遗产，这一切既是一份难得却迟到的哀荣，也充分证明了他经久不衰的影响和魅力。

关于中译本

此译本据以下德文版译出：Stefan George. Gedichte，Stuttgart：Klett-Cotta 1983；Stefan Gerorge. Werke. 2Bd. München：Dtv 2000；Stefan George. Gedichte. Stuttgart：Reclam 2004。

译者深感格奥尔格的作品不易理解，霍夫曼斯塔尔谈到格奥尔格的《牧歌和赞美诗》时曾说："我们永难进入这些诗的内部，然而能在它们周围逛一逛，并不时窥见一些他的创造物——这就是一种难得而高妙的快乐。"[①] 其实这也适用于格奥尔格的全部作品。

格奥尔格很少写散文，仅在 1903 年出版了一本薄薄的散文集《日子和作为》（Tage und Taten）。这些文字风格隽永、热情而真诚、意蕴幽远，与其说是散文，不如说是无韵的诗。从这些随笔性的文字中可以看出，格奥尔格十分热爱自己的故土。但他说过，这些随兴而成的篇什不属他那些"圣书"之列。[②] 为了让读者对这位诗人多点了解，此处选了一部分这样的文字，由刘娜娜女士翻译，笔者校勘。

格奥尔格作为一个极其"另类"的诗人，一直被重重迷雾遮罩着，为有助于读者了解诗人及其作品，笔者选译了

[①] 《格奥尔格诗选》2004 年版"后记"第 306 页。
[②] 《施特凡·格奥尔格：诗人和他的圈子》第 50 页。

《是诗人，还是预言家?》和《克莱特论格奥尔格》两篇文章，尤其是后者对格奥尔格的理解和评论既有深度，也有高度，既能深入诗人的内心世界，又能拉开距离看问题，值得一读。此外，笔者节选了两篇近年写成的格奥尔格研究论文，由何晓玲女士译出。

有必要说明的是，作为"诗选"，本应选其精粹，而不以时间为序，但考虑到国内读者首次接触格奥尔格，为让读者对这位诗人的作品有一个历时的概览，译者没有按"精选"方式安排篇目，而是尽可能选译了诗人各个时期的主要作品。另外，在格奥尔格的作品中，名词首字母都没有按德语正字法的规定采用大写，逗号皆以近似于汉语中的分隔符（·）替代。译者觉得不必再现这些在德语中才具有形式"标新"意义的细节。

译本原文主要依据德国克莱特-科塔出版社1983年版的《格奥尔格诗选》和2000年版的两卷本《格奥尔格作品集》。译者2004年春到魏玛研修时，偶然对时任国际歌德学会主席兼"歌德-席勒档案馆"馆长戈尔茨博士（Dr. phil. habil. Jochen Golz）和学会办公室主任佩特拉·奥伯豪泽博士（Dr. Petra Oberhauser）谈及此事，他们对我的翻译计划十分支持，欣然为我找来当年刚刚出版的雷克拉姆注释版《格奥尔格诗选》，以便我能更好地理解格奥尔格这位"歌德的崇拜者"。为此，译者向他们遥致谢意。

借此机会，我也要衷心感谢我的老师林克教授多年来对我的提携和对此译本的关注，同时感谢倪为国先生对此译事的高度重视。诗人楚尘曾一度推动此事的进展，我亦在此向他表示真诚的谢意。最后，我尤其要感谢我的导师杨武能教授，没有他的引荐，我难能及时前往"歌德之城"魏玛搜集有关资料。

译本中的错误、疏漏和其他不当之处，恳请读者和专家们指正。

译者

2006 年 6 月，重庆川外村

卷一　早期诗选①

序 诗^①

就是那些漫长的时刻

每一刻都恍若经年

常春藤缠绕它

纯洁晶莹的甘露滋养它。

这是孩提的呢喃

他在试练他的笛管。

悄然应和的

是灌丛河流与风的合唱。

这是初次的哀怨

因最亮的梦作为言词只会欺瞒

旷远而自豪的追逐

会因束缚而孱弱迷惘。

这正是早期的酝酿

艰苦的劳役，暗昧的渴望

技巧匮乏而平庸。

恰似缪斯女神^②

只敢默然怯怯地昂首

---

① 原题 Geleitverse，诗人将这首诗放在自己第一部诗集《学步》（1901年初版）的卷首，作为序诗，它可能写作于1900—1901年之间，生动呈现了初学者的心态。

② 原文 Kamöne：古代神话中的山林女神、水妖、缪斯。

畏葸于诸多异域的音调
听见那些自己的声音……
宛如酸涩的葡萄
只能渐然芬芳而佳美。
宛如从暗夜的林间振翅
云雀羞赧地跃入朝晖。

十一月的玫瑰①

告诉我，你这苍白的玫瑰

为何还留驻这阴郁的地位？

秋天俯伏于时序之机枢

群山披覆十一月的浓雾。

苍白的玫瑰你竟孤身留滞？

你同伴和姊妹中的最后者

也已凋零萎散于昨日的尘泥

安然葬埋在母亲的怀里……

噢，请勿警醒我速速辞行！

我还要在此稍待片时。

我伫立于一位少年的坟茔：

他曾满怀热望和欣喜

竟何以又何故夭亡？愿神知之！

在我凋零和谢世以先

我要将他这新坟妆扮

就在追思日。②

───────────

① 作于 1888—1889 年。

② 原文 totentag，当属诗人的自造词，根据上下文，当指西方教会纪念已故教徒的"追思日"（万灵节），据说是十月底或十一月二日。

在画廊①

在这色彩之世界，我决意

从日常的尘埃中解放自己。

我进去。你走过，我乍看②

你额头彰显高深的知识

深刻的判断透出你双眼。

怀着何等的欲求，我多想

伴随你漫步宽阔的殿堂

无知地蔑视众人的嘲笑

迟钝的目光和空洞的言辞。

我好想用诸多形式建造

一面唯一的精粹之墙……

噢，你为何要走？你不认识我。

我四下游荡，却无能力受用……

从周遭泼洒的

肉身和蓝与绿中

我寻不见你的颜容。

---

① 作于 1889 年。
② 原文 Du gehst die...，"你"是女性。

6

仪　式

奔向河流！那里有芦苇修长
在和风中骄傲地挥舞旗旌
以抵御年轻水波献媚的合唱
朝岸边的沼泽亲昵地挺进。

在草地上小憩，你应迷醉于
浓郁的原香，无思想者搅扰。
便有陌异的气息弥散四处。
有凝望的眼眸期待着应许。

你可看见树丛律动、枝叶颤栗
在闪着幽辉的光滑水面
薄薄的雾墙正裂成碎片？
可听见精灵之歌伴随精灵之舞？

透过参差的枝桠已然呈现
福佑的原野和繁星般的都会
旧的名姓丧失于飞逝的时间
而空间与此在也仅存于图像。

此时你已成熟，此时女主宰[①]

———————

　　① 　原文 Herrin，女性的主宰者，女主人，女王。

翩然降临，裹着月色之纱幕
她半启梦一样沉重的眼帘
俯身向你，完成那个赐福：

她嘴颤栗着靠近你脸颊
凝视你的目光纯洁神圣
她亲吻之时绝不会退避
她轻拈指尖贴近你双唇。

在公园

红宝石般的珍珠装饰着喷泉，
阳光将它们奢侈地洒向地面，
散入一块地毯缎绿的丝缕

隐蔽了它们无限的数目。
鸟儿们无畏地接近诗人
他孤身迷梦于宽阔的林荫……

目睹春天苏醒的人们
此时都陶醉于柔和的乐音
渴望拥抱彼此的肉身。

诗人也听见乐音的引诱。
今日他不可感动于旋律
他要与他的精灵们交流：

他得驾驭不听话的笔触。

新国度里爱的盛宴

炉煤燃烧，冒着被拣选的烟
淋湿它！雾汽蒸腾咝然有声。
它将我们浸入浓密的云层
虔诚的愿望与甜蜜的欲求混合！

请点燃架上那许多明烛
浓烟弥漫如在神圣的教堂。
我们默然让双手相聚
为梦见一条旋律之河！

屏住气息！屏住，在合唱队里
哪怕处女的纤毫也会干扰乐音
正如艺术——伪劣的——也产生毛发。

请将新谷投入祭钵！
愿金黄的旋涡为我们的感觉
疲惫而美妙地描绘知识之丰硕。

磨坊，停住你的手臂!

因为原野要歇息。

池塘企盼解冻的和风

稀疏的长矛将它们呵护①

那些木然伫立的小树

就像被刷白的染料木。②

洁白的女孩们悄然

越过湖上的盲冰③

她们在圣餐之后

默祷着走回村里的家：

她们与教义里遥远的神同在，

她们便与自身所祈求的同在。

有一只口哨沿地面走来？

所有的灯火不安地烁闪。

难道它不像是在呼喊？

---

① 原文 lanzen：冰冻后池塘里的芦苇像长矛。

② 原文 ginsterpflanzen：染料木，原产于欧洲，富含染料木素，在古代常用作染料。"被刷白"，被冰雪覆盖后的颜色。

③ 原文 blinder Eis：盲冰，指快要解冻的冰面没有光泽，不透明而且湿滑。诗中暗示，随着冰面解冻，回家途中的女孩掉入冰窟而溺亡，被死神迎娶。

那迎接自己新娘的

是些来自深渊的黑男孩……

钟声响起，钟声响起吧！

你正倾听火焰歌唱

我的脸颊憩在你膝旁，
怯怯地享受你柔和的暖意，

它那勇敢的灼灼红晕
禁止我继续向你靠近，
我在天上是痛苦之奴隶。

你怀着同情抚平我头发：
唯一的报酬！我仍常在险境
当我面临你庄严的自尊？

就像敬虔的人尽管恐惧
于三经钟响时却会屡屡[①]
瞻望一尊乌木的圣母像。

---

① 原文 angelus（天使）：指天主教堂里早中晚三次敲钟，提醒人们读经祷告，通常诵读的是《圣母经》（Ave Maria），故有"三经钟"（指敲钟）和"三钟经"（指经文）之说。

警　醒

你顺随群氓雷鸣般的邀请
走向王座，它以炫目的黄锦
和常常带血的生金制成
就在废墟与火海中心。

于是神化每一种欲望和谋杀！
你意志疯狂，像浪击礁岩
快意于对北方的蹂躏和践踏
你嘲讽明净的空气和泉源。

人们在你足下哆嗦地宣誓，
被掳的妇人们痛哭哀怨
有一个女人，她惶恐而无耻
在你领袖者眼前撕裂衣衫。

她奉献自己就像待售的石料
珊瑚珍珠金刚石和祖母绿，
女祭师身披她贞节的法袍
躬身祝贺：那是您的女仆。

于是你孤身投入野蛮娱乐：

你须发在卑劣的液体中湿透，
你的尊严随极乐坠入欲壑
那是卑鄙之禽兽用利爪造就……

难道你赢得的国土真是这样？
噢，不要听那诱惑的嚎叫
别说你的苦难就是你的指导
不要更换一件可敬的衣氅。

新远游的祝福

曾有应许将我送往远方，
浅睡中我幻想出那位新娘，
有一天你却使我着了迷
那日我将你视为她的信使。

对她的热望既然渐渐窒息，
断念中我几乎重获安宁，
告诉我，能否意味着好事
倘若你的眼眸再度垂青……

我穿过教堂走向中央宝座，
金质的祭坛里馨香满溢，
我歌声响亮像有风琴应和。

抹圣油的时刻我热血翻卷！①
我向何处再寻我朝圣的衣？
我向何处再觅我朝圣的冠？

---

① 抹圣油：古人相信，抹油能增加力量并促进身心健康，在举行
宗教仪式时使用，今已不限用橄榄油，任何植物油皆可经祝圣后使用。

旧日的远游（两首）①

山谷上方的丛林间

我们跋涉时话语祇严，
纯真的羞愧不断增加
我们的罪孽之灵巧画师
想将我们从困厄里
在恩典之地救拔。

寂然的希望庄严的引领
令我们的苦旅变得甜柔
直至怀着感动的心情
我们望见神圣的钟楼！

我们无视旁人的嗤笑
当晚霞柔和地映照
窗户缤纷多彩
我们肃穆虔诚地跪拜
但不是向着圣母——
而是向着救赎主。②

———————

① 组诗的数目和序号是译者根据译文编订的，可能跟原著中的情况有出入，下同。
② 当指在天主教堂里不拜圣母玛利亚而拜耶稣基督的做法，以致于被嗤笑。

无脚步无声音激活岛上花园

它像那沉睡于魔法中的宫殿，
没有卫兵挥舞致敬的旗帜，
君侯、祭师和伯爵尽皆逃逸。

河中曾冒出过灼热的烟瘴，
一团火落下，一团火起来
园林里的艺术纷纷凋亡，
一朵灰花遮蔽一切色彩。

而忧惧的访客却有些期冀，
他沿紫杉篱旁的小径寻觅……
竟没有一条蓝色的丝巾
竟没有一只皮质的童鞋？

我必须套上我的灰马

驰过那些骇人的原野
直至我们迷途于泥淖
或者让雷电将我劈裂。

就在这不育的地土
诸多英雄默然故去。

唯有燃烧的杉树
以烟火致敬尸骨。

戴着整齐的锁链
砖红的小溪流趟
河床传出了哀怨
烈风在水面徜徉。

萎散了钻入沙尘
是女人稠密的发缕……
能清凉创伤的是女人泪，
丰富的泪——真实的泪？

纪念（两首）

好日子里精神上我只是尘世之主

颓丧之日我从故乡离开我的庙宇！

我曾在那同诸神擘画他们至上的蓝图
他们的孩子也屈尊做我的玩伴和臣仆。

噢，我又成了林苑中寻求安宁的孩提，
却同样怀着对自己思想之重负的忧戚。

带着细腻勇敢的苍白，艰难岁月的烙印，
你真来到我的身旁，不再只是一抹光影！

我的花样年华已远走

那时候流泪还是享受。
夏蝶是在成熟中消殒
它每一呼吸都是一吻？

越过草丛欧蓍和苜蓿
它曾飞入绚丽的园林。

从所有的花蕊里速速
萃取一抹色彩和芳芬?

黑夜颁授它一份财富
是它白昼寻得的收成。
黑夜以希望将它救赎:
说是郁金香已有邀请。

它是否归来如同众鸟
伴随云雀第一声吟啸?
它能否再次赞美六月:
它在酣眠或早已死灭?

观　鸟

我曾看见白燕翱翔，
燕子洁白如雪如银，
它们曾在风中驰荡，
那时有风明媚热忱。

我曾看见彩鸦跃跳，
还有些鹦鹉和蜂鸟
滑过了神奇的树丛
就在传说的密林中。

我曾看见巨鸦掠过，
鸦群如墨乌黑灰暗
它们低飞靠近毒蛇
在那着魔的丛林间。

我又看见燕子翱翔
这如雪如银的燕群
它们正在风中飞扬
此时有风清澈寒冷！

周年日

噢，妹妹，提上那只灰陶水壶，
陪伴我！因为你不会忘记
我们以虔诚的重复所维护的事物。
从听说至今已过了七个夏季
我们汲水时曾在井边交谈：
我们那位新郎就在当天亡故。
我们要前往草地上的泉源
那儿有两株白杨和一棵云杉
我们取水用灰陶水壶。

节日之夜

你也摘下头戴的花冠吧，门纳西特努！①
我们快走，赶在笛声沉寂之前，
虽有人还向我们敬献欢愉的杯盏，
可我已从些微醺的眼神看见同情。
既然祭师并不曾提及咱俩的名姓
我们何以去寺庙发挥赎罪的作用。
十二人中惟我们不美，尽管如此
你的额头表明了我们的来历
我的双肩乃是最纯正的象牙。
我们再也不能同牧人走向草场
不能再随农夫沿着犁沟徜徉
在那里我们习得最美妙的作业。
把你的花冠给我！让我一并丢弃，
我们就从这空旷的小径逃离，
我们迷失在黑色的命运之林。

---

① 原文 Menechtenus：门纳西特努，诗人杜撰的人物。

致当代几位青年男女的赞美诗（三首）

致达蒙[①]

我的达蒙，你决不会让我心里

    那个神圣的冬天从记忆中丧失

还有北面山丘下我们的屋舍，它是

    崭新而孤独的幸福之地。

有大理石人像装饰它，神性的赤裸

    令我们惊讶也令我们尊崇。

我们在里面讲述或者你朗诵

    关于战争，或是渴望着的欲求。

用一种温柔动听的嗓音，而炉火

    唱和无力的风。

默然伺候我们的拉米娅，提醒我们饮酒

    拉米娅她爱我们。

同圣洁的事物交往时，总有什么在周遭

    就像天堂的光辉将我们萦绕

因为我们规避任何敌意的干扰

    便获得令感官幸福的安宁。

可当三月解冻的煦风吹起——为何只让——

---

    ① 达蒙（Damon）：柏拉图《拉凯篇》（论勇气）里的人物。

我们再度坠落

跌入那些被颂赞的殿堂和拥挤的广场，

　　与速朽的事物相像？

致卡利马库斯[①]

作为你最忠诚的陪伴，我们站在港口，

　　即将启航，我们望着船舷边的你

离别之忧伤使你更珍贵，你从我们怀里被夺走，

　　你早就成为我们之一员，流着异邦血的你。

你要用闪亮的天空，明媚形态之家园，

　　再次交换迷雾笼罩的清冷荒滩

与最僻远的人为邻？并将朴素粗野的风俗

　　重新习得，在几乎不再属于你的故土？

在那里，你的日子必定可怕而孤寂地流逝，

　　我们欢宴上的朋友，我们恩师的贵宾！

你的歌声能令最挑剔的菲莉满心欢喜，

　　你打磨言辞的能力与我们伯仲不分

你真要在野蛮人的宫廷忍受下去，

　　委身于黑暗的法度，和统治者严厉的注视，

你最散漫的自由之门生？我们深深地忧虑。

　　铁锚启了，船桨动了——噢，卡利马库斯！

浪花翻卷的海水平息我们最后的祝福之话语，

---

　　① 卡利马库斯（Kallimachus aus Kyrene）：居勒尼的卡利马库斯（约前310—240），古希腊诗人，亚历山大里亚派诗歌的代表。

但愿我们压抑的哭泣是愚蠢之举。

致法恩①

成熟的庄稼向人示意，锐利的日光

  温柔地模糊在山丘后面

我们漫步于狭窄河流的岸边，

  和你地土上颀长的树下，

在彼此的争论中，我们重温

  大师们那些不朽的歌咏。

慰藉和沉醉于它们的音韵

  我们伫立在黄昏之中，

昨日的陌生人紧紧相拥。

  云朵羽毛般从头顶飘过

穗子摇摇晃晃，或许要做

  第一束收获，

它们将快慰于所有丰硕的颗粒。

  招摇的穗子偶尔将我们刺痛

我们恐怕，我们享受的这些瞬间

  日后不会再现：

它们把柔和的阴影，长长地投向

  你的，也投向我的路上，法恩！

———————

  ① 法恩（Phaon）：传说中的航海家。此处当指诗人的朋友比利时人保罗·盖拉迪（Paul Gérardy，1870—1933）。

游吟诗人之歌（两首）

言词欺诈言词逃逸

只有歌谣摄人心魄，
倘若我仍错失了你
请你宽宥我的罪过。

就让我做草地之子
能像村童一样歌唱，
我要冲出那些殿堂
逃离巨人的寓言国。

笑我温柔的烦忧吧！
无论如何我得表达：
自我在梦中见过你
我的胸中就装着你。

瞧，我走了，孩子

因你不宜知晓
甚至听人说起
人的劳碌苦恼。

我心为你忧戚，
瞧，我走了，孩子
你的稚嫩容颜
芳香真纯依然。

我若将你教诲，
也必将你伤害
而这令我痛愧。
瞧，我走了，孩子。

山谷里的百合花!

玫瑰园的女主啊!
请给我欢愉,
好让我更新自己
在你恩典丰盛的加冕日。

你是光明之母!
温蔼的女性之女性!
你用善良
泽被孩童的心灵
他以树枝苔藓为你造像。

乐于劝善的女性!
当我满怀信任
当我毫无罪愆
宣告你的大能
你会玉成我长久的祈愿?

孩儿国①

你早就被选中，推向王座
当你在祖屋花园的砾石间
搜寻宝石，你已经被加冕
冠冕的光辉里你赞美喜乐。

你在遥远的海滨那稠密的
灌丛之谜中创建你的国家，
幽暗中有人吟诵那个向望
异域的繁华和遥远的事业。

是你的目光为你招徕同伴
你为他们派发薪饷和采邑，
他们信服你的计划和职事
为你而死，他们甘之如饴。

你最幸福的就是某些夜晚
众民在你的面前跪成一圈
在充满缤纷阳光的殿堂里

---

① 格奥尔格中学时代就设想建立一个理想中的"国家"或"帝国"（Reich），他甚至为此创制了一种"秘密语言"。

奇迹听你差遣仿佛只有你。

白色的旗帜在你头顶飘扬
蓝色的云朵从宝座上升高
自豪在你脸颊灼灼地燃烧
严峻的额头闪着圣洁的光。

我克制那些紫色的金色的念想

合上眼帘
在丁香花下
又轻轻摇晃
午梦中的你

鸟儿静默在园中的花丛和树枝，
戴着花冠和叶箍
金属蓝的条纹
卷曲的尾翼，
它们在摇摆中小憩。

远处传来银鼓的和锡鼓的敲击，
却无乐声
既无轮唱
也无竖琴的弦鸣
令感觉负重。

照亮树丛的尖塔有丰富的装饰，
结构交错
蜗卷繁复
它们禁止谎言
关于生命和世界。

当我们在覆满鲜花的门后

终于觉察到彼此的气息
是否已获得渴慕的幸福?
记得仿佛柔弱的芦苇
我们都开始无言地颤栗
当我们悄然触及彼此
我们的眼里泪水涌溢——
于是,你在我身旁久久伫立。

别总说

那树叶，
风的劫获，
那残破
熟的榅桲，①
那脚步
是毁灭者
在岁暮，
那颤抖
是风暴里的
蜻蜓
还有灯火
它们的光焰
变幻不定。

---

① 　原文 quitte：榅桲是一种乔木，果实别称金苹果、木梨。

卷二　选自《心灵之年》

收获之后（四首）

到据说已死的公园来看

远方含笑的海滨闪着微光，
纯净的云朵那意外的蓝
把池塘和斑斓的小径照亮。

此处，你要拾取深黄和浅灰
从桦树从黄杨，和风舒缓，
迟暮的玫瑰未尽枯萎，
你要拣选、亲吻并织成花环，

也别忘了最后的女菀，
萦绕野葡萄藤的淡紫，
你要将余剩的绿色生机
都轻轻移入秋天的容颜。

噢，向你致敬，感谢你带来祝福！

你抚慰我总在怦然悸动的内心
我温柔地怀着对我珍爱的你之期冀

就在这些充满光辉的濒死之日。①

你来了，我们就一直紧紧拥抱，
为了你，我要学会温柔的言词
仿佛啊，你就是那个遥远的人②
我要在阳光灿烂的漫游中赞美你。

我们浴着银辉来回漫步

在榉木林小径，却不出院门
我们看见栅栏以外的地土
那株杏树处于第二次花期。③

我们寻找没有阴影的座椅
那里绝无陌异的语声惊扰
在梦境，我们紧紧拥抱
品味长久而柔和的光明

我们感激地察觉一丝声响：
有光从树梢朝我们滴沥
我们只是看着听着，每当

---

① 诗中描述的体验源于欧洲中世纪关于"爱情症候"（Minne-siechtum）的神秘主义思想，此处当指新娘对于"爱情症候"的狂热体验，是一种新娘神秘主义现象（Brautmystik）。
② 指理想中的爱人，缪斯或女神。
③ 某些植物在秋季天气暖和时会出现貌似开花的现象。

熟透的果实叩击大地。

我们今天不会去花园中

因为正如这轻香或微风
偶尔会迅速且无缘无故
让我们重温久违的欢愉：

它也会带来那警醒的幽灵
和让我们忧惶倦怠的痛苦。
你看在窗外的那一棵树下
堆满了秋风屠杀后的尸骨！

园门的铁质百合斑驳锈蚀
有鸟逃往枯叶覆盖的草地
有鸟立在门柱上瑟瑟发抖
从空空的花瓶里汲取雨滴。

雪中的朝圣者（四首）

在我路上那些凸出的石子

都消失在一个柔软的怀抱
它隆起来直到遥远的天际，
雪花还纺织着苍白的尸衣

我的睫毛被片片飞雪撞击
颤抖着就像我泪流的光景。
我无人指引，我仰望星辰
它们却在暗夜里将我抛弃。

我多想躺在这洁白的大地
就在无意识中慢慢地长眠。
当我正要被漩涡拖向深渊
你死亡之风温和地遭遇我：

我再一次寻找出路和庇护。
一个年轻希望悄然长眠于
荒山野岭：那是多么轻省！
第一缕和风却又将它吹醒。

我到你面前，带着祝福之辞

黄昏时刻，有烛火为你燃起
我递给你一方丝巾，它裹着
我至上的馈赠：那颗钻石。①

而你却不知晓献祭的习俗，
不知那些手臂高举的灯烛，
还有香盏以云样纯洁的烟
温暖着庄严庙宇里的晦暗。

你不知天使在壁龛里聚集
影像映照于水晶般的灯盘，
你不知热忱而忧惧的求祈
嗫嚅着叹息着耗散于幽暗

更不知在华丽的祭坛下面
有夙愿在嫩枝上声声饮泣……
你冷漠而犹豫地握着宝石
它在炽热的泪中光彩熠熠。

那株鲜花我养在窗台

为防霜冻又移入花瓶

---

　　① 钻石：指诗歌。

我精心呵护却令我伤怀
它耷拉着脑袋像要死去。

从前在花季它多么绚丽……
为把这记忆从心头抹杀
我寻出利器，我在剪伐
苍白的花朵和患病的心。

留它何益，只为令我心酸？
我愿它从窗前永远消失
之后，我又抬起空空的眼
凝望空空黑夜，空空的双手。

你魔力崩溃，因为蓝花飘逝

从坟头绿茵和安稳的福祉，
我就要离去，让我再次短祷
在你眼前，犹如面临那次剧痛。

你得勉强完成这迅速的告别
因为湖上有僵硬的树皮爆裂，
我想，我明天就能找到蓓蕾，
我不可以带你进入初春。

夏季的胜利（两首）

仿佛从来自灰色天空的

新事物中，有风摇荡温和的火
还有转向家园的振翅之声
为我提供了一次新的冒险。

你是我多年里的光辉和信仰
在你那里，缄默就是见证
见证希望和恐惧，在此园亭。
因为，难道幸福会向我们彰显

倘若此时，黑夜这诱人的丰收
没有在绿园中的谷地发现它，
如果斑斓繁盛的花事没有
灼热的风也没有暴露它？

你想和我缔造一个太阳国

里面只有欢乐把我们妆扮，
它神化林苑和放牧的草坡
在我们和它失去辉煌之前。

这甜蜜的生活令我们满足，
我们住在这里，心存感戴的宾客！
你构想出歌谣和言词，让愁苦
都顺从地飘入最高的枝柯。

你唱嗡嗡作响的市集之歌
你唱温柔的歌，在黄昏门前
你教人忍耐，像那些强者，
羞怯地微笑着把眼泪都埋葬：

鸟群逃避酸涩的黑刺李
蝴蝶在狂风中寻求庇护
它们现身时大风已逝——
可有谁看见了花在哭泣？

标题与献词

先知的话语很少有人赞成：
最初一些大胆的愿望降临
在一个罕见的帝国，是他
严肃而孤独地为事物命名——

那些雷鸣而出的可怕命令
或是嗫嚅着说出来的请求，
如红宝石火中的帕克托河①
很快就像春天潺湲的溪流。

他陶醉于它们的力量和声音
当他如鸟，至高地飞腾
脱离尘寰而入梦境，它们
是圣殿的琴韵和神圣的舌头。

只有它们——而非温柔说教之呢喃，
那母性的作为——才被他拣选
当他陶醉于五月和婉转的夜莺
回想第一份渴望的寓言属性，

———————
① 帕克托河：传说中漂浮着黄金的河流。

他呼唤他生命之晨的引路人

他祈祷，惟愿期望都能成真……

惟愿摆脱忧惶之心的操劳后

那个思想形象会朝着太阳擢升。

回忆心灵交流的几个夜晚（两首）

鲜花

在三月天里我们撒下种子
那时我们的心再度剧疼
伤害来自死亡之年，以及
冰与太阳之间最后的斗争。

我们用细长的棍子支撑它们
我们为它们寻觅纯净的水源，
我们知道它们在光明中成长
在我们的眼目中可爱而明艳。

我们辛勤而快乐地浇灌它们，
我们一起抬头看云，目光
审慎而忧惧，我们不懈地坚信
子叶会舒展，幼芽会茁壮。

我们从花园里将它们采摘
来到邻居的葡萄园中，我们
漫游着陶醉于黑夜之光彩
把它们握在我们童真的手心。

诱逃①

随我走，亲爱的孩子
去音信杳远的森林
你只需将这份赠礼
将我的歌含在嘴里。

沐浴于柔和的蓝色
在芳香馥郁的边疆：
我们的身体会闪亮
比露珠还要明澈。

空气里精致的银丝
为我们织造面纱
草地上洁白的亚麻
柔如白雪和星光。

就在湖畔的树下
我们一起欢乐地摇荡，
抛洒鲜花，轻轻吟唱：
洁白的三叶草，洁白的丁香。

———————

　　①　诱拐儿童是欧洲文学和艺术作品中源自古代神话的一个传统题材。

为纪念友人而作的几幅仓促剪影（七首）

里德尔①

你乃世所罕见的命运撼动者之一
被驱逐的主宰，他们崇高的悲哀
和不为人知的死，就因你的存在
而感激地靠近你，通过你的高贵
你向我们证明，我们有权高贵，
你以王者的姿态拒绝和索取，
你校正我们有时候摇晃的步伐
你像明灯照亮每段宝贵的旅途。

莱希特②

像我们满有荣耀的天空，骄傲的兄弟！
你铺陈耀眼的金黄，如成熟中的报偿，
在你的淡紫和痛苦的绿中，颤抖着
无形的时刻和它们艰难的流淌

---

① 里德尔（Wacław Rolicz-Lieder，1866—1912）：波兰象征主义诗人，格奥尔格的朋友，格奥尔格很欣赏其贵族气质。

② 莱希特（Melchior Lechter，1865—1937）：德国青春风格（Jugendstil）艺术家。1894—1907年负责格奥尔格作品的装帧设计，还专门为格奥尔设计了一种字体，从《心灵之年》开始使用。

还有发自牢狱的长叹毫无振奋。

你光芒四射的蓝覆盖无愿无欲的诸神

就在你散发朱红光芒的紫黑色里

有我们致命的渴慕，苦难中的兄弟！

霍夫曼斯塔尔

滚动的歌唱之创造者

机敏有趣的对话人：期限与分离

请容我将从前的对手

刻上我的纪念碑，你也这样吧！

因为在陶醉和冲动的阶梯上

我们都在沉沦，男童们的颂赞

和欢呼，已不再令我得意洋洋

于是再也不会有惩罚在你耳中雷鸣。

沃尔夫斯凯[①]

我们这些蒙福者！神所差遣的发言人

我们只敢尝试这一句：在你的渡船上

雕花的酒杯发出了可以忍受的声响，

同时我心中却酝集着懊悔：

---

① 沃尔夫斯凯（Karl Wolfskehl, 1869—1948）：犹太出身的德国诗人、翻译家和日耳曼学者。他是格奥尔格最忠实、也是精神最独立的一个追随者。他在慕尼黑的住所，是格奥尔格经常的落脚处。

我必须敬重地回避你的生活，[1]

还有你的微笑和那种幸福（于你是真的）

我必须退回沉闷的受难之海，

回到我那些美妙的忧愁岁月。

费尔维[2]

你们可知我们明媚辽阔

爬满葡萄藤的斑斓山坡之轮廓，

西风与笔直的白杨絮絮低语

提布尔的水柔媚如爱的笛声?[3]

于是你们抬起金发的头：你们见过

无垠的沼泽里那迷雾之舞，

茫茫沙丘里的风暴之琴鸣

还有神秘大海的喧嚣?

舒勒[4]

那真的就是这一群人？因为火炬[5]

---

① 回避：沃尔夫斯凯是一个善于享受生活的人，格奥尔格苦行僧式的生活与之对立。

② 费尔维（Albert Verwey，1865—1937）：荷兰诗人。

③ 原文 Tiburs：意大利城市蒂沃利（Tivoli）的旧称，在古代以良好的水质而著名。

④ 舒勒（Alfred Schuler，1865—1923）：热衷于恢复古代的秘教祭仪，曾是格奥尔格圈的重要成员。

⑤ 诗中描绘的是沃尔夫斯凯在格奥尔格圈内组织的化妆聚会和诗歌节情景。

将他们的苍白面孔照亮，烟霭袅绕

笼罩诸神之男童，因你的价值①

我们被提至亮红的狂喜状态？

我们几乎出离了感觉，恍若中了毒

在糟糕的盛宴之后整日难以自持，

难受得，总感觉额头仍有玫瑰灼烧

因为好奇的眼目窥视过

被遮蔽的天堂之辉煌。

克拉格斯②

光明还真留在我们所有人的家园

我们沿曲折的小径朝它走去。

你喜欢自称，你与休耕的平原

它们那勇敢倔强的力量一致：

每次相逢时的拥抱不都表明

我常把你寻觅，你唤起我心底

许多东西，你属于我？不都透露

你在逃避我，而我总在你心里？

---

① 男童：此处当指一种宇宙起源学上的、具有创世能力的爱（Eros）。

② 克拉格斯（Ludwig Klages，1872—1956）：哲学和心理学家、现代笔迹学奠基人，具有反犹思想，在哲学上主张通过一种具有创世能力的"爱神"摧毁旧世界，建立新世界。他关于血统和生存空间的话语，后来成为纳粹意识形态的基础。

哀舞（八首）

在盛夏，来自花园的

芳香还会轻声地笑你。
如果在你颤动的发间
长春藤和婆婆纳交织。[1]

飞扬的种子仍像金子，
或许不再那么高而多，
玫瑰还亲切地问候你，
虽然它已不那么艳丽。

我们隐瞒不许我们做的
就会被赞为我们有幸福
即使我们不再得到馈赠
除了一次两人的漫步。

我明白，你走进我屋里

就像一个惯于受苦的人

---

[1] 常春藤：寓意无限与忠贞；婆婆纳：寓意尊敬与永恒。

盛宴、玩乐和震耳的琴音
那类地方都不令你开心。

这里安静，有步履轻盈，
秋天的芳香透窗而入
这里有温柔的慧语
把失望和忧惶人安抚。

来时轻轻握一握手，
去时吻别这寂静的家
留下一件质朴的饰物
作为馈赠：一首温馨的小诗。

阵阵狂风弛过荒芜的地土

那一群人充满强烈的预感
于是窒息的原野想要报复
于是山谷传来颤栗的哀叹。

似乎远处正有骇人的轰鸣
但听警醒声从墓园里传出：
你从前不是已许下过承诺
不以哀告破坏逝者的安宁！

我曾走过冬天的树桩，我们

从未留着空虚的泪向它下跪，
我只请你，将会看见它的你
向欢乐的春光献上我的问候。

我们漫游的山丘阴影覆庇

而对面的山坡还明媚依然
月亮会坐上它温柔的绿垫
每当有片片白云飘然游弋。

指向远方的道路愈发苍白
一丝微音令漫游者们驻足，
它出自山里那看不见的水
抑或是小鸟正吟哦催眠曲？

有两只早出的夜蛾在嬉戏
它们追逐着消失于草丛里，
而林间的灌丛和鲜花送出
黄昏之芬芳，为了被抑制的痛苦。

无论浓雾是否挂满林间

你在漫游中都不应踌躇
别怕与苍白的图像交谈
它们已缓缓向那里集聚。

倘若草和犁沟在路上石化，
严霜压弯了树梢，要学会
倾听冬风的苦楚，它们与
那些凋谢的孤独一起流泪。

你倦怠的头脑要保持清醒
谨防你摔下陡峭的山谷
哪怕晦暗的目标就要熄灭
你头顶还有唯一的明星。

为了可悲的目的

风暴把田野唤醒，
阴霾的白昼传来
死亡之鸟的号鸣。①

山丘还没有显明
逃亡之灰暗时辰，
深深低垂的树木
寻求地上的草茎。

而荒原已经潜回

----

① 指猫头鹰。

58

那个幽暗的井穴
痛和夜之声断裂
像最后一声哭喊。

你们走向的炉灶

火焰全部死绝，
光亮仅存于地表
僵尸般的月色。

你们苍白的手指
探入那堆灰烬
抓取摸索和搜寻：
莫非还有些光？

看啊月亮的手势
它在安慰规劝：
请你们离开炉灶，
事情为时已晚。

你还想在光秃秃的大地

探寻往昔丰富的色彩，
在惨白的荒野守候果实
收割被驱逐的夏之禾穗？

你要知足，如果你仅从阴影
之柔纱里望见享受过的丰盈
还有拯救者穿过疲惫的空气
旷野的风在我们周遭温柔地翻腾。

看啊！曾经伤口般灼烧的日子
在我们的史前史里迅速消失。
而我们称之为花的全部事物
都在死去的泉源集聚。

卷三　选自《生命之毯和梦与死之歌》

序曲（十首）

我以苍白的努力搜索宝藏

寻觅蕴含最深忧虑的诗行
事物在里面沉闷不定地滚动——
此时走出一位赤裸天使：

为取代已沉沦的意义，他担着
最丰富的鲜花之重担，甚至
杏花就是他的手指
而玫瑰，玫瑰簇拥着他的下颌。

他的头上没有冠冕巍峨
他的声音几乎跟我一样：
美丽的生命将我遣向你——
作为信使：他微笑着说。

百合与含羞草从他身上跌落，
当我躬身想要将它们拾起
他也跪下，于是我整个脸庞
幸福地沐浴在清新的玫瑰里。

请你给予我宏大庄严的气息

请再度给我令人青春的热忱
借着它们，少年的活泼羽翼
曾升向最初那缕献祭之香芬。

我不呼吸，倘若没有你的芬芳
请将我全人闭锁在你的圣地！
从你的盛筵，我只求一片碎屑！
今日我从幽暗的深渊如此求祈。

他说：那暴风般卷入我耳的
都是些彼此纷争不清的愿望，
为你们的许多珍宝给予保障——
这并非我的职守，我的馈赠

都不可强求，要认清这法则！
而我却用手臂搂抱他的双膝
所有清醒的渴望都发出呐喊：
我不放弃，你终将赐福于我。

我生命里流淌过颓丧的日子

也曾有粗粝刺耳的声音回荡。
如今善良的精灵持守公义

如今我行事如天使所想。

虽然在没有欢乐的河岸
心灵常常忘我地饮泣
它却能听见锚地的呼唤：
扬帆驶向更美的海滩！

每当海上有新一轮风暴
怒吼着煎迫我，左边是妄想
右边是死亡，他便迅速掌舵
狂浪的力量期待一个信号：

他命令着调解着波涛的争吵，
于是乌云让位于纯净的蓝天……
于是你的船队就从平静的水面
驶向被颂赞的所在，那寂静之岛。

对于你们的幸福我渴慕已久

惟愿主人的枷轭不再压迫我！
我深感为他做事郁闷而孤独
这时你出现在我痛苦的路途。

他又让我重获自由，取走
棕榈枝和那只僵硬的发环：

——允诺一朵新花在清晨绽开——

为了你！我的额贴在你胸前……

这时，他挥着旗帜迎面走来

在秋之金辉里，他竖起手指

领我返回他的魅域，他的语气

能摄取精神，正如关于远古

塞利尔人的童话所讲的一般。①

他目光悠远而哀伤，跟那位

拉比的目光一样，他在故乡的湖畔②

问他的门徒：你们爱我吗？③

你将不再赞美那些喧嚣的旅程

途中有谬误之潮危险地袭扰你

还有岩石嶙峋在深渊耸立如塔

在塔顶上空，有雄鹰盘桓逡巡。

置身这些单纯的原野，你要学那

———————————

① 塞利尔人（Syrer）：按荷尔德林《面包和酒》（Brot und Wein）一诗（"上帝之子，塞利尔人"），当指耶稣，据传他生于拿撒勒。塞利尔：今为叙利亚。

② 拉比：指耶稣。

③ 耶稣在提比哩亚海边现身，三次问彼得"你爱我吗？"（约21：1—17）。

温暖的气息，它能舒缓春天的凉意
还要懂得，那能纾解闷热的气息
也要乐于倾听它们咿呀的童语！

你发现永恒的鲁能文之秘密①
在这谨严的线条艺术之宝库
而不只在围墙之海的魔雾里。
"潟湖的奇迹已不再诱人

备受追逐、废墟庞大的罗马
就像酸涩橡树的醇香和葡萄花
它们守护着你民族的宝藏：
宛如你的波涛——生命般翠绿的河流！"

我是你的朋友和向导，也是船夫

别再参与争执，此时你也不要
信随那些聪明人，你应从山的高处
俯察他们在山谷的作为。

你看有人精神抖擞，奔走不息
你看他们熙熙攘攘，喧嚣不已：
他们研究事物，利用他们的才智

---

① 鲁能文（Runen）：古日耳曼文字。

67

把世界作为快乐的天堂。

那边人群肃穆，追随烟雾里
一个骑着白马的苍白男子
怀着"诗篇"中克制的热情：
十字架，你仍恒为大地之光。

有一小群人走着寂静的道路
自豪地远离了营营的众人。
他们的格言写在旗上：
永恒的希腊，我们的爱。

作为君侯我们能选择和拒绝

并从古盎格鲁人建造世界
我们应探查病患和疲惫者
并想到我们还缺乏至高者——

我们是那可亲而最忠的祭师
我们须在被遮蔽的不幸中寻觅
眼睛要远离狂野空虚的烈焰——
当我们最终抱紧我们的财产

它刚被加冕被敬奉被享受
就又逃离苍白腐烂的感官……

我们的诸神只是影子和泡沫！
"我清楚你们的心会流血而亡

若我不知道能抚慰心灵的格言：
既然你们求祈和逃避的每幅图像
都因你们而伟大，因你们而生效……
就别为你们借给它的而哭泣哀伤"。

你从你高高的屋宇走出

来到朋友们站立的道路
你从他们之中寻觅隐庐
你环顾，恍如身处别样的人生。

你那些峰巅不再将你庇护
可你的衣袍至今都最纯净
你会以最近的膀臂作支柱
像从前，你仍是遥远海岸的贵宾。

有许多人——你总想避开他们。
他们拥抱你，那是徒劳
你若向他们行乞，则是愚蠢。
在你活动的路途，他们太过陌生。

惟有偶尔，他们迸发可贵的热情

并启示你：与他们结盟不会蒙羞。
于是你说：在你们强大的痛苦之共同体
我要握住你们兄弟般的手。

往昔只要彩雾还美化着山丘

我就能在漫游中找到路径
我认识林中的某些声音，
而此时灰暗的夜路一片沉静。

眼前这段路程竟无人相随
以短暂的同行唤起我希望
我多么渴求这小小的安慰，
黑暗的路途已无别的游人。

伴随蟋蟀最终的歌吟
回忆也在寂静中死灭。
惨白的雾霭在寒林边翻滚
模糊那些寂然无光的小径。

一片坟场出现在潮湿的山陵
人人都会去那里沉睡，可我感觉
你的微风会再度引燃热情
你伟大的爱，它依然清醒。

我们正是那些孩子，主人

你脚步令我们惊愕却不沮丧
我们会集结，一旦骑士鸣号
你的旗帜在旷野里飘扬

我们就奔向严厉的主人——
他以目光拣选他的战士。
纵有眼泪、友情和新娘的吻
我们也不背弃我们的星辰。

从他目光里我们欣然读出
我们在明媚的梦中已认识的
无论荣誉还是黑暗的路途
都由他的拇指在俯仰间定夺。

凡令我们陶醉光荣和自由的
都可从他手中作为采邑获得。
他指示我们坚强自豪地准备
为他的荣耀奔赴死亡和黑夜。

原风景

幽暗的杉木林有鹰飞上蓝天
蓝天下的树丛钻出一对狼：
踢踏踢踏走过平静的水边
它们赶着幼崽，高度警惕。

从光滑的针叶林里，闪出
一群母鹿，它们畅饮之后
胆怯地退回幽暗，仅有一只
离群，在芦苇中静候死神。

此处的肥草还未遭刈割
倒下的树身却有人力的痕迹
因为树下一道犁开的沟壑
正在泥土肥沃的芳香里扩张。

雪白的太阳，犀利的光芒
愉快的田畴里蒙福的劳苦：
祖父在刨地，祖母在挤奶
为整个民族把命运养育。

田野之友

朝霞即将浮现，有人看见
他在渡口走动，手执银镰
他思量着抚摸茂盛的穗子
以唇检试那些金黄的颗粒。

他又走进葡萄园，用皮绳
将弱的枝蔓与结实的束紧
他捏捏碧绿硬实的晚葡萄
折断太过强势的一根藤茎。

他摇摇这幼树，看它能否
在恶劣的天气经受住风暴
他为这宠儿缚上一根支柱
他还冲首次挂果的它微笑。

他用一只瓜瓢舀水和灌浇
他不时地弯腰除去些杂草
他身边铺陈着繁盛的花事
成熟中的大地正悄然隆起。

面　具

丝质玩偶游戏的厅堂人潮明艳。①
有人却把热忱掩藏在粉底下面
漂亮的玩偶们在他周围旋舞
眼看圣灰节不再有许多缺憾②

他才悄然走向荒凉的海滨公园
他还朝那化妆舞会挥了挥手
随后踏上凛冽的冰面……咔嚓③
只余沉默的寒冷，远处有人邀舞。

那些优雅的骑士或女士
不知他葬身于海藻和沙土……
当他们在春天走进公园
池塘里常冒出无声的水柱。

来自搞笑世纪的轻佻人群
以为是谁在奇怪地低语……
可他们也不感到特别惊诧
只当那就是水波的情绪。

---

①　丝质玩偶的游戏：此指洛可可风格的假面舞会。
②　原文 aschermittwoch：圣灰星期三，圣灰节。
③　暗示他在冰面破裂后溺亡。

凶 手

我走向被遗忘的窗前：此时请你
像往常推开窗棂，在这尘世
总以我渴念而赐福的晨昏包裹我
今日我还要完全俯伏于令人舒解的和平

因为当明天日光倾斜，事情就会发生：
在困厄时辰我遭受不可逃避的折磨
随后迫害者们会像影子跟在我身后
别无选择的众人会找出并用石头击杀我。

有谁绝不会在兄弟身上为行刺的匕首做记号
他的生命多么轻盈，他的思想多么单薄，
对于没有吃过毒参果实的人而言！①
噢，你们知道，对你们全部我都有些轻蔑！

因为明日，你们这些朋友也会说起：于是
一个充满希望和荣耀的生命已彻底消逝……
而今天，酣眠的大地如此轻柔地摇我入睡
我感觉，黄昏之安宁温馨地把我拥偎！

————————

① 原文 schierling：毒人参，古希腊处决犯人常用的毒剂，能麻痹
呼吸肌致死。

信　徒

你们说的幸福，我毫不渴慕
我心有爱搏动，为了我的主
你们只知甜蜜，我只知崇高
我为我崇高的主而活。

相比于你们那些团伙的任务
我更适合的事业属于我的主
我为之效力，因为我主宽柔
我为我宽柔的主服务。

我知道，我走在黑暗的国度
那里死者成堆，可是跟随我主
我毅然启程，因为我主睿智
我就信赖我睿智的主。

纵然他会褫夺给予我的犒赏
我的犒赏仍在于我主的眼目。
别人更富有，而我主最伟大
我追随我最伟大的主。

修道院

跟随几个修士，喧嚷的众人逃离
在你们力量凋敝于酷寒之毒素以先
遵照年轻的愿望，为你们的修会
营造和平之家，在一处寂静的谷地。

你们随着同样温柔的钟声作息
你们在贞洁土地上的劳作都神圣
光阴随每日七次的祝祷流逝，你们
和我为你们招募的纯洁众人。

相互拥抱，而无焦灼的欲望
彼此相爱，而无离弃之烦忧
饮泣美言和亲吻都不出现在夜里……
对于虔诚的夫妇，那都是噱头：

苦于平庸之痛苦和平庸的欲望
你们就把目光投向蓝色的美
"神圣的追求乃神圣的弃绝"
一位菲埃索的僧侣曾如是说。①

———————

① 菲埃索（Fiesole）：意大利城市，在罗马时代比佛罗伦萨更著名，山上有一座建于 11 世纪的教堂。

让·保尔[①]

我们这些永远漂泊并鄙夷故乡的人
当更美的邻居对它的爱令我们窒息
是你唤我们返回——这折磨人的诱惑
你满满的热望为那个神作了担保。

仅在你里面我们才完整：于是路标失灵
在大海与河滩之间的灰暗林沼……
你是明媚南方满怀思慕的颂赞者——
正如我们广大而有些懈怠的众民

阴郁的昏暗里隐藏着钢铁与火绒
从中迸发的烈焰明亮耀眼又柔和，
在奇迹之丛林里你是那个引路人
你是我们种子地里的主宰和孩童。

你以星辰之花激活倦怠的精神
然后把幻想安放于柔软的榻枕……
金质的竖琴伴随庄严的天空合唱
笛声响彻鲜花烂漫的河谷与山岗！

---

① 让·保尔（Jean Paul，1763—1825）：德国作家。

立像（两首）

我想你定然很美，戴着面纱的女人！

凭借何种魔力，纵然身处
阴郁的时日，你仍唤醒那份信心：
在远离人寰之处，还有一片乐土！

过于怠惰的血常常会停顿
而你竟懂得，用一道雷电
令世间倦怠的病患变清醒！
那威力末后总会把我们吸引？

孩子啊，你永难觉察：能令人
继续前行的，唯有苦难和恐惧……
它们为你把远山涂得更蓝，而我
则用新鲜的痛苦来排解痛苦。

既然你不想再延宕，就请你
撩起面纱，现在它于你不再有益……
瞧你多年来获得了什么：你那
宝贵的泪珠透过织物熠熠生辉。

我转动手中粉红的陶器

透过风化的残壳凝视
竞技者魁梧的身躯
洗浴者的游戏和情欲。

釉彩的天使散发折磨人的光辉
我见它们脉管搏动，肋骨紧致
雕塑家胸中定曾燃起炽热的火焰
神圣的大理石却被罪孽之唇浸湿。

威仪的君侯和首领们穿金戴银
其鼎鼎大名能唤醒恐惧和企盼
他们把脑袋探出皲裂的相框看我
透过苍白的绯红和银色的黑暗……

我问：这些头发和这目光之饰品
何以包藏了从前那些生灵！
而这曾被吻过的嘴，欲望又何以
荒唐地、像无焰的轻烟向它偎依！

面　纱①

于是我将它扔掉：并惊惊地停住②
他们在故土的林中品尝果实……
远方火光熊熊，一座城市在东部
蓦然出现，有穹顶帐篷和墙垛。

它曾飞得很高：屋舍破败的栅栏
因为潮湿而假象般地闪亮
世界在白银般的苍白里悸动——
就在正午，有思想之月光！

它掀起风和浪：这些就像牧人
来自最初的山谷，姑娘们滑过
曾醉心祭拜女神的她们……
这一对就像爱神木下的一个阴影。③

就这样旋转：它们十个一组
穿过你熟悉的门，宛如阳光儿童——

---

　　① 面纱隐喻诗歌，源于歌德旳一首《献词》（Zueignung）："出自
真理之手的诗的面纱"。
　　② 源于歌德的诗《献词》（Zueignung）："那么就将它扔掉"。
　　③ 原文 myrten：桃金娘科植物，尤指爱神木（Myrtaceae），象征
爱与贞洁。

长久欲望和轻松的幸福之发现者……

那么你们的渴念，将演绎如我的面纱！

沙丘屋·致费尔维夫妇

是否仍有那样一间屋，除了充实
还满有深沉的安宁和自由的骄傲——
把忧郁、无畏而顽固的客人①
邀请、留住，又常常远远地支走？

在那里你们喜欢深究，何时我的心灵
把你们拥抱，何时你们永远逃离它
你们思索着，柔和的黄昏让夜幕
从荷兰上空降临……

轻柔的话语里奉承落空，
有波浪拍击，而强大的声音
一直潜伏，当你们的语声
在新鲜的海风中飒飒作响

他不吝啬悲伤，海船鸣笛
城市充满欲望和斗争："于是
太阳之子在云间迷失②
死于追逐幸福的狂奔"。

———————

　　①　诗人的自况。
　　②　原文 Sonnensohn：希腊神中太阳神赫利俄斯的儿子法厄同
（Phaethon）。

83

为我歌唱秋天和黄昏的男孩·致斯科特[①]

你们活在梦中的人清醒时看见

你们抛弃的繁华之余辉

覆满哀伤和泥土，你们哑然流泪

充满回忆地在那些瞬间

记起蓝色的河岸，有金翼天使

步履轻盈地漫游，还致意

刚刚挣脱牢狱的疲惫心灵

它们仍迷惘地转动愚拙的眼神

在明亮得令人惊异的奇迹之国……

将你们自己救出真相吧，一同被俘者！

留给你们的，只有一抹微笑之身影

当你们俩的生命此时又着了魔

不得不在墓穴般的氛围里受苦。

有目光一瞥振奋地在你们的铁栏里

激活你们狭隘荒漠里的希望……

一束光，苍白突兀地吻上你的发际。

---

① 斯科特（Cyril Meir Scott，1879—1970）：英国音乐家，曾深受
格奥尔格影响。

七月的忧伤·致道森①

夏花还散发着馥郁的芳香：
田旋草的种子气味浓烈。
你随我靠着干枯的围栏
骄傲的花园里，芝麻变得陌生。

从遗忘中你诱出些梦幻：有孩童
在贞节的土地上小憩，庄稼熟透
收获之红霞里，赤裸的割草人身边
有闪亮的镰刀和干涸的水罐。

午间的歌谣令马蜂们昏昏欲睡
有什么滴沥在他殷红的额头
穿透罂粟叶阴影之微弱防护：
大滴大滴的血。

我曾拥有的，从未夺走过去。
饥渴如那时，我躺在饥渴的原野
疲惫的嘴里发出呢喃：我多么
厌倦鲜花，厌倦美丽的鲜花！

---

① 道森（Ernest Christopher Dowson，1867—1900）：英国诗人、小说家和翻译家。

罗马郊野·致霍夫曼①

从高处，我们打量西方
世界之废墟活跃着，熠熠闪光
我们走进原野，它荒凉、冷峻
偶尔吹过的微风，令人忧惶瑟缩。

因为面对累积的奢华，面对
巨大陵墓的辉煌柱石，我们必须
少流些泪？我们还有什么呢，自从
王冠从各民族的荣耀变成了装饰？

我们分别时觉得：播种或开垦
能防止自豪的大地遭受苦难……
看啊！永恒之门呈现在高远的云端②
还有一朵绢花的血色和紫色皱褶。

飞翔于波状平原的痛苦之绿
弗拉斯卡紧贴群山，更加苍白……③

---

① 霍夫曼（Ludwig von Hofmann，1861—1845）：德国画家和设计师，其作品具有新艺术运动和象征主义风格。他在 1890 年代旅居罗马期间跟格奥尔格相识，并引荐他认识了出版商邦迪。
② 指掌管着开启天国之门的金钥匙的圣彼得。
③ 弗拉斯卡（Flaska）：罗马近郊的葡萄酒产地。

再一次默然停靠这山崖

采摘那朵幽冥之花。①

---

① 原文 asphodill：金蕙花（asphodelus aestivus），希腊神话中冥王
把死者的灵魂放在长满金蕙花的荒野。

行程终点·致佩尔斯①

我们交谈着走在庙宇门廊

你控诉这病态世界的腐烂

我看见一片战场目标广阔

一个青年威仪地倚柱而站。

长长的漫步之后，你惊愕地听见

我仍滔滔奢谈不可丧失的永恒

弗兰德尔温柔的雾霭笼罩夜阑②

颤栗着穿过祈祷的是火焰之热情。

于是我让你长成无限的巨人

孤独地爬向那些可怖的母亲。

我憎恨徒然黑暗的条条轨道……

此时令我震撼的是你的噩耗。

我梦中漫游到你渴慕的乐土

---

① 佩尔斯（Richard Perls，1873—1898）：德国诗人，1895年经克拉格斯引荐与格奥尔格在慕尼黑相识并深受其影响，曾在《艺术之页》发表了不少诗作。佩尔斯极具文学天赋，后因染上毒瘾而夭亡。

② 原文 Flander：又法兰德斯（Flanders），西欧的一个历史地名，泛指位于西欧低地西南部、北海沿岸的古代尼德兰南部地区，公元前1世纪以前是凯尔特的地域。

就在那座不再求索不再有为

之可怕宝塔的绿色黑夜：于是

作为胜者你发出威胁，在临终时。

白昼歌（两首）

我的白昼你如此开启

信心满满地
童真的山谷里
一声欢呼响起。

你在阳光里信步
戴着花环，步履庄严
你熠熠生辉的头发
尔后潜入花簇。

在合唱的护拥下
在颤抖的奔跑里
追逐波浪般的绿草
追逐白银和绿宝石

你用微笑拣选的一切
于是快活地追随你……
噢，我的日子美好如斯
却又转瞬即逝！

有水从远处向我们哭诉

岸边的白杨轻轻摇动
一只鸟乐于向我们提问
枝叶间它依偎着轻风

那只鸟儿小声地演唱：
田野和花园因繁荣而死亡
凡物应知自身处于循环之中……
你瞧那峰巅在你眼前彤红

只留下回忆作为梦的劳酬
它引领它前往更幸福之处
从它手里，梦的劳酬流走
那是它早先在飞翔中赠与

抬起你忧惶而低垂的头看看
是否有一张脸从深渊里召唤——
然后就等着，直到我歌声静默
然后就留驻，直到光明沦落。

夜　歌

温柔和忧郁
已离我远去
边缘和旅行
是我的运命。

风暴和秋天
带来死神
光辉和五月
带来幸运。

我之所为
我之所苦
我之所思
我之所是：

像一场火
它熏烤着
像一首歌
它消遁着。

梦与死

光彩和荣耀！我们的世界如此清醒
如同英雄，我们挪移海湾和山川
年轻高大的精神，没有监护人
它望着原野望着潮水翻卷。

此时路边闪现一道光，飞出一幅画
而陶醉带着痛苦疯狂摇摆不定。
那个信条哭着想着乐于鞠躬："是你啊
我的救主我的荣光我的星辰"

于是那极度自豪的梦向上升腾
它大胆制服选中它的神……
直到一声呐喊将我们往下驱赶
令我们渺小地暴露于死神面前！

就像暴风撕扯，闪电击打和烧灼以前
我们看见深夜的苍穹
寂然缀满闪烁而明亮的小珍珠：
光辉与荣耀，陶醉与痛苦，死与梦。

卷四　选自《第七个环》

我的时代·之一

我的同时代人啊，你们已认识
已论断已理解我——你们错了。
当你们在生活之欲望的喧嚣和荒漠里
迈着蠢笨的步伐，挥舞粗鲁的手指奔逐：
我就像醉饮了圣油的王子
轻柔地摆荡着，数算自己的节律
以窈窕的俊美，或清凉的尊严，
以纯粹而地球般久远的华美。

从我全部青春那些粗糙的作品中
你们看不出任何风暴的折磨，在我初次
登顶之后，你们看不出危险而带血的梦魇。
"在同盟中还有这个朋友"，且不只怀着
对功业的渴求，那个叛逆
攥着匕首和火把闯入敌人家里……
你们这些行家不停止惊悚，不停止微笑，
瞎子样无视沉睡于菲薄纱幕中的东西。

于是有哨音把你们召往奇迹之山
它发出奉迎而恋慕的声调，向你们展示
异域的珍宝，于是你们逐渐

厌倦了世界，虽然它一直备受赞誉。

这时有人发出田园牧歌般的呓语

和虚弱的夸饰：于是他抓起军号，

用他的马刺击打腐败的肉身

吼叫着再次冲进人群。

因为老人们眼馋地称赞这才是男子汉

你们就叹息：那样的威仪降临了！

圣洁云朵的歌唱变成了喊叫！……

你们看见的是更迭，可我在做同样的事。

他今日热忱地吹响长号

投掷流溢的火焰，他知道明天

一切的美、力量和宏伟都会彰显

出自一位男童寂静的笛声。①

---

① 当指德国民歌集《男童的奇异号角》，由浪漫派诗人阿尔尼姆（Achim von Arnim，1871—1831）和布伦塔诺（Clemens Brentano，1778—1842）在1806—1808年间共同采集编定，共三卷，第一卷是献给歌德的。

但丁及其时代

我曾颤抖着跪倒在门口

看见那个最俊的女子，炽热的渴念①

在苦涩的夜里折磨我，朋友②

同情地看着我，我还能呼吸

仅因她的眷顾，且我要给她唱歌：

从不感动的人，只会将我讥刺

我们谋划、爱恋和哀怨——我们

这些易逝者，好像我们会永生。

成年后的我被一种耻辱攫住

它在城里肆虐，由于伪劣的头领……

但凡看见救赎，我就去鼎力相助

凭借精神和善意跟作恶者斗争。

我得的报酬却是剥夺和驱逐

我多年乞食于陌生的门户

迫于疯狂的当权者之命令，他们

已化为无名的埃土，而我存活至今。

---

① 女子：指但丁钟情的表妹贝雅特丽奇（Bertrice Portinari，1290—?）。格奥尔格此处暗指自己对"马克西敏"的爱慕。

② 友人：但丁的朋友，诗人卡瓦坎蒂（Guido Calvacanti，1255—1300）。

于是，当我饱受打击的阴暗人生，

我的不幸——或许缘于我们自养的痛苦

我对倦怠、下流和卑鄙者的愤怒

都以矿物的形式流淌：就会有许多人倾听

一旦他们对狂野声响的恐惧退却

虽然无人感觉有热情和利爪

穿过自己胸膛：从埃施到台伯河，

失去安宁和家园者的荣耀在膨胀。

可当我随后逃离世界，看见

蒙福者的美地，听见天使的歌吟①

我也那样行：便有人拿走我的竖琴

发出去势的男童和老人的声音……噢，傻瓜!②

我从我的炉灶取出一块木炭吹着——

它就变成地狱，里面有熊熊烈火

我需用它照耀无上的爱

用它预告太阳和星辰。

---

① 指《神曲·天堂篇》。
② 指同时代人对《神曲》结尾部分的批评。

歌德纪念日

我们随温柔的朝霞启程

在夏末穿过氤氲的原野

前往他的城。还有笨重的墙垣矗立①

和无人使用又难看的脚手架

而日子——超凡地纯粹，几乎算崇高。

我们来到他寂静的故居，站着

满怀敬畏地仰视并离去。今日

既然众人要呐喊，我们的问候就沉默。

稍后几个时辰：那圣洁的空间

会吱呀作响：人们触碰它是为了信……

各种耀眼的色彩在街巷里闪烁，

节日的人们嬉戏玩闹，他们喜欢

装饰自己，也装扮那伟人并问他

如何用他作为自己部族的招牌——②

他们只听从那嗓门最高的声音，

却不识心灵高卓之人的高卓。

---

① 他的城：指被誉为"歌德之城"的魏玛。

② 当指歌德被经典化并被人崇奉为德意志民族的精神象征。

你们知道多少，若说他丰富的梦与歌
你们虽然为之惊愕！他幼年就遭难
却能越过障碍，躬身在井边汲水，
他青年苦闷而劳碌，成年的忧患
和苦闷，他都以微笑遮蔽。
倘若他化身为更美的人物，此时
现身，你们有谁会荣耀他？他会像
一个王者，从你们身边陌生地走过。

你们称他是你们的，并感戴和欢呼——
你们却满怀所有属他的冲动
只是最底下仍潜伏着动物的冲动——
如今唯有民族之疥癣在狂吠……
可你们却不知，他已化作尘埃
从那时起，许多事物已对你们隐瞒
那个光辉四射的他身上，许多光辉
已经淡化，而你们却还很少提到。

尼 采

深黄的云团越过山丘

风暴寒凉，一半预着示秋天

一半预示着早春……就是这堵墙

曾环绕那个雷神——他是千百人中

唯一脱离烟雾和尘埃之重围者？

从这里，他朝平坦的中央之国①

和死城，发出最后的沉闷的霹雳

并从长夜，走向最长的夜。②

众人在下面蠢笨地小跑，别驱赶他们！

那将如针刺对水母，剪伐对野草！

敬虔的寂静笼罩着又一刻

而那只用赞美玷污他的野兽

仍在腐烂的污浊里贪婪地进食

扼死他的帮凶最先倒毙！然后

你光彩熠熠地站在诸时代的面前

像别的领袖，戴着滴血的冠冕。

---

① 指位于欧洲中央的德国。

② 指尼采逐渐疯癫。

你这拯救者啊！自身最不幸者——

你背负着哪些命运之重荷

你从未看见渴望之国的微笑？

你创造诸神，只为颠覆他们

你从不乐于栖居，并建造一个家？

你已杀死自身中最近的那个家

为了重新渴慕地在它后面颤抖着

忍着孤独之痛苦发出呐喊。

曾有迟到者祈求着对你说：

那里不再有道路可穿越冰岩

和猛禽的巢穴——此时必须：

将自己逐入以爱闭合的那个圆……

于是当那严厉而受过折磨的声音

像一首赞歌鸣响，传入蓝夜

和明亮的潮水——你们会埋怨：

"它该歌唱，而非言说，这新的灵魂！"①

---

① 语出《悲剧的诞生》。

104

伯克林①

急促的号声喜欢伴随亮闪闪的
傀儡和肥胖的商贩进进出出——
你被恩典宽恕，却丧失荣誉
脱离远近虔诚而寂静的人群
你走向太阳。默然向你挥手的
是城市之美和托斯坎纳忠诚的杉树②
还有远处利古里亚的岸边③
彤红的山岩下那母性的海。

当时，可憎的虚荣匆匆登场，
它捆缚肢体，只让一部分疯长，
这种垃圾横行，它如塔耸入天空：
你逃离平庸之辈放肆的狂欢，心想：
"唯独超卓于泥淖和废墟的事物——
你们不再敬重和认识，这最纯的
放射全部色彩的光明之珠，我要救往异邦，
直到你们复明后再度呼求它。"

----

① 伯克林（Arnold Böcklin，1827—1901）：瑞士象征主义画家，
是格奥尔格圈内的主要人物之一，后来定居意大利佛罗伦萨附近。他熟
悉地中海沿岸的风景，这使其作品富含寓意和神秘色彩。
② 城市：佛罗伦萨。
③ 利古里亚：意大利西北部临海的地区。

噢，全然比那个奴隶世界更真实

你缔造自由温暖的肉身之世界

有着甜蜜灼热的欲求，以及通透的欢乐。

你呼唤，从银质的空气和细长树梢

从墨绿的潮水，从开满鲜花的牧场

从夜黑的深渊，你呼唤原生的观者

到月桂和橄榄的故土，传说中那

遥远而芬芳被颂赞的国度。

你给痛苦以节制：让汹涌的涛声

渐然消遁，让哭喊穿过金质的竖琴

化为哀吟，把永恒希望里最深的蓝天

描绘在荒凉的堕落与毁灭上空……

如今我们这些头脑单纯的人也可以漫游

不要可怜地在黑暗里饮泣，此乃你的律令，

你只想防止（感谢你这个警卫！）

圣火在我们这冷酷的时代熄灭。

死　城①

这座新港填满广阔的海湾

它吸吮大地的全部幸福，一轮月

映照闪亮而粗糙的屋墙

无穷的街衢有着同样的欲望

人们白天讨价还价，夜里纵情逸乐。

只有讥讽和同情飘向母亲般的旧城

她匍匐在高处的岩石上

黑黢黢的围墙中，已被时间遗忘。

寂静的城堡活着，梦着，看着

坚固的高塔耸入永恒的太阳

沉默保护着它庄严的图像

在长满青草的街巷，居民们

四肢绽放，透过褴褛的衣裳。

她毫不难过，她知天将破晓：

从那些繁华的宫殿，沿着山坡

走来一列祈求的人：

"无聊之痛苦正将我们刈割，富足

---

① 死城：指热那亚。

令我们患病。你们若不相助，我们便会败坏，

请赐予我们你们高处的清风

和清泉！我们在寻找居处，就在你们

院里和厩中，在每个门洞。我们愿以

你们从未见过的珍宝交换，这些宝石

装满千百艘货船，价值连城，这些发夹

和戒指，抵得上全国的所有财富！"

他们却得到严厉的回答："此处不容买卖。

你们价值无比的财富，无非垃圾一堆。

此前曾来求助的，也只有七人获救①

我们的孩子也对他们微笑。而你们

都必死灭——你们的数目就已是罪恶。

带着你们伪劣的财宝走开，它会

令我们的孩子恶心！当心他们的赤脚

将它踢下峭壁，坠入大海。"

------

① 指涉《圣经·使徒行传》(6:3)里从众圣徒中拣选七人作执事。

我的时代·之二

我是你们的良知，我逼你们发声
所以令你们愤懑、拒斥和咒诅
"唯余卑鄙人在统治，高贵者已死去：
信仰已被抹除，爱心已干枯。
我们如何逃离腐烂的世界？"
你们要紧握火炬，当时代之败坏
耗损我们，你们会做到，就凭你们
自身被激怒的感觉和被破碎的心。

于是你们扭头，直至不再看见那些美好的
那些伟大的——为了否认他们
并摔碎他们新的和旧的形象。
你们超越自身和大地
在烟雾尘土与阴霾中建造，已有
巨型的高墙拱券和高塔耸立——
然而更高的高处，有飘浮的云
它早已预知，那一切何时崩塌。

于是你们爬进洞穴叫喊着：
"日子还没到。唯有从内部将肉身
杀死的，才配得救赎：永恒。"

此前那些苍白而狂热的寻宝人

便将他们的金矿随水熔化在坩埚里

外面有许多人走着阳光灿烂的道路……

因为他们以毒物和粪土熬炼灵魂

萃取佳美的汁液，倒掉了残渣。

我凝视那已有千年之久的眼睛

那些石雕的王者，在我们梦里

在我们沉重的泪中……他们和我们皆知：

以荒漠换花园，以严霜换火炭，

黑夜为光明而来——悔改才能蒙福。

即使黑暗将我们和我们的哀伤吞噬：

有一样（无人知之）却是恒久的

鲜花和少年的笑语与欢歌会响起。

至日游行①

湿热令人难受，殿里灯火明亮

盆中热汽腾腾，

我们的身体象牙般坚硬——

潜入漫长节日的炽热

和阴影，潜入饰物

它们从悬空的拱券

沿墙壁和地板流淌，它们出自

笛声和香醇的葡萄酒。

这时一阵夜风穿破所有的窗户，

我们的火把熄灭

甜蜜的颤栗悸动我们的头发，

我们离开杯盏，

踉踉跄跄地踩过砾石街面

被扯碎的花环，

我们冲出城门，进入乡村

从叮铃作响的乐舞中

看见红霞漫天的清晨，原野上

涌动着成群的割草人

---

① 至日：古代欧洲民间有在冬至或夏至日举行庆祝活动的风俗。此处暗指舒勒和克拉格斯在格奥尔格圈举行的化妆聚会。

牧民和种植者，赤裸着发挥

他们鼓胀着的力量，

我们的梦之明亮目光

注视羞赧的动物们

有营养的眼神，它们惊异却缓缓地

被红霞引燃。

光亮的四肢腾跃，紧紧缠绕

健硕的栗色马匹

像藤蔓缠住母树，

拥挤和践踏卷起

泥土之漩涡和青草的汁液

和着幼芽之斋粉。

快活而惊惧的叫声响彻林苑

竞逐刚刚开始，

颤抖的双手正要探索诱饵

此时已有人热切地渴望

捕捉和逃亡，却被泫然而出的

果实的汁液喷溅，

饮下坚硬嘴唇的鲜血和唾液，

草堆上扬起谷穗之烟雾

别人在交替亲吻两朵鲜花

从被选中者的胸脯。

圣殿骑士^①

我们只在黄金岁月曾与所有的人同行^②
我们这一群与众人分离之久难以计数，
我们是玫瑰：满有青春的热情
我们是十字：自豪地受难之艺术。

在无名的道路以无言的沉静
我们转动投枪转动黝黑的纺轮。^③
怯懦时代我们的兵器燃起骇人的火
我们谴责众民并在王座大声示警。

而那些充满恶意乜斜我们的人
他们的习俗和规则我们不遵照
他们惊恐万状，如果他们的恨
没有战胜我们狂野的爱之风暴。

我们用利剑和弓弩斩获的战利品
从挥霍者的指间漫不经心地流逝
我们的愤怒吐出了毁灭性的判词

————————

① 格奥尔格以圣殿（庙）骑士象征"被选者"或精英人物。
② 金色岁月：指黄金时代。
③ 原文 spille：纺轮，象征女性。

在一个孩子面前跪下的就是他们。

我们眼睛雪亮，鬈发飘逸
有人曾背叛穿丐袍的主人
我们难堪地为那无耻者掩饰
于是他用光辉美化我们的身影。

正如我们在敌军的攻击中茁壮：
我们的后裔绝不背离自己的族裔——
也绝不衰朽绝不羸弱绝不溃亡
热情正孕育着在他们体内汇集。

每一个荣耀的业绩和必要的转变：
惟有我们，惟有我们能将其实现——
为此我们在可怕的混乱中被召见
却被石头击毙：随你们的功勋见鬼去！①

而当地母，这伟大的养育者在愤怒里
不再干预也不再俯察下界的泉源，
只在世界性的夜里呆滞而疲惫地僵持：
于是唯有一人，他能一直与她斗争

能催迫她，且不依她的权利行事

他抓住她的手，抓住她的辫子，

令她不情愿地重拾她的职分：

让肉身神化，让神成肉身。

敌基督

"他从山上来，他站在树林里！
我们亲眼看见，他把水变成酒
还跟死人说话。"

噢，可惜你们听不见我在夜里发笑：
我的时候已到，现在网已结好，
鱼群正涌向网中。

聪明人和愚拙人——众民都疯狂地翻滚，
树被连根拔起，谷物被碾碎，
有强力为复活者的队列开路。

天上的工，没有我不为你们做的。
只差分毫，你们却没注意那个谎言
凭你们迟钝的感觉。

我为你们造一切罕见的和极难的
容易的事，诸如让陶泥变黄金，
还有芳香，葡萄酒和香料——

还有伟大的先知所不敢为的①

————————

① 先知指摩西。

那门技术——无需开垦、播种和建造
就能靠存粮而获得力量。

害虫的君侯在扩张其帝国,①
他不缺珍宝,幸福不绝……
却随造反者的余烬毁灭!

你们欢呼,陶醉于妖魔的假象,
挥霍此前那余剩的甜蜜
直到末日来临才感到急难。

于是你们唇焦舌敝,无水可饮,
茫然无措像牲口跑进着火的房子……
号筒骇人地吹起。

---

① 君王指魔鬼。

挺　进①

时候已到，

唤醒被魔法保护

而能在隐约的呐喊声里

酣眠的一切，黑夜般的岁月

漫长如无形的蛇

土地的焦渴不受关注：

残暴的口谕

濒死的汗水

被占有者虚弱的哭诉

无助者遭折磨

该咒诅啊

被遗忘的人在祈祷中死去。

扯碎土壤

撕裂荚壳

种子跃向太阳。

你们抢夺的

---

① 这首诗被有的评论者解读为诗人替 1919 年 4 月的巴伐利亚革命所唱的赞歌。

生于黑暗

你们的国家开始了。

从裂缝里炸开!

震骇空气

闪亮的军队猛击!

复仇之歌急促

纵火并抢劫

杀戮并甄别，你们是拯救者!

陆地和海洋

你们纵横分配

荒漠复为田原。

萌芽之云逸散

迎春花收养

英雄的风暴与烈焰。

潮　汐

当我的愿望将你簇拥
受苦的气息围绕你游弋——
一种摸索、饥饿和忧恐：
于是在渐然黯淡的白日
似乎有粗鲁的拥抱
挤压青春柔软的树苗，
仿佛冰冷的手指滑过
阳光照耀的柔润脸庞。

而当阴影变得更紧密
思想就温柔地引领你。
随后有音乐和光明，
仿佛在我们的旅程：
黑夜甩动它的鬓发
当星辰之漩涡离飞，
我们宛如被悦耳的雪花
照耀、引领和抚慰。

梦幻和童话把我高举
恍若重量已离我而去——
梦幻令你涌出泪来

为他人为你为我而流……

此时这灵魂于你更可爱

长久隐忍的苍白伤口，

于是我口里焦灼的烈焰

熄灭于你鲜花绽放的唇间。

环　视

我的心思全在你身上，我只能看到
居室城市和银色的林荫道。
我对自己陌生，我心充满你，心醉神迷
我夜里漫游在蓝色的雪地。

蓊郁繁盛的夏日，红霞涌溢的天空
曾经许下诺言——是否都已实现？……
而离别已久的人站着，抱着双手
故乡向他致意，疑虑还在他心头。

陶醉涓涓地注入守望者的爱之温柔
每一抹晨曦都为他编织可爱的轻纱
与你相隔的最短距离都带给他甜蜜的哀愁
而未曾享受的欢乐也随之开头。

你在惊异中放松，你甘愿倒伏
你哀叹是因为陡然的幸福之丰裕
你站起来，在纯粹的荣耀里光彩熠熠
热吻令你迷醉也令你窒息。

一个时刻来临：紧紧拥抱的人还在

狂野的双唇点燃的烈焰里小憩

此时的天空里，透过温柔的星海

浮现黄金和玫瑰之晨曦。

歌咏与琴声（两首）

仿佛通往死神的牧场[①]

我们邂逅的道路都阴郁。

而灰色的空气和舒缓的细雨

却孕育着一丝萌芽的气息。

凋敝的树篱涂满惨淡的光

排着稀疏的队列直到井旁

宛如一双双僵直的手臂

每只手都渴望挽住另一只……

偶尔有鸟发出的尖细哀告

消失在橡木光秃秃的树梢，

唯有一个神秘符号生机盎然：

碧绿的槲寄生缠绕黢黑的树干。

或许数日前曾有短暂的阳光

从寒湿的烟雾里诱惑性地观看

暴露在地上的苍白草茎——

第一批草。在干枯的草丛间

---

① 死神的牧场：指坟地。

124

黝黑的银莲花排着哀悼的队形。

披着银色的叶片，它们俯身

用蓝色的小铃铛遮蔽它们

内中的光和金黄的冠冕

就像有些心灵，于晨光熹微中

怀着半醒的愿望，却忧恐

潜伏着毁灭的料峭春风

而不敢将自身完全打开。

忧郁的心灵，于是你问，你为何悲哀？

这竟然就是对我们巨大幸福的感戴？

孱弱的心灵，于是我对你说，已变成哀伤的

就是这幸福，我因它所罹患的疾病是致命的。

苍白的心灵，于是你问，请你永远熄灭

那束火焰，是它在我们内中神性地燃烧？

盲目的心灵，我对你说，我热焰烈烈：

我全部的痛苦就是思念，惟有它在炙烤。

坚硬的心灵，于是你问，有比付出青春

更多的付出？我付出了全部金银……

还有更高的宏愿能撼人胸怀？

相比于这个愿望：拿我的血疗救你！

轻率的心灵，于是我对你说，你之所爱何为？

它还不如我之所予的一个影子……

黑暗的心灵，于是你说，我必须爱你①

纵然我的美梦此时已因你而死。

镜 子①

每段旅程之后，我必蹒跚
走近一方朴实无华的水潭。
凡我所梦所愿和所思
我总会带到这镜子面前
让它们从中辨识自己。
眼见自己总是惨淡无神：
它们怀疑地说："那不是我们"
然后哭着离开水滨。

我蓦然惊觉，透过这些酸辛
和那些痛苦的腐朽之旧影，
幸福正光彩熠熠地围绕我。
恍若它手臂在摇晃沉醉的我，
我把那颗星从它头上扯下
随后释然偎依在它的脚前。
我终于完全随狂野的烈焰
熊熊燃烧，彻底将我奉献。

梦幻和愿望你们此时要喜悦地

---

① 暗喻诗人的内省之心。

去那池塘！要躬身俯向那池塘！
你们不信，你们终于跟镜像一样？
莫非镜面已被枯萎的植株弄皱
或是受到了岁暮的云舞之搅和？
所以你们惶然彼此拥挤！你们
不再哭泣却郁闷而干脆地仍旧说：
"那不是我们！那不是我们！"

道　谢

夏日的草地在酷暑中焦弊。
在河岸被踩烂的三叶草小径
我看见水中我的头满是泥泞
被远雷的怒火染成了暗红。
疯狂之夜导致糟糕的翌晨：
宝贵的花园变成发霉的畜棚
树木都覆盖着悖时的毒雪
飞升的云雀也绝望地悲吟。

此时你穿过大地脚步轻轻
天空明媚恰是你绘的色彩。
你教人从喜悦的枝头采摘
你驱逐盘桓于暗处的黑影……
有谁知道——你和你寂静的光——
若我不为你戴上这感谢的花冠：
白昼你照亮我胜似太阳
夜晚你胜过每一颗星星！

赞　歌

你是我主！当你出现在我路途[①]

虽是变换多姿，我却一眼认出

你多么优美，我向你垂下头颅。

你不再有武器，无衣衫也无羽翼

仅有一样装饰：紧箍的发环。

你调和———一种馨香的魔汤

是它激活察觉你气息的感官

我身体每部分都因你的脉动而颤栗。

领路人只把你唤作痛苦之舒疏解者

却想不起，你修长的手指

能将你粉红的脚跟轻易碾碎。

我耐心地回绝我的肉身

纵使你带来你的兽群

它们用利爪灼烧

用獠牙撕裂伤口，令人哀哼

令人窒息而莫可名状地悲吟。

从你涌出柔美果实和浆绿的味道

而它们却发出粗野之恶臭。

不要抵触它们带来的泥尘和潮湿，

---

① 我主：此指"爱"（Eros）。

在你圈内活动的，没有什么可耻。

你清洁脏污，弥合裂隙

用你甜柔的吹拂风干眼泪。

在奔波劳碌中，只要我们挺住

每天每日都会以胜利结束——

而你的职任也是：再度赞颂

让被遗忘的微笑融入蓝色星空。

马克西敏·降临日（三首）

朋友看你是孩童

我看你是那位神：
我颤栗着认出他
我的敬虔献给他。

你于昨日来到
我已守望成疾
我已倦于祷告
我在黑夜迷失：

你以光晓谕我
它洞穿我暗昧，
在你的脚印里
种子立即开花。

正如愚钝的众民

呼求救世主，
窗户都已敞开，
床桌也准备就绪，

漫长的等待结束
只剩嘲讽和愤怒——
我也很绝望：
"三次自欺的人，

童年没寻到榜样
少年的渴望幻灭，
如今年富力强
他却倦于信靠。"

春天再度来临……

你神化道路和空气
还有你看顾的我们：
我口吃地向你道谢。

不等愚人们妄求
造化之圣言和业绩
创造者已将生机
注入每一样事物。

当那样的眼发光
枯树也会繁盛，
僵化的土地又苏醒
借助一颗神圣的心。

回应：奇迹

满头乱发的你
仍要踏入那些禁地？
祈求他现身？
瞧他如何在人世效力
他带着火焰穿过尘泥！

在众民之上
他以他的光辉吹拂你的头
好让他戴花冠的使者
临到你跟前，为你
少年之梦的灵龛祈祷……

黄昏飘逸的云团
他以手隆成圆形的殿
里面燃起柔和的火焰……
于是发生至高的奇迹：
梦和梦彼此汇流。

回应：引子

你是否也从高处坠落，
迷失于黑暗深谷：
在这里，你被选中
瞻望新的国度。
你啜饮清泉：
踏上开阔的地土！
黄的穗子越过长满堇菜的草甸
小树林里，戴玫瑰花环的祭坛
燃着烈焰，温暖的光辉颤栗
在空气里，还有永恒的
天使之歌响彻……他的嘴
紧贴你的嘴，将你纯净地灼烧
你流连于圣地：
你跪祷！

哀悼（三首）

你要等待直至我告诉你

我祈望你，我渴念你。
没有你的日子是罪过。
为你而死是荣耀。

当黑暗把一个人赦免：
我就踏上哀痛的阶梯。
暗夜将我摔倒在地。
求你回答这祈盼的呼唤……

"就让我向天空飘逝！
你要更健康地站起来！
见证并赞美我的奇迹
你要坚持在下面活着！"

森林喊出的它痛苦

它徒劳地佩戴青枝绿叶。
原野期盼你来祝福，
无你照耀，它已皲裂。

柔弱的草茎在山坡瑟缩
此时你不再从那里走过：
无你唤醒，所有的蓓蕾如何绽放
无你编结，所有的枝条为何茁壮
无你采撷，所有的鲜花为何盛开
无你品尝，所有的果实为何成熟！

刚有掊击，就有倒伏
从一棵树到另一棵树
下一个轮到谁？
清晨的绿意萎顿。
萌芽的小草枯死。
无鸟歌吟。唯寒风狂笑
遂有斧钺之声响起。

空气发霉，时日荒颓

我何以寻得荣耀向你呈示？
我何时才能点燃
那曾穿透我们日子的光明？
唯以相同方式埋葬我日子里
的光彩和瓦砾，我才有欢乐。
条条道路都只是我悲伤的方向。
我怠惰地虚度光景，无为无歌。
请带走这迷惘和幽暗的活法：
请带走我这些死日的牺牲！

马克西敏的生与死（三首）

你们眼目忧郁看透遥远的梦幻

不再关心那神圣的封邑。
你们感到终结的气息穿过一切空间——
现在你们抬头！因为你们已得医治。

在你们怠惰而寒冷的年岁
开启一个满有新奇迹的春天，
双手鲜花烂漫，发际熠熠生辉
一位神现身，走进你们的屋舍。

你们要愉快地合一，因为你们
不必再为逝去已久的繁华羞惭：
你们听见一位神的呼唤
有一位神已将你们亲吻。

既已被选中，就别再埋怨——
说你们的日子未得圆满就已飘散……
要赞美你们的城诞生了一位神！
要赞美你们的时代活过一位神！

你生长着，高过了我们

在你难以接近的荣耀里：
你已与那从高处
向我们道说的言词合一。
我们问询你的宽柔
从我们日子的所有步履中。
于是王者的微笑
使你的仆人们富有。

可夜晚却沉入
献给你的回忆：
于是有渴望颤栗
于是手臂向你伸出，
于是双唇俯向你
依然人性的图像
仿佛你仍在我们当中，
仍与我们——更荣美地！相同。

你呼唤我们，黑暗中哭泣的我们

起来！愚蠢的众民！
惨淡的烛光必渐然熄灭，
现在结束你们安魂的弥撒！

你在尘世的日子赠与我们的
光和力，我们此刻
逐一献出，好让你复活
直到你从我们的骨血

从我们能想到的一切美——
它总在我们内中闪亮
从我们对你渴望的呼唤获得肉身
并含笑朝我们走近。

你是我们苦寒中的灯火
你在荆棘里燃烧，
你赠予不谢的玫瑰
你先于春风来到。

你宽恕我们，以你新的样貌
我们唱歌为它祝福，
你使我们和你一道
摆脱无益的悲叹之阴影。

克制那曾伤害我们的痛苦——
你以火热的吹拂下令
好让缤纷的鲜花撒布
直至我们看不见你的墓。

我如何谢你啊，太阳，无论

每一物第一步是否跨越我门槛！
你都用温暖的光辉把我吻遍——
于是我的清晨欢悦，午间开朗！

我把头发交给温柔的轻风，
园中的芳香开启每个毛孔。
于是双手品尝紫色的蓓蕾
于是如雪的花簇清凉面颊。

噢，喧嚣的午后灼热可畏
连同英雄和魔法师的计划
它将整个世界交与我把玩
而我在小舟里和波浪戏耍！

同样渴慕节日般的黄昏降临！
此时，我被神圣的风俗点燃
亲切地搂抱那些宝贵的形象
直到一切欢乐在梦寐中浮现。

你成肉身

你的应许如今成真：
你我结成的另一同盟
登上权力宝座，如今
我就是我儿的造物。

此时，在最隐秘的
婚姻里，你我同桌分享
令我清爽的每道泉源
我所走过的每条路径。

你绝非影子和表象
你在我血脉里活跃。
你以善萦绕我，促成
常新而幸福的结合。

我的全部意义都从你
萃取色泽光艳和纹理。
而我随着每一根纤维
被你遥远的火焰引燃。

你用甜蜜的甘霖

浇醒我泯然的渴求。
我从萌芽，我凭
周遭的气息感知：

从明亮，从黑暗的泡沫
从欢乐的呼喊，从泪光
不可分割地诞生了
你我梦中的图像。

客　至

更柔的阳光倾斜
穿过你墙的罅隙
入你小小的园里
和你山坡的屋舍。

草地上鸟儿跳跃，
树丛里枝叶瑟瑟：
正午的炽热消遁
第一批游人动身。

此时盛满你水桶！
浸湿砾石的小路
连同灌木和花丛
还有蔷薇与桂竹！

请在靠墙的座椅
理顺蓬乱的藤蔓！
把鲜花撒满地毯！
就会清凉又芬芳。

当他作为朝圣者

在此黄昏朦胧时

可能会再次照亮

我们的土地并且

在路上分开枝柯

借着神圣的颂歌——

他将踏入你门庭

并坐下停留片刻!

迷　醉

我触及另个一星球的空气。
透过黑暗似乎有苍白的脸
它们刚才还亲切地转向我。
可我爱的树和路也已模糊
再难辨识，而你这明亮的
恋人之影——我的痛苦之呐喊——
也全然黯淡为更深的炽焰
只为从纷争之狂热中醒转
深深体味一种虔敬的颤栗。
我消解为乐音：盘旋，萦绕
表达无端的谢意，莫名的颂赞
屈服于那强大的气息，我无欲无愿。
一阵烈风从我身上遽然碾过
我在仪式中陶醉，听见赤诚的呼求
是祈祷的女人们匍匐于尘泥：
于是，我见香霭袅袅而起
在阳光充盈的澄明原野——
只有最远的群山将它环抱。
大地如乳液，洁白柔软地摇晃……
我登临巨大的沟壑之上，
恍若置身于层云之巅

游弋在晶莹的光辉之海——
我只是那圣火的一丝微光
我只是那圣音的一声回响。

风景（两首）

阴郁的感觉贯穿岁月的野性荣光

在午间它迷失于一片森林
在那里，从迟暮的番红花之锈迹
和紫色，有苦楚滴沥。

它从片片花瓣，大块大块地洒向
一眼凝滞的井泉黢黑光滑的表面
那里已有暗昧可怖的新娘
让一个眼睛清凉的男童醒着……

哑然无声，从树枝到树枝
金色的光辉穿过孤寂
缓缓燃烧着沉入傍晚的深黄——
于是幽暗的雾霭融入幽暗的叶子。

夜影如藤，以毛茸茸的边缘
缠绕一堵赤裸、滴血的荆棘墙
受伤的双手无力地挣扎向前……
惟愿睡梦此时走入这荆丛！

这时，一道亮光羞怯地穿透
可怕的灰暗，朦胧中焕发新光明。
有牧场在深谷上方大大地
扩张……穿过遍地紫罗兰的只有

颀长的树木之行列，它们如矛挺立，
以自身的银光照亮蓝色的高天，
一阵潮湿的微风芬芳地升起……
鲜花缤纷洒向一片敞开的海面。

再一次为你而活，爱，十月

还有我们的迷途，那愉快的幽禁
踩着朱砂般赤红的干枯落叶
穿过树干铁绿的幽暗杉木林

我们去探望十月和那棵树，沉默的客人，
在充满爱意的口角中分路
谛听枝叶间每个隐秘的动静：
一个尚未存在的梦之歌——

起初，山谷里一条欢腾的小溪
还依然传来它清脆的笑语
它匆匆离去，声音渐渐模糊

不知不觉它已呜咽着消失

漫游中我们无比陶醉，直至
道路，还有光明都离弃我们
随后一个还在采草莓的孩子
为我们指明走出树林的方向：

我们在松软阴暗的小径
慢慢摸索着向前探寻
透过逐渐稀疏的枝丫，最终
山谷开阔，屋舍在远处呈现——

拥抱着爬满苔藓的树干
我们向最后一棵大树告辞
然后穿过鲜花，迈向美好的目标
而风和大地在纯金中游弋。

夜

白昼的步履远遁。

混乱的森林转瞬
把我们拖进遗忘？
在黑夜的樊篱后方
我们被魔法的低语

攫住并献给迷醉。

树在闪亮的门旁
向上如扶梯耸立：
诱入无路的迷狂，
奔入闪烁的轨道。

大地震撼被拥抱者？

这是你在我内中的呼吸，
来自迷醉地域的气息
那混合我们肉身的，
用黑暗将我们抹去

在一个可怖的同盟？

听啊，一个声音苏醒！
从鲜花覆满的沟壑
神圣的泉源喷涌
送出那只朴素的歌

清晰地穿过树丛……

它警醒我们，去感知
鲜活的快乐：有意识地
陷入最幽暗的迷醉，
警醒我们：要准备消融于

一片做梦的海。

玫　瑰

在洁白和火焰般盛开的花浪里，
灌木丛翻腾着高高低低的涡漩，
你站定——你唱着歌，亲昵地扑进
芳香的花丛……你完全迷失于
这玫瑰之华彩。在午时
令你欢欣的花叶次第跌落你嘴唇
瞌睡恹恹地与你嬉戏着
一簇簇玫瑰的波浪。

黄昏也在此邂逅你！在树丛里
你迷了路，不再认识你自己，
你盲目地亲吻荆棘造成的伤口。
随后你坐下，低垂的脑袋在滴血。
此时，黑夜催动花事，卷起
盛大的漩涡……它们跌落的紫色
想遮蔽你的耻辱！于是你要习得
玫瑰的悲伤和肃穆。

连 祷①

哀痛深沉，我心阴郁，
我又踏入，主啊，你的屋……

行程漫长，肢体困顿
圣盒空空，盛满苦恨。

唇舌焦蔽，渴望酒水，
斗争艰难，手臂僵颓。

请赐予安息，给蹒跚的腿，
请掐碎面包，给饥饿的嘴！

我气息微弱，呼求梦幻，
我两手空空，嘴唇焦干。

请假以清凉，熄灭烈火，
请消弭希望，送来光热！

我内心炽烈，炉火熊熊，

---

① 原文 Litanei：东正教祷告方式。

我根基深处，愿望清醒：

请杀死渴求，封闭伤口！
请祛除我爱，赐我福佑！

庄严的竖琴①

你们还从周遭寻找祸端
你们还从外部搜求福祉：
你们还往疏漏的桶浇水，
你们还为可买卖的竭力。

你们自身和内中就有一切：
祈祷时你们那陶醉的声响
你们与之相融的每份爱意，
你们称为神或朋友或新娘！

任何时代都无法假借⋯⋯
风暴把大地清扫干净：
你们要走入你们的清晨，
将你们充满魔力的目光

投向授予你们的地土
投向簇拥你们的众民
和你们清晨在井里

---

① 此标题与荷尔德林的诗《寂静》（Stille）中"庄严的寂静"
（here Stille）相应。

看见的大地与晨曦。

不要妄想：能学得更多
除了令人惊叹的丰沛热情
可爱的鲜花，高高的星辰
和一首阳光灿烂的赞歌。

歌谣·序曲

那里星辰升起，
声音开始歌唱。
那里星辰降落
伴随交替轮唱：

你是那么美好
激发世界运作。
倘若你属于我
我会强迫运作。

你是那么美好
令我着魔到死。
你是万物之主
你掌控苦与死。

"于是我就觉得
我是如此美丽。
于是我就起誓
我乃属于你。"

歌谣（六首）

这是一首歌

只为你而唱：
童稚的幻想
虔诚的泪水……
响彻清晨的花园
轻松愉快的歌谣。
只为你而唱
但愿这首歌
能让你感动。

在风的织造下

我的问题
只是空梦。
你所给予的
仅余微笑。
从泪湿的黑夜
亮起一道光——
此时五月催迫，

我竟不得不
想着你的眼，你的发
每天每日
活在思念里。

潺潺溪畔

某些清晨
榛子花开。
山谷清凉
有鸟宛转。
阳光洒落
苍白闪烁
温暖我们。
田野休耕
树木灰暗
春风或将
抛撒鲜花。

带着朝露

你走过来，
与我同赏
樱桃花，
与我同享
青草香。

尘埃远遁……
物性使然
无物繁育
果实枝叶——
唯有花朵……
风从南来。

那光秃秃的树

在寒雾里挺直
它封冻的生命，
就让你那个梦
在寂静的旅程
从它面前动身！
它张开了膀臂——
你要常赠予它
这样一份恩惠：
让它在悲伤里
让它在冰雪中
还能企盼春天！

于十字街口……

我们在终点。
夜幕已低垂……

这就是终点。

短暂的漫步

令谁很疲惫

于我已太长……

痛苦令人累。

双手在引诱：

你竟没抓住？

哀叹已停滞：

你竟没听见？

我的街衢

你没走过。

泪水跌落

你没看见。

野生公园

我曾和你在黄昏
眺望风景的窗棂
此时浴着陌生的光。

门前小径依旧，你曾
目不斜视地伫立
然后拐下山谷。

你转身之际，将你
苍白的脸再次转向月亮
我想呼唤，为时已晚。

黑暗，沉默，凝滞的空气
降临，像那时围住这屋舍。
你带走了全部欢乐。

歌　谣

"从你屋外走过
我送上一份祈祷，仿佛
你已死在里面"
当我立在你的桥上
有耳语从河里传来：
你的光曾在此临到我。

若你亲自走我的路
请不要盯着我的眼
要无畏无言地转身

只怀着内心的喜好
如我们习惯的，所以
最后的路上有生人走过。

神会降临，这梦

已杳无影踪！
此时的空间充满
深渊传来的呼唤。

渴望已经消失，
骇人的热浪翻滚！
更猛的潮头
拍向那个人。

常常更新的
不再是誓言的声响！
我向你们，朋友啊
递上我的嘴去度假。

而双手和表情们
此时向我祈求安宁，
我向它们祈求和平……
而你只是保持清醒。

卷五　选自《同盟之星》

开场诗

于我们你仍恒为首先、末后和中心

循着你尘世的历程，转折之主宰，①

我们的颂赞涌向你的星辰。

那时，国中笼罩着广阔的黑暗

庙宇飘摇，我们内中的火焰

不再升腾，因为疲于别的狂热

我们未如父辈，去追寻明朗的事物

和强者的足迹未曾抵达的王座

而对远方的渴慕吮吸着我们至善的血。

此时你出现，如幼芽蘖生于我们自己的枝干

你的形象美丽绝伦，切近可触而非梦幻

你向我们走来，带着神的赤裸光辉：

于是圣洁的双手让愿望实现

于是就有了光，一切渴望都寂然。

是你救我们出离分裂之苦楚

带给我们那已成肉身的融合

同为此者和他者陶醉和清醒：②

---

① 主宰：指"马克西敏"。

② 陶醉和清醒：分别喻指"狄奥尼索斯"和"阿波罗"精神。

你就是那向云上王座祈祷者
他以精神作武器直至夺取它
并在他的日子以自己为牺牲……
你同时也是浩荡春波的朋友
顾长而闪亮地接受它的奉迎
你还是田野里的那位酣眠者
天上的使节曾在他身边降临。
我们在用棕榈和玫瑰妆扮你
我们也在颂赞你那双重的美
却不知道我们所跪拜的肉身
那位神的诞生正在其中进行。

我不知道我是谁……只听说：
我还没开始地上的言辞和作为
这将使我成为人……年头临近
届时我要确定我新的形式。
我会变成真正同样的生命
可我绝不会像你们：抉择已定。
你们要带来虔诚的枝叶和花环
就是紫罗兰的颜色和死亡之花
要带来纯净的火焰：珍重！
我已在另一条道上迈出第一步
已成为我想要的样式。分别时
留下的礼物只给了跟我一样的人：
我的气息将激活你们的勇气和力量

我的亲吻将在你们的心灵里燃烧。

莫非时候又已满足？何等热烈①

"仿佛有个世界要重新降生?"②

明亮的正午有魔灵行走……

黑夜里，舞蹈围着篝火。

有红色的火炬手，有洁白

戴花环的女人……笛声刺耳

所有结合都在混乱的亲昵中进行。

于是到拂晓，那精灵抓住我们

让我们着魔地交替言语滔滔

在迷醉中完成誓约和死亡仪式

直到每个最后的观者请求：噢，来吧

在我们狂乱的旋流中，你是支点和乐音

你是我们的庆典之神圣和冠冕

在我们幽暗的梦境，你就是那束光！

我恭顺地站在那谜之威力面前

犹如它是我子，而我是我子之子……

按它的法度，崇高者是泥做的

他在被自己的功业损毁之前

已含着痛苦和微笑走上回乡路。

---

① 指涉《圣经·加拉太书》(4：4)：及至时候满足，神就差遣他的儿子……

② 引自"马克西敏"的一首诗。

按它的法度，自我实现乃是

自我牺牲且为一切人自我牺牲

其功业随他之死而诞生。

最深的根安居于永恒的暗夜……

你们这些人跟随我，带着疑问围着我

别再解释！你们仅借着他才有我！

当我重新繁盛时，我已经衰朽……

让被遮蔽的存在着吧：跟我一起低头：

在深灰的风中呼求：噢，拯救者。

谁是你的神？我所有的梦之欲求，

与我的原型最接近，美好而庄严。

我们的黑暗怀抱给予的威力

历来为我们赢得价值和尊重——

最隐秘的源泉，最赤诚的火焰：

凡我眼中至为纯净处，就有他。

他是纾解者，也是施压者

于是新的激情注入每一条血脉

以新鲜的汁液鼓舞从前的神祇

和世上一切死灭的词语。

那位神就是至高仪式的秘密

他以四射的光芒表明他的等次：

星辰繁育的儿子表现他——

精神的新中心诞生他。

第一至第三部（三十首）

因为你的暴雨，噢，雷霆撕裂云层

你骇人的狂风撼动堡垒
难道不曾有亵渎的努力来寻求乐音？
"威仪的竖琴，甚至柔和的古琴
穿越上升和倾颓的时代，道说我的意志
道说在星辰之秩序中，何者不可变易。
而我将此箴言对你封缄：任何统治者
都不会成为救主，但凡他降生后首次
吸纳的不是充满先知的音乐之空气
但凡他摇篮边未曾萦绕过英雄颂歌。"

所有的青春像一个舞蹈流向我

是一次陶醉的号角和笛子合奏？
"主啊，我诱惑你那些太阳之子。
我发誓以人世的幸福换得你的歌
我甘愿承受流浪者的苦辛
搜求着，直至从他们当中找到你……
这就是我不舍昼夜的唯一作为
自从我将生命置之度外

173

不惧险阻地把你寻索。"

不可思议的是还在降生之前

诗人美好的鉴赏力就已孕育——
每部作品里你都追随最初的梦幻!
你用一粒尘埃创建了国度
就像有谁指引并知道你被拣选
"担着一切敌对的压力"
你确定货币语言和法度
事成之后你舍弃王座
朝别的世界泰然而去。

我是一个我是两者

我是父辈我是子嗣

我是刀剑我是匣鞘

我是牺牲我是袭击

我是风景我是观者

我是弯弓我是飞矢

我是祭坛我是祈者

我是烈火我是柴薪

我是富翁我是现金

我是符号我是意义

我是影子我是真实

我是一个终点和一个起点。

天神的愤怒从紫焰中说

我的目光已背弃这民族……
它精神患病！功业已殁！
只有那些乘着金色战船
逃到圣地的人，仍在
演奏我的竖琴，仍向寺庙
献祭，还有为寻觅正道
在夜晚热切探索的那些人
惟他们的步伐我善意跟随——
其余一切都是黑夜和虚无。

全知全有的他们在叹息

"生活贫乏！焦渴和饥馑
无处不在！缺乏充实！"
我知他们家家屋顶都有仓廪
满满的谷物飞逝又重新累积——
无人取用……
他们户户地窖都有美酒
干涸并耗散于沙中——
无人斟饮……
成吨的赤金散佚于尘土：
叫化子的衣角掠过它们——
无人关注。

175

你们建造的规模和界限是在犯罪

"已经很高的还能更高！"可是基础

支柱和联结却不再效力……建筑摇晃。

无计可施的你们望天求助：

"我们怎样避免窒息于自己的废墟

不让自己的幻象吞噬我们的脑子？"

他笑曰：此时勒马求救为时太晚！

神圣的疯狂必击倒千万人

神圣的瘟疫必带走千万人

神圣的战争必杀死千万人。①

寂静的城市上空，远处有一带血痕②

从黑暗里向我袭来一种风暴

在它的撞击声里，我听见脚步

人群由远而近，铁器碰撞……

一分为三的金属威胁地欢呼

喊声高亢，有愤怒和力量

令我毛骨悚然，仿佛有

一柄砍刀辟向我头顶——

急促的叩击驱使群氓乱跑……

不断有人奔逐，吹响

---

① 按《圣经》，疯狂、瘟疫和战争都是上帝用以惩罚狂妄、愚蠢的人类之手段，在此意义上，这些灾难是"神圣的"。

② 血痕：诗人 1913 年产生的战争预感。

同样刺耳的军号……难道是
诸神最终的暴乱降临这国度?

别跟我谈至善:在你们赎罪以先

尽情卑劣地行事吧,如你们所思所是
上帝只是个幻影,既然你们在腐烂!
别跟我谈女人:在你们没看见这一切以先——
凡遭强势者令人痛苦的授孕之撞击者
都不得不在快活中哀哭。
别跟我谈民族:既然你们无人预感到
泥土与水泥打谷场结合之正当性
以及合理的伴随和起起落落——
那是在编结被斫断的金线。①

有人立在锋刃,像闪电和钢②

他撕开鸿沟,分开营垒
颠覆此世,创造一个彼岸……
他在你们内中长久呐喊,说你们疯了
他那么卖力,结果喉咙爆裂。
而你们呢? 无论贤愚真伪
听着看着,好像什么也没发生……

_____

① 金线:象征命运和生命及自然的发展。
② 有人立于锋刃:指尼采。

你们继续说着笑着繁殖着。

警告者走了……那朝虚空

滚下去的轮毂，就再也无臂遏止。

世界的夜晚彤红……主又走进

有高门大庙的富庶之城

正是他所蔑视的，他要掀翻这一切。

他知道：该有的石头将无法竖立

如果那地基，那一切，不先沉陷。

人们在争执中寻求志同道合者：

无数只手在挥舞，无数的要人

在发话，惟独缺乏协调一致。

世界的夜晚彤红，处处载歌载舞

他们都往右看——只有他向左。

于寂静中舒展精神

就在纯洁的云朵下

让它在倾听中安宁

让它进入可怕的夜

好让它自强自洁

而你也摆脱面具

从此你不再聋哑

当那神在心中活动

当爱人在向你低语。

当我的双唇向你的贴近

我完全活在你内心深处
我又挣脱你紧紧的拥吻
松开我眷念的你的身体
然后就低头默默地远离
因我猜中了自己的出处：
在意识叵测的可怕远方
我们蘖生于同一个王族。

因我以全部热情维系于你

只想更美而充分地展现我
好让我的奉献能由此增多。
消灭我！用你的烈焰缠绕我！
我本自由，让我自由地做回自我……
愿望皆已删除，纽带都已撕碎
在如此的爱之侍奉中……惟余
更强更柔的：神圣的尊荣。

我曾苦苦思索奇迹

就在智慧之斗室里：
照亮我的是那个神？
那显现过的是精灵
来自叵测的高远处？

是我自己产生了它?

思想缄默! 心灵祈祷!

竟然会有奇迹恰似

这整整一年的奇迹:

莫非我凭我爱的强度

将一颗星辰拽出轨道①

进入这样狭隘的生活?

从心醉神迷之国返回②

富庶的海滨花果累累

我邂逅你于故乡之春……③

它一片金碧柔而易碎。

在那株洁白的梨树旁

你明亮率真毫无掩饰

你在开花的大地站定

因你是一位切近的神。

你眼眸清澈尚无阴影

你紧握的双拳很坚硬——

你有着牧人的胸与膝……

你正是一位早期的神。

---

① 星辰:指"马克西敏"。

② 诗人 1913 年初至 3 月旅居意大利,后返回慕尼黑。

③ 你:可能指诗人的朋友格罗克纳(Ernst Glöckner, 1885—1934)。

这是精神王国：我的国

之余晖，宫廷和林苑。
这里每一样事物都已
重塑和重生：惟有故乡
摇篮之地，恒为一曲童话。
借着使命借着福佑，你们的
氏族也更换了居处和名姓
父亲和母亲们皆已故去……
从他们的子嗣，这些得救者，
我要为我拣选世界的主人。

谁曾环绕过火焰

就恒为火焰之伴！
纵然他远游盘桓：
只要还看见火光
就不会迷失方向。
一旦看不见火焰
被自己感觉欺骗：
丧失居中的法度
炸裂而坠入虚空。

请别将你们寻获的那位

戴族徽和冠冕的新贵族领来！

因为所有的阶层都会盯着他
以同样感性的贪婪目光
以同样粗鄙的偷窥目光……
罕见的后裔带着自身的等级
没有世系地生长在人群中，
凭他们眼里的真纯热情
你们认出了那些同胞。

游行时挽着友人的手臂①

你们被领入圣洁的屋舍
震撼中你们无语地跪倒，
倾心将你们交托于万有：
旧的苦难破碎，你们重获意义……
你们自豪而欢乐地起立
不仅头部，你们全身都光芒熠熠……
一颗充满爱意的心进入所有的生命
一颗充满热情的心在每种高度追求
这一天就如此神圣而清醒地开启。

永恒星辰的光辉面前

各民族的日夜在漫游
犹如精神生长与萎谢——

────────────

① 当指在慕尼黑的室内化妆聚会。

182

睡与醒的情形也一样。
尘世里最荣耀的联结
也会被潮汐原理松开……
这类知识不令我们难受
岁月就是我们的边界
圈内的烈焰是我们的光
为它服务乃目标和幸福。

这里关闭门户：赶走无准备者

谁若不善领悟，那教义就会致命。
有图像声音和轮舞将它精心护卫
它仅作为指令，由人口口相传
关于它的内容，如今禁止言说……
从初次誓约时的沉默，你们已
获知谁是那字精句准的预言者
对你们业已和将要看到的世界
且勿道说那位崇高先人的名姓。①

秘密的消息广为宣示

足数的效力强于残数②

---

① 崇高先人：指荷尔德林。这本是一首"藏头诗"，原文每行诗句顺次隐藏着组成荷尔德林姓名的一个德文字母（Hölderlin）。
② 足数（Vollzahl）：可能指数字"12"，格奥尔格认为它代表完美，是充足"完满"之数，其余数字皆为"残缺"之数。

崭新的本质贯通全局

每个环节都得到升华：

从这完美的爱之环中

每位新丁都汲取力量

而他自身更大的力量

也随之注入整体之内

并最终返回那个圈子。

你们是底肥，此乃我对你们的褒扬①

人人都与自己都与我都与众人同在：

要履行义务并身怀敬虔之心。

你们是奉献者，你们支撑这国度②

却不知不觉，仿佛在别的星辰

或迟或早，都扮演着尘世的角色。

不要祈求更强力量的更快增长：

完满之数中蕴藏着每一种可能……

在你们内中创造着的，将创造一切

你们今天未能经历的，将永不发生。

各门派给我加冕，它们认为

我于他们的尊严有价值……

---

① 底肥：基肥，种植作物前施的肥料。
② 国度：指"格奥尔格圈"。

单纯的时代已远去。

于是真正的教益开始：

要真认识到它可售卖——

唯有从那位神得知的人，才是智者。

穿过神圣的地土，我带着你

走向神圣的目标……在和谐中

我感觉到萌芽和凋敝

我的生命我看作一种幸福。

对于无人知晓的东西别想太多！

难以发掘的是生命图像之奥义：

你射中的那只野天鹅翅膀断裂①

它一度在你的院中短暂地存活

你说它告诫要珍视遥远的生命

你和你消灭的其实有亲缘关系。

它奄奄一息并不感激你的照顾

也不怨怒……可在它临终之时

它怒张的眼睛却令你豁然顿悟：

你已将它转入事物一个新圈子。

你含着妩媚的羞赧低下了头

我猜你的书留在黑暗中：

————————————

① 野天鹅：阿波罗的伴侣，纯洁的象征。

意义何时规定精神和肉身……唯有你

清楚，何为灰烬何为滚动的命运之轮，

漫游和停留都有福佑，鲜活的手。

当时筵宴的主人抓住你：

在他炽热而陶醉的涛涛言语中

在积蓄已久的欢欣幸福中

沦陷的不只是精神——肉身沉默了

当你夜里悄然溜进我的营地。

朋友和师尊的箴言与忠告

令我在路途无依无靠……

你听见青年人的呼叫

你支持我的价值，令我

柔弱而宝贵的成长

在危难中刚强，有能力战斗。

所以我就定意跟你走

从一处到另一处

击杀你的敌手

用我的血成就你的事业。

从那为核心凝聚的力量之斗室

的内部空间，你们连同你们

多产的恐惧被释放到辽阔大地。①

从每只眼里都能猜出它的烈度

从每个形态都可知未来之车的样式。

你们的道路相离，而目标相亲。

你们的血脉，流淌着三重爱之酒

今天强大的就是昨日那美好的

你们的繁荣缘于唤醒者的荫蔽

其力量刚强你们，其微笑照耀你们。

战斗胜利后赢得地土，田野

重新鼓胀，期待新鲜的种子

返乡的战士和同伴身佩花环：

水清林茂的美地已开始欢庆

笛韵和角声奏响赞美之歌

载歌载舞的人们色彩斑斓

硕果和鲜花送出诱人的芳香

神圣的赞歌升腾：永恒的源泉。

① 这几句被一些读者视为诗人对几十年后才出现的核爆炸及其威力的预言。

曲终合唱

神的路径已为我们拓展

神的国度已为我们确定

神的战火已为我们引燃

神的桂冠已为我们所识。

神的安宁在我们心里

神的力量在我们胸中

神的愤怒在我们额际

神的情欲在我们口唇

神的纽带将我们维系

神的闪电将我们照亮

神的恩慈已浇灌我们

神的福佑为我们绽放。

卷六　选自《新帝国》

歌德在意大利的最后一夜①

何等的光芒从南海映照我？②

我看见两棵云杉，它们的黑翼

伸入永恒的蓝夜，其间

唯一的星辰闪着静谧的银辉。

此时从林间走出那一对……在塑像前③

圆亭正中，闪亮的大理石宛如他们，

他们依然拥抱着发出那伟大的誓约。

奋力穿透了黑暗惯习的暴力

此时他们昂首仰望统治与光明。

永恒空间的诸神惊异地倾听

他们的英雄颂歌，香风吹送歌声

越过瞌睡的陆地和呢喃的大海。

辞别令人心碎——辞别这神圣的土地

在这里，我头一遭目睹生灵在光中漫游

---

① 这首诗作于 1908 年。是诗人以歌德的口气在表达自己的思想。歌德曾于 1786—1788 年间避居意大利，从古代文化中汲取营养。

② 南海：指地中海。

③ 那一对：哈摩迪奥斯（Harmodios）和阿里斯托盖东（Aristogeiton）。他们在公元前 514 年杀死雅典暴君西比阿斯及其兄弟，为结束暴君统治扫清了障碍。

在残存的廊柱间有蒙福的人跳着轮舞……

你们赞誉我是"你们民族的心"

是"最真纯的继承人";可我在这里贫困得发抖

我在这里作为孩童重新发育,首次长大成人。

我已听见你们诋毁我的声音穿过雾霭:

"是赫拉的莲花令他忘记了故乡"……

噢,愿你们能听懂我的言词——

没有更睿智的话比这些对你们有益:

"不仅要一滴一滴地,不,你们将来也要如注地

以你们的鲜血,承受山那边的瑰宝①

承受它的分量和意义,只要你们尚未得救"。②

你们未曾遭逢那些更有福的世族之命运

一个先知在他们的时代之初复活③

他还是盖娅之子而非其孙④

他不仅能觉察尘世的秘密

他也是那些永生者的嘉宾

他在那里就是他众民的一道火光

它让众民此生不再于迷惘中摸索

他跃入狰狞的女护卫看守的深渊

她们坐在最深的源头

———————

① 山(那边):阿尔卑斯山。

② 这一段表明诗人对意大利所代表的古代文化的眷念和崇敬。

③ 先知:指荷马。

④ 盖娅(Gaia):古希腊神话里的地神、地母。

他敢于击倒那些咆哮的抗拒者

夺下并掌控他们的符咒……

可那样一个人不是你们，也不是我。

我遥想，昔日曾有艘旗帜飘飘的航船

将我们载往毗邻的莱茵河畔葡萄园……

秋天湛蓝，阳光洒遍日尔曼家园

房舍洁白，众山佩戴橡树之冠冕……

他们把最后的葡萄卸在山坡

用花环装饰酒桶，喜庆的葡萄农

给赤裸的金黄酒桶镶上彩带翩翩……

他们在果汁的醇香里载歌载舞

那时，街衢上奔腾着葡萄之碧流

狂欢的队伍头顶紫色的葡萄叶。

就在罗马人的界墙边，帝国的边陲，

我从预感中看见我秘密的故土。

和你们一道，我活在梦幻和乐音的国度

流连于你们的大教堂，我是敬畏的祈祷者

直到灵魂恐惧的叫声，从雾霭和阴霾生成的

尖顶与涡卷中，把我唤醒，朝向太阳。①

回家的路上，我带给你们一束鲜活的光，

驱逐你们内心最深处那更为暗昧的火焰，

——————

① 指哥特式建筑。

193

它是你们的厄难，只要你们依然迷乱。

请接纳这束光——噢，别说它"寒冷"！——

随后我将以最丰富多变的方式向你们撒播

石头、草本和矿物：时而一切，时而无物……

直到遮蔽你们双眼的翳障消散，直到你们发现：

事物之魔力，肉身之魔力，神性的法度之魔力。

虽然长久对抗这喜讯的，正是

你们当中最聪明者，他们须髯飘扬

指着一些发霉的书页喊叫：

"我们祖国的敌人，假神祭坛上的牺牲"……

噢，一旦时候满足：将会临到

你们的主宰和智者的又一个千年

唯有小群心醉神迷的背井离乡者追随

以其最清醒的感觉和最倔强的性格：

他们信靠那个最怪异的奇迹故事①

并亲身享用一个中间人的肉和血，

他们在泥尘中跪伏又一千年，在一位

被你们抬举为神的少年人脚前。

将我诱往何方领往何处呢，你们这对崇高者？

难道是思念之阴影，可爱而折磨人？……

我看见柱廊式庭院，树木和井泉

---

① 当指耶稣道成肉身的事迹。

194

老老少少的人群或劳作或休憩

他们匀称而强壮，我仅知阿提卡人

庄严的手势，甜蜜而有力的乐音

出自一张伊奥尼亚的嘴。不：我认出了①

我民族的男儿——不：我听见了

我民族的语言。喜悦令我眩晕。

奇迹已由大理石和玫瑰实现……

何等蒙昧的观看者颤栗着？

何等的光芒从南海映照我？

———————

①　伊奥尼亚的嘴：指萨福（Sappho，公元前 630 年—公元前 560 年）等伊奥尼亚诗人。

许佩里翁（三首）①

对于思念者

一个暗示足矣，而暗示

自古就是众神的语言。②

荒僻的海滨，从前

我定然在那里出生

民族的兄弟们？

虽我随你们欣然享受

我们地土的谷物和美酒

可我于你们总是外人？

正如儿子懵懂的自豪使他

区别于那些晚生的兄妹——

他们出自母亲的后一段婚姻

即使在一起友好地游戏时

他内心也有遥远而自信的预感：

他曾有一位更好的父亲。

你们陷入思想者

---

① 标题出自荷尔德林的同名诗体小说（Hyperion）。

② 这几句出自荷尔德林的诗《卢梭》（Rousseau）。

你们融入乐音者

随后在劳作中困顿：

在哪些水边啊，哀怨

在哪些柳下啊，哭泣

于何种幸福之后！

别学舞者的步履

别学欢乐的可爱手势

你们粗野，因为你们动摇，

不要加入能繁育的同盟

你们即使成双也孤单：

带着镜子的你们。

预感令我与你们为伴 岛屿和海洋的孩子们

你们虚构出美好的作为 崇高的形象

让斯巴达被驯化的勇气 与伊奥尼亚的甜蜜联姻

他青春时为合唱伴舞 塑造英雄的男子汉形象①

可爱宴饮的主人 国难中的领路人②

诸多部族竭力争竞 统一庙宇和游戏

至今仍无任何智慧 超越那些缔造者。③

是什么航过这汪洋 是谁穿越这海岸！

当那个时代将尽 在山谷的柏树下

---

　　① 他：指索福克勒斯。

　　② 主人：阿基比亚得斯（Alkibiades，前450—前404），雅典的将军，苏格拉底的学生，雅典民主派的领袖之一。

　　③ 缔造者：指前苏格拉底哲人和柏拉图。

史上最遥远的老师 引领最高贵的学生。①

你们拥有幸福之精髓 你们也在那里获胜

你们从老人手中把珍宝 统统传给子孙

你们用肉身和青铜 铸造人的模范

你们用轮舞和陶醉 孕育我们的神灵。

唉！千百个声音呐喊：这一切必定毁灭！

在那次可怕的命运之后 生命死于生命！

唉！按那个塞利尔人的命令 光明世界坠入黑夜。②

我回到故乡：如此绚丽的花海

还从未把我迎接，田野默然悸动

在我充满沉睡之暴力的林间，

我看见你们：魔力笼罩的河流山丘和林泽

还有弟兄们，你们是未来的太阳继承人：

在你们羞怯的眼里安歇着一个梦

沉思将在你们内中变成渴望之血……

我苦难的生命屈服于睡意

上天的应许就是亲切的报偿

对于虔诚的人，绝不许他在国中浪游：

我会成为英雄墓，我会成为泥土

神圣的萌芽臻于完满：

---

① 最遥远的老师：指亚里士多德。最高贵的学生：亚历山大大帝（Alexander，前356—前323）。

② 指耶稣。

随它们而来的是第二个时代：爱

生育了世界，爱将重生它。

我念诵这格言，圆已画好，

在黑暗追上我以先，我仰望的景象

已令我迷醉：不久，那位神会步履轻盈

穿过宝贵的大地，可感可触地走在光辉里。

致大海的孩子们（四首）

往昔你可敬而殷勤，然后你退避

如今诡谲多变的波浪要报复

长久的胆怯？它们引导感官

随大流的，乃是这整段航程？

你荒凉的街衢，折磨人的幸福

在我们面前呈现，恍若奇迹，

你来自那些海湾，犹如最近的恋人

在那里，森林漫至水边，从前

金珠驱动未遭研究的世界……①

北方倔强的众民为之角逐

你那清凉的眼，宛如一泓阴影之泉，

里面颤动着最陶醉而被禁的梦

因为命运就是你童年的摇篮

在起伏的航行之夜和寓言之国。

你无忧无虑地行走，拖着隐秘的锁链

你离开我们，只给予快乐的信赖：

被光明煨毛者那神圣的血

仍在甜蜜而荒谬的挥霍中搏动。

---

① 金珠（Goldperlen）：指琥珀。

航海之福佑和冒险之嗜好

将你——虔诚岁月里的强大魔咒

从我们眼里，拽向最远的大海。

这里有充实在闪光，永恒之和煦在微笑

而你们选择的春天海滨，只有

山的气息泄露内部强力的火……

你这大地的门生——热忱又可爱——

来到古老的金色铜像前

面对上天的信使被祈求的双脚①

你要在岸边寺庙里大胆展现你！

理智向你询问和希求什么？它跪倒……

虽然如此，就像生与死的主宰，

你用一根细线将灵魂绷紧

你闪着乌黑的长睫毛惊叫着发出暗示

你频频到来……这个早晨多么惨淡！

微蓝的天空里可是些条纹？

或是有黑斑在幽深的潮蓝中？

管风琴的乐音里有危险的叫声？

故乡如花的伤痛之风吹拂

快乐和遗忘之海岸？ 不！

依然如故的是太阳的辉煌，天空的

明媚，献祭之日纯净的寂静……

---

　　① 上天的信使：赫尔墨斯。

只是今日，你看起来更忧郁

这就扭曲了神所栖居的大海。

渴慕中的来者在我们门前

常邀我们于秋风中漫步

他问询的言词和温柔响亮的笑声

曾是冬夜的慰藉……那长久关怀的

此时轻快地出现，坦率而美……

在他绽放的唇间，有神圣的厌恶

和神子那可爱的欲望！

你也诞生于波涛的歌吟

在福佑的海岸，那里既无

劳碌苦役的压抑，也无一丝

持久的淫欲带来倦怠的睡眠。

在镶着白边的梯级山麓

目光穿过参差的银色橄榄林

望见悸动的绿潮和闪亮的船帆

夜里，山岩上响起庄重的歌声

缘于永恒的冲动结合权衡之苦痛……

你不知不觉给予欢乐，并以

共同的习俗使我们联姻

尔后你将起航——我们脱帽致意，

更有荣耀地！离开你珍贵的港湾

越过苍茫大海驶往哪一个新国度？

回响

此时大海奏鸣，闪亮的波涛
拍击无边的水岸，浪峰隐没
光团般的泡沫消逝，鸟群啸叫。
噢，大海生育的它们
在青春广阔的晨梦里预感到收获：
富饶和荒凉，安歇与劳作
你们听见海浪的歌谣——你们的赞美
在被大海劫去的贝壳之呼啸中鸣响
在那里，一个望着远方的孩子
把它举到耳边，在潮湿的风中谛听。

就这样你还活在我们心里，你觉得这歌
那么神秘叵测，几乎还没有出离
深沉寒冷的目光，却又不知不觉
走向了毁灭。哪道陌生的微光会欺骗
这诡谲光滑的水之微笑，而不顾一切？
没什么力量能救你前往安全的方向
生你的波涛正将你冲刷
直到黄昏，你的头发还在闪光。

在浅蓝的海滨，从洒满阳光的大海
温暖的午歌中，你的面容浮现
它生动可触，美得迷人。
站在麇集的人群里，你目光阴郁

而你脸颊染着夏日的光辉。
我们敬畏的他们，就这样活着——
囿于自己的力量但却高尚、轻松
熠熠生辉，宛如泡沫之子的身体。

而你被大海载着，从南到北
你这冰与火、强烈的斗争癖
与干枯的棍棒之奇异混合物。
我们之后你将何以为继，你这时代之终点？
你还要选我们短暂地游戏，就像他人一样？
波浪驱使你愿望更迭，可是不久
每一片沙滩上就将死寂无人
而你失去主宰的精神会在哀怨中疯狂！

你们已被迷住！海神正吹奏那首歌
在岩石和海岛周围，他的魔网
用波浪的鸣声把命运连成一片：
它们挤得满满，很快就请求着滑动着
几乎流失殆尽，却已在重生……
此刻，祈得的风暴抽打水面
雷鸣的海潮将残余的一切磨碎、卷走……
它卷走你们，而你们的灵魂留存
在被大海劫去的贝壳之呼啸中鸣响
在那里，一个望着远方的孩子
把它举到耳边，在潮湿的风中谛听。

战　争①

要是有人的良心受到了威胁

因自己的压力或别人的耻辱

或许就觉得你话语严厉又激烈

别理会，只要你能远离粉饰

把你看见的一切充分揭露

尽管让发痒者们自搔其痒吧。

即使你的话语有些费解难听

在初次品尝时：可一旦消化了

它定会为人提供鲜活的养分。

（但丁《神曲·天堂·十七》)②

就像林间的小动物，无论

胆怯的还是能忍痛断臂的

在山火突发或者地震时

为逃命会跟邻居挤在一起：

于是在破碎的家园，彼此有仇的

------

①　《战争》堪称格奥尔格最成功的一首诗，写于 1914—1917。全诗 12 节，每节 12 行，12 象征神圣的耶路撒冷。

②　引自诗人自己翻译的但丁《神曲》。

也会惊呼"战争"而结盟。

一种莫名的同感像风穿过各阶层①

还有一种迷惘的预感

接下来：刹那间，民众

被那世界性的巨大恐惧攫住

忘记猥琐岁月里积攒的烂铁破铜

意识到危难中的自己其实挺伟大。

然后，他们去对山里的隐士说：②

"厄运当头，你岂能清静自持？"

隐者道：这种惊颤是最宝贵的！

令你们震骇的，我早习以为常

我曾流出恐惧的红汗③

当初有人开始玩火，我的泪水

就已流尽，如今再难动情。

一切早已发生，可惜无人觉察

最糟的还在后面，却也无人预见

你们自己愿意承受外部的重压

这就是火焰的征兆，而非消息。

我可不会卷入你们遇到的纠纷。

---

① 喻指战争激发爱国情绪能凝聚各阶层民众。

② 隐者：取自《圣经》中的以利亚（Elia）形象，指那些超然于社会生活的人。

③ 红汗：鲜血。

绝不会有人感谢这先知。他遭受讥刺

和打击，怒火和石块：他呼唤灾祸

灾祸就已来临：累累罪行被众人视为

必要和幸福——被隐瞒的堕落

从人到虫豸的蜕变须要悔罪

谋杀千百万人，对他而言

在谋杀生命本身面前，又算什么？

他不能宣扬本国的美德和外邦的奸诈。

这里有妇人为此控诉，有餍足的市民

有白胡子老人宁要对手的刺杀和枪击

也不愿为我们的子孙

呆滞的眼神和被撕碎的身体承担罪责。

他的职责就是颂赞和惩罚，祈祷和赎罪

他爱着并在他的路上服务。他把宝贵的

后生们派出，并致以祝福……他们知道

是什么在驱动他们，是什么在护佑他们。

他们不为任何名义——不，只为自己。

他被一种深深的恐惧攫住。那些暴力

他称之为寓言。有谁懂得他的恳请：

"你们在尸堆上挥舞大刀者

要保佑我们不得出轻率的结论

不做最糟的事，不与异族通婚！"

对于犯下罪行的部族，必须无选择地灭绝

如果你们认为，流放不是最好的办法。①

欢呼是不合适的：将来不会有凯旋

有的只会是毫无尊严的毁灭……

从造物主之手擅自逃脱的

那些怪物：子弹和装甲，机枪和大炮。

他自己也会狰狞地狂笑，每当听见关于

以往那些伪劣英雄的言论，当他看见

兄弟变成血肉和残肢倒毙，而他在被可耻地

翻得乱七八糟的土地上像虫豸一样栖身

古老的战神已经不在。②

在喧嚣与扰攘中，患病的世界

发着高烧走向终结。惟有神圣的汁液③

依然完美无瑕地喷洒着，汇流成河。

作为代表的那个人何在？还有

唯独适用于日后审判的言词何在？

可笑的国王带着演戏的王冠

律师、商贩、秘书——口哨和数字。

即使秩序井然之处：也曾一派狂喜④

---

　　①　本节主要以《圣经》，特别是《摩西十诫》的内容为蓝本。有人据此认为格奥尔格有种族主义思想。

　　②　本节描绘冷兵器时代的英雄在以热兵器为主的现代战争中的失败。

　　③　神圣的汁液：鲜血。

　　④　秩序井然之处：指普鲁士。

随后是危险的混乱……这时，在我们

最黯淡的城市之一，从一座褪色的

郊外府邸，走出一位拄着拐杖、被遗忘的

朴素无华的老人。他找到了应对局面的良方①

挽救了在混乱与喧嚣中濒临毁灭的：帝国……②

而面对那个更可怕的敌人，他却束手无策。③

"难道你看不见大规模的牺牲

以及全体的力量?"那边也是如此。④

义务之必要事业哑然而黯淡无光

在这堕落的时代，牺牲并不加增……

民众可贵却无目标，不创生象征

也无记忆——智者在思虑什么?

人们在闲聊中畅谈幸福和人性

并且发动了最骇人听闻的屠杀。

循着最卑劣的爱慕之垂涎：最下流的

咒骂之口水! 那些疲于奔命者

也会卑躬屈膝，一旦那未来的脸孔

在他面前可怕地凸显。

---

① 老人：指兴登堡（Paul von Hindenburg, 1847—1934），作为一代名将，他于1911年退休，一战爆发后重返战场，指挥德军取得节节胜利，后当选魏玛共和国总统，1933年1月委托希特勒组阁。

② 帝国：威廉二世统治的所谓"第二帝国"（1871—1918）。

③ 有人认为这句话预言了近20年后的希特勒上台。

④ 那边：指英国和法国。

是什么作为精神崛起！如此纤柔的植物

它源头荒远……像腐烂的水果

流言散发出花季复活的味道

以凋谢的音调。昨日本已老迈的人

此时回家不会更年轻，说对了一次的人

最终都会迷途并陷入最大的疯狂。

讲句蠢话："我们这是为下次交学费"

结果啊就又会不一样！……为此只有

准备最大的悔过：观察和内省。

今天叫喊的和本想叫喊的，无人

觉察到他是在灾难中摸索，无人

望见那朝霞的一抹淡淡光焰。

那么多人死去不足为奇，奇怪的倒是

还有那么多人敢活着。谁与世纪同步

他今天就只可以看见幽灵鬼怪。

自救的，儿童和傻子："是你想这样"

人人如此无人如此——这就是简明的判决。

自欺的，无赖和傻子："这一次

和平帝国定会招手。"涂掉期限：

你们又得等待，就在巨大的榨汁机里①

直到葡萄汁漫过脚踝漫过膝盖……可此时

却冒出一个后生，他没有伪善的眼睛

_____

① 榨汁机：战争机器和死者的血。

210

却有命运之眼，早年的命运之恐吓
也不曾像蛇发女妖，令他的眼睛石化。

两边的阵营都缺乏思想——都在咂摸
是怎么回事……这边的人：斤斤计较①
别人计较过的，结果完全变成了
用以毁谤他人和自己所否认的那样
"一个民族已死，如果它的众神已亡"②
那边的人：吹嘘往日的辉煌③
和礼俗之优越，而待售的利欲
只想舒心地喘息……在最明亮的
洞察下不会有微弱的闪光。那些
可恶的人，将一切熟透当落的摧毁。
或许，"对人类的憎恨和厌恶"④
将再一次带来救赎。

我这首歌不会以诅咒结束。有些耳朵
已听懂我对于材质和种属的赞美
对果核和萌芽的赞美……我已看见
有手朝我挥来。我说：噢，吾国
你如此美丽，岂可让异族践踏蹂躏：

---

① 这边：德国。
② 引文为诗人自己的诗句。
③ 那边：指英、法两国。
④ 对人类的憎恨和厌恶：指德国人。

你茂盛的牧场笛声婉转，林间传来

风神琴的乐音，那些梦想依然

不可毁弃地飘过各自丰厚的遗产。

在那里，被野蛮地分裂的白种人①

他们如花绽放的母亲，首次显露

她真实的面容……多蒙应许的

的国度啊——因此你不要毁灭！

青年人唤醒众神，复活者

还有永恒者，呼唤时日之充盈

暴风雨中的引路人把权杖交予

晴空之主宰并驱走最长的寒冬。

那个挂在救赎之树上的人

扔下一些苍白灵魂的苍白，就像

炽热迷狂中的破碎者。阿波罗

对巴尔杜耳语道："黑夜还会持续一阵②

可这一回，光明不会来自东方。"

战局已经在星辰上决定：

把守护神珍藏于心的，必常胜无敌

而善于应变者，必是未来的主宰。

---

① 白种人：指欧洲人。

② 巴杜尔（Baldur）和阿波罗（Apollo）：都是神话中的光明使者。

暗　示①

M

数千年后的如今

唯一自由的时刻来临：

一切锁链终于破碎

从炸裂的地土升起一位

年轻俊美、新的半神。②

有人自原野来到门前。③

群山吐放紫蓝的火焰

天空苍白，死亡的气流

摔打屋墙，咆哮大地……

室内的一切都在酣眠。

他却惊骇得浑身发抖：主啊！

你的兆头我可是辨识无误？

有声音响亮地传下：时辰已到。

---

①　本诗为纪念"马克西敏"而作。标题出自荷尔德林的《卢梭》一诗："暗示自古乃是神的语言"。格奥尔格用星辰（星形符号）和字母M象征"马克西敏"。

②　该节引自"马克西敏"的诗《完成》（Erfüllung）。

③　格奥尔格与"马克西敏"初遇于慕尼黑的凯旋门。

三者在屋里充满恐惧①

手拉手地围成了一圈

热切地交换陶醉的目光：

主啊，你的时辰临到我们……

如你选我们作你的信使：

就让我们也能承受这过度的幸福

因我们目睹那永恒的孩童

活泼地走出了尘世之夜。②

七者从山上窥探地土……③

废墟在冒烟，蚜虫糟蹋田野：④

你的气息我们传遍全地

你的种子我们撒进土里

主啊！你又撼动我们的命运。

既然你将宣布长期休耕

我们就做你之威仪的护卫：

见过了你的光，我们死也乐意。

---

① 三人：格奥尔格、沃尔夫斯凯和 F. 贡多尔夫。
② 永恒的孩子：神子。
③ 七者：象征天界或天界的神。
④ 指蚜虫危害农作物。

祈祷（三首）

我又记起春天里的街衢

你期待的眼里充满了光

还有那些紫黑的黄昏

火热的生活紧紧缠绕我们

在夜幕下它才随祈祷消遁：

我觉得我至善的血之图像

也只是力量和尊严的余晖

你这俊美的祈祷者！我对我们

靠近你时的颤栗，诠释得不够，

我的歌也不符合更真的过程

就像某物投影于波浪……

如今我明白，先知和智者的预言

在我们绽放以来的岁月里

有一张嘴未将其作为现实全部阐明。

此时我看见数百高贵的额头

你的光辉悄然向他们流注

他们以各自的荣美颂赞你的本质——

如当匠人恭顺地履行了职分

我不想再用诗人的言词埋怨：

因你是那至高者，故我必跌倒。

狂野的混乱中，惊恐地守候①

一个关于废墟与眼泪的谣传

一声死神的呼唤……逃向何处

好让我自由庆祝大地的节日?②

我怕我被严寒包围，我凝视

那不太受信赖者的布告

作为热忱闯入我日子里的东西

不再把我的火迫入发霉的材料……

我缺乏那些最美的光之引导

我倒退着迷失于黑夜。

此时从山里吹来一阵风

光明和湛蓝涌入灰暗的花园……

珍珠色的芳香飘往阴霾的地域

朦胧的微光笼罩银色的南方

柔和的氤氲敷满塔楼和拱券

宛如你曾浮现于蓓蕾般的月中，

此时有期待颤抖着，仿佛不远处

某道门廊里响起渴慕已久的足音：

仿佛你以新的形态再度漫游于

那座你为我们而掌管的你的城里。

---

① 指第一次世界大战开始。
② 指春天。

无人有过如此的至福

能长久沐浴他的光辉，
它将存续并起起伏伏。
我得俯向幽暗的井泉
再次从深处觅取其形式——
虽不同于却又总是你，
最丰盛的庆典将重获青春
它从今日之倏忽萃取持续……
就让我于每一份欢乐
依生命的律法将自我点燃！
因为我们不涌流就会变浑浊
我们的精神常常冲出其界限：
自那光荣的开端它就在织梦，
直至无穷的序列和最后的区间
它不断追逐鲁莽的游戏……
它欢呼它预感中的朝霞
它疯狂地心仪于叵测的未知
然后又翘首瞻望向它呈现的
一颗恒星——它的星，有永恒价值
在那里，一切运行中仍有止息。

秘密的德国①

将我拖向你边缘

深渊，但别迷乱我！

永不餍足的欲望

从地极直至赤道

留下广阔的足迹

并以无情的强光

恬不知耻地照遍

世界的所有毛孔：

为所欲为的屋墙后

丑陋的斗室里，一种疯狂

正在被发明，它明天

就将毒化最远的远处

直到荒漠中的驼群

---

① "秘密的德国"（Geheimes Deutschland）：这个概念出自一些民间组织。1910 年起，格奥尔格圈内的人开始使用。它并没有统一的所指。例如，把格奥尔格目为"精神导师"的学者诺伯特·海林格拉特（Norbert von Hellingrath, 1888—1916）曾用它来阐释荷尔德林的"祖国"理想。格奥尔格的追随者，时任第三帝国国内驻防军上校参谋长克劳斯·施陶芬贝格（Claus von Stauffenberg, 1907—1944），后来成为暗杀希特勒（1944 年 7 月）的秘密组织的核心人物之一，则以"秘密的德国"作为自己的奋斗目标。

直到帐篷里的牧人：

不会再有粗犷的关爱：
孪生狼崽在岩石嶙峋
的林中峡谷吸吮母乳。
而那些养育着巨人的
荒野岛屿将不再葱茏
也不再处女般纯洁：

在这些极度的困厄中
地下的愁思重重
天上的则仁慈地①
动用他们最后的秘密
他们改变材料定律
在空间里创造新空间……②

我曾躺在南海之滨③
忧心忡忡，像那位先辈④
坐在平缓的岩石上
一个午间的噩梦
迈动兽足穿过橄榄丛

---

①　地下的：指冥神；天上的：指奥林匹亚诸神。
②　这几节描绘的险境似乎预示着后来成为现实的核武器研发和使用。
③　南海：此指地中海。
④　指避走于意大利的歌德。

令我蓦然惊悚：

"去到神圣的故乡

寻找源头的土壤

用更敏锐的眼睛

搜求潜在的萌芽

未被践踏的地域

和最幽深的林莽"……

太阳之梦的羽翼①

此刻正掠过地面!

---

① 与阿波罗神话相关。

这时我听见，他在礁岸①

从晨曦中裂开的天空

蓦然望见奥林匹亚诸神

巨大的恐惧攫住他

他不再参加朋友的宴饮

纵身跳进澎湃的海潮。

城里的柱子和墙角②

贴满各地无聊的消息

满足看热闹者的好奇：

没有人关心那件大事

街道和建筑都在摇晃

被可怕的爬行魔灵威胁。

那是冬天，他站在敞亮的殿堂③

闪烁的双肩隐没于大氅

花环簇拥他火热的面庞：

就在观众傻乎乎的目光里

---

① 他：指在宗教迷狂中自杀身亡的考古学家汉斯·封·普罗特
(Hans von Prott, 1869—1903)。

② 城里：慕尼黑。

③ 他：指"马克西敏"，在 1904 年 2 月 14 日的慕尼黑化妆聚会
中，他戴上花冠扮作"圣童"。

在温暖明丽芳芬的春风中

神从开满鲜花的道路走过。

四处的窃听者和知情者

随星辰陶醉飞舞的投球者

捕捉者不可捕捉——在这里

乳白的灯光笼罩忏悔的低语①

灯泡迷住了使徒的形象：

"对此我再难理解，只有哑然"

然后，从和平备至的区域②

从黑夜里承受光明的云层

传来战争震耳欲聋的沸腾

仿佛冒烟的地球正在毁灭

穿过烟尘和破碎的瓦砾

银掌的马群风暴般袭来。

不久我与他邂逅，他一头③

黯淡的鬈发，他总面含微笑

那是最明媚的安宁。这位

"幸福的宠儿"最终坦陈：

---

① 1910 年起，格奥尔格圈的主要活动都在沃尔夫斯凯的"灯泡屋"举行，里面挂着"乳白"的灯泡。

② 本节是格奥尔格的战争预感和幻觉。

③ 他：恩斯特·格罗克纳。

为赢取爱侣支持，他耗尽心血
他的全部存在只是一种牺牲。

我爱他，他是我最本真的血脉[①]
他照最好的歌唱最好的歌。
因为曾失去一份宝贵的财富
他便轻率地砸碎他的竖琴
垂下他本为桂冠而生的额头
寂然流浪于人群之中。

穿过欧陆的广场和街巷——
我常在此站岗，我想问个究竟
无所不知的百眼谣言反诘：[②]
"你曾有过类似的遭遇?"随即
又不无惊奇地自己答道：
"全都有过，惟独这种未曾遭逢"。

---

① 我爱的人：格奥尔格的追随者，诗人萨拉丁·施密特（Saladin Schmitt，1883—1951），格奥尔格很欣赏他的诗。
② 百眼谣言：维吉尔、奥维德等人曾描绘过长着许多眼睛的传谣怪物。

将我托举到你的高度

巅峰——可别摔下我！

弟兄们，你们有谁怀疑
有谁不惊骇于警醒的言词
那令你们群情激昂的
你们今天看为宝贵的
大都犹如秋风中的败叶
是处在终结和死神的领地：

惟有处于保护性休眠
尚无摸索者觉察到
在神圣大地之最深层
仍然安歇者——
今朝难以解释的奇迹
才会成为来日的命运。

绞刑犯[①]

问话人:

那个我要绞死的人,你可有话对我说?

绞刑犯:

在全城的咒骂和叫嚣中

当你们把我拖向城门

我看见朝我扔石块的人

充满轻蔑叉开两臂的人

不屑一顾双手抱肩的人。

可前排那些怒张的眼睛

分明藏着我的某一罪行

无非是轻些或囿于怯懦。

而审判席上严厉的大人

他们满脸的厌嫌和怜悯

则令我必须大笑:"知道么

你们多么需要穷人的罪恶?"

被我败坏的美德都在你们

---

① 绞刑犯:本诗中的绞刑犯被描绘成反等级秩序的罪犯和英雄。
有人将此诗一方面看作格奥尔格对那个时代的现存事物和死亡现象发表
的一篇具有无产阶级政治宣言性质的檄文;另方面也看作诗人在暗示自
己诗歌的永恒生命,此时他的诗就是他想象中的新型国家的美学体现。

还有贞女烈妇们的脸上：
只有我犯罪，美德才闪光！
当我的脖子被放进绳套
幸灾乐祸的我预览了凯旋：
作为胜者我已楔入你们头脑
被草草埋掉的我……必被
你们的后代歌颂，作为英雄
作为神……就在你们明白之前
我要把这坚硬的刑柱弯折为轮。

致生者的箴言（四首）

你在十字路口等待、盘桓

道路条条你却左右为难
爱在邀请你，就跟随其魔力！
在你的命运之年，平生头一次
你要自己作决断，作为男子汉。

既然一切还在震颤

既然还有黑暗威胁
使你无法着手创建：
便有请求向你渗透
要你谛听那些乐音
你就是它们的灵魂。

你潜入这条河里

它岸边柳叶飒飒
它水面月光闪闪！
那白昼主宰你的

已扔掉所有面纱

涤荡了一切欺诈！

你战栗着爬上来

在我和黑夜之间

你手为你所求的

从你嘴里挣脱的

会检验真实的你。

新旧的谜团闪闪发亮

可是你今天还不明了

不久以后你必定知晓。

你且躬身含羞地致意！

看那只手它在威胁地祈祷！

你往昔正是我今日所要的

明日你还是当然的被爱者

在美好的节日美好的地土！

贝恩哈特（三首）[①]

夜里我们从大门步伐一致地进入

既不会带去渴望，也不会带去暴力……
对你，我的爱人，我只有这份请求：
跟我一起保持清醒，直到里面传出呼唤。

你熟知那个梦幻世界：你会明白

我绝不会以每日的作为催迫你
你绝不会以每日的作为赢得我
密实的梦幻之风必须首先吹起。

它们迁变，替圈内每一事物着色
好让我们辨认出它真实的形式
好让我们叫出它真正的名字
可那发出声响的，却是你的嘴。

---

① 贝恩哈特·乌克苏-吉伦班（Bernhard von Uxkull-Gyllenband，1899—1916）：格奥尔格的追随者，事迹不详。

请从这一刻的流逝得到确定

它几乎不提供激动人的思想
只有一声嗫嚅出自我们的嘴
可那个内部空间却满有运动
那有一颗心给你丰富的消息。

沃德玛（两首）①

你能否，你不肯

心怀感激地让人
用信赖的手臂
托举你越过那惟一的门槛
你这不信神的时代之子？

你这无知的时代之子

是谁给你的力量
你砸碎那些门扉
付出受阻的努力
以你流血的双手？

---

① 沃德玛·乌克苏-吉伦班（Woldemar von Uxkull-Gyllenband，1898—1939）：格奥尔格的追随者，事迹不详。

佩尔西①

你想用几年时间漫游海陆
认识战争和危险中的世界，
你一个未献身者去寻求生命
因而它将你遣回，一无所给。

神能让人拥有的至上之物
曾来到你门口，向你呈现。
你没看见：你终其一生都是瞎子
你没觉察：你终其一生都是孩子。

---

① 佩尔西·高特因（Percy Gothein，1896—1944）：曾长期被视为格奥尔格的继承人，后来建立自己的"圈子"。

费尔维

你们忘了，数年以前你们

不经意地对我说：我疲惫至极……

在新鲜的血流清新地

充满你们的心房之前：

幽灵们会闯入一个狭窄的家园——

你们会觉得，其实它们全都很陌生。

你们依然是你们，借助它们而更新。

现在你们用华丽的言辞来隐瞒

惟一令你们痛苦的，是我们不许

像你们那样告白：我是

孤单的，我是我民族的最后一个……

马科斯①

你的花园何以能在晨雾里

从雀鸟混乱的欢叫中

醒来——那里曾有

杂乱的灌丛和繁花令你喜悦。

炽红的围墙宛如峻峭的岩壁

用一种魔法之氤氲将你围住

直到你睁大眼睛疑虑地

逐渐适应户外的凉意。

沉思的梦想家如今成了同伴

他奋力从破碎的光变为完整的光

他走在我身边轻松而愉快

他用露珠织出童真的脸。

---

① 马科斯·科梅内尔（Max Kommerell，1902—1944）：诗人和文学评论家，格奥尔格最信赖的圈内成员，后转向宗教，最终精神崩溃。

舞　者

园中有孩子跳圆圈舞，
歌声响彻柔和的空气
他们成对地转着圈子
伴随歌谣的节拍起伏
他们手牵手啊多欢快！
引领节奏的是个男孩。

多么轻盈他双脚旋转
多么敏捷他腰身扭动！
熠熠生辉啊他的头发
他是明星在中间闪耀
他是梦着的全部青春
他是笑着的全部青春。

B. 施陶芬贝格（两首）[①]

在众神之城的夏晖里

我们常常伤心地思索着
追寻那已故王子的足迹。

拥有战场优势、敏锐和强力！
在血沃的泽地上勇敢抵抗！
于我们何益，如果尊严已殁？

他空旷的殿堂留给了新贵
他的花园再也藏不住那株
老树的庄严，一旦它倒伏。

人人平等和最普遍的幸福！
纵然这胜过虔诚的幻想，
又有何益，如果优美已亡。

[①] 贝托尔特·施陶芬贝格（Berthold Stauffenberg，1905—1944）：法学家，后被征入海军。曾参加反希特勒组织，并争取其弟克劳斯加入。在克劳斯刺杀希特勒失败之后不久，他也被杀害。

循着条条命运路途

以不废之美起起落落
你绽放着走在我们中间……

当你对我们行使统治权
我们钦佩你,众民甚至
看你为复活的王子。

天　堂

随我去找那个秘法师，他能美妙地
让我们信服彼岸之真实和尘世之虚幻。
"我已去过，他还没有开口，我就知道：
他的天堂只是一个拙劣的玩笑。"

钥　匙

我听你讲论，尚无任何导师让我如此
看待事物。我想自己瞧瞧并检验它们……
"知识的开端就是钥匙，如果你有，
就径直走向事物！——若你的路是歧途
你花七年，到所有的学校阅读、听讲……
你回来时，会比今天更不聪明。"

灵与肉

智者不是说过：面对肉身之美
要寻求灵魂之美？"灵与肉只是
变幻的现实之言词。国家腐烂了
民众庸俗无耻了。于是就杜撰出
神性之物来帮助并疗救灵魂……
最近你谈及从前的友人，你说：
他的明眸已黯淡，他如花的嘴唇
已枯萎，他宽广的额头狭隘了……
我不知道，你在描绘肉身还是灵魂。"

智慧之师

你坚持向众人布道已有三十年，如今
有谁跟从你？"跟随我的不是个人，乃是世界。"
噢，老师啊，所以你将那些门关得更严了
你仅为一个词语，而不为任何事物效力。

教育家

那条老路不通达目标。咱来试试！

一、二都落空！让咱再试第三次！

"仅当你由衷地信，你才可以去做……

你知道，以你的职位，尝试就是罪恶。"

教 益

你为我授课需要什么代价？
"让我知晓你内心的想法
你要在真美中展示自己——
当我爱着，我就是你真正的老师
你心深处须炽热，无论为了谁！
当你爱着，你就是我真正的听者。"

门徒的疑问

那曾追随你前行的
后来何以会退却?

"有人只短期效力
患病的血导致叛离。"

那坐在盛宴上的
何以仍会毁灭?

"有人喝来生命
有人吃进死亡。"

你的教义全是爱——
它的呐喊常令人害怕。

"我给这些人和平
我给那些人利剑。"

致死者的箴言

一旦这些后裔 洗净自身的耻辱

扔掉脖子上那 为奴的枷锁

从腹中只感到 对荣誉的饥渴:

那么在战场上 会有无尽的利刃

而闪亮的血光 定直冲云端

军队吼声雷动 从原野里驰过

最骇人的惊骇 是第三轮冲锋:

　　　　死者归来!

一旦这个民族 从怯懦中苏醒

能记起它自身 记起那决定和使命:

它定会获知 对难以言说

之可怕事物的神性诠释…… 然后

会有许多手拥护 许多嘴赞美尊严

于是在晨风中 带着最真的标志

会有王旗飘扬 并躬身致敬

　　　　崇高者,英雄们!

亨利希①

你那勇敢的精神，是它自身的灯塔，
称最近和最远的区域为它的领地……
于是冒险家的脚踏上那片
他发现并完全视为己有的地域。

像孩子像小鸟样轻盈——幻想中的快乐
在你眼中，你作出决定并出发
当你说出辞别的话，你已心醉神迷
朋友，你第一个被美丽的旗帜覆盖。

---

① 亨利希·弗里德曼（Heinrich Friedemann，1886—1914）：曾通过 F. 贡多尔夫把自己关于柏拉图的一部著作献给格奥尔格，后来在一战中阵亡。

瓦尔特^①

那些佯装轻松者的沉郁舞姿
饰有精致的玫瑰和花绉，于是
生命最后一次彼此联系和团结：
那有我的王国……曾经，可这已成往事。

如今何处还有支点，哪里还有支撑？
柱子正在腐烂，门枢吱呀作响
腐朽的建筑就要噼里啪啦地烧尽
还能为我们作甚？有何必要且有何用处？

我预感到光，我看见我渴慕的门槛
我呼喊我敲门，言词和知识都无助？
想见识宝藏，却永难如愿——
我无法承受，便沉入波涛。

---

① 瓦尔特·维根霍夫（Walter Wegenhöfer，1877—1918）：格奥尔格的追随者，事迹不详。

沃尔夫冈[①]

你还未解开你这一年的谜团
又以敏捷的步子跃入下一年。
那里绽开许多给你慰藉的幸福
可你太聪明，知晓那流逝的珍宝。

我何以应答你沉默的目光？
临别时，我多想给予你更多……
请你驱散眼帘后的这份哀伤
或者说，骑士，请踏上最后一次征程。

---

① 沃尔夫冈（Wofgang）：不详，当为格奥尔格的追随者。

诺伯特①

你更像一位僧侣埋首于书本
你对战争机器感到厌恶……
可一旦被套上那粗鄙的头巾②
你却高傲地蔑视对你的爱护。

对于狂舞，你这晚生子显得太孱弱
可当那秘密世界之灵氛穿透你
你却像一切最壮硕者冲向堡垒
倒伏了，碎成火焰、泥土和空气。

---

① 诺伯特·海林格拉特（Norbert Hellingrath，1888—1916）：视格奥尔格为自己的"精神导师"，二十世纪的荷尔德林研究的开拓者，第一次世界大战中阵亡于凡尔登。
② 指被征入伍。

巴杜因①

我们之所以将优美的大氅脱下

将我们肉身之甜蜜负担放进花簇

是要你们毁弃我们房屋骄傲的柱石

要你们在庙宇废墟上竖起你们的偶像？

噢，我已

明白我们的死者对忘川的渴望

他们多想痛饮那遗忘之魔汤。

结果那镶钻的王冠对我们熄灭所有的光

黑夜降临我们朦胧的容器

你们——哗变者，对鲜活的血犯罪

已沦为乞丐，向敌人售卖血肉和璞玉？

看啊！怀着

何等的贪婪你们逃往浅浅的河岸

干燥的嘴唇撞向那些黑暗的潮流！

别以花环荣耀我们，别以画家伤害我们

别把灰烬洒向被你们辱没的地土

---

① 巴杜因：可能指东罗马帝国皇帝巴杜因一世（Balduin I.，
1172—1205），第四次"十字军东征"的首领之一。

我们的祖国：我们倒下的地方

我们的母亲：我们长眠的圣土

噢，深深的

啜饮之后，痛苦留在死者的眼里

而控诉，令人生畏地站在他们额头。

歌谣·之一①

我仍思虑我仍安排
我仍爱着的，都有相同特征

何等勇敢而轻盈的步履
从女性祖先的童话花园
从那最奇特的王国穿行？

是怎样一声唤醒的号音
从吹奏者们的银角飞出
响彻沉睡的传说之丛林？

而何种神秘的气息
依偎那刚刚逝去的
忧郁魂灵？

---

① 这两首歌谣意在揭示童话和传说等民间文学的源起。

歌谣·之二

有小伙独自进山①
胡须尚未长全
在奇迹森林迷路
就再也没回去。

全村出动把他寻
从清晨到黄昏
处处不见他踪影
以为他已没命。

时间过了整七年
有天早晨突然
小伙在村口出现
他正走向井边。

众人惊疑盘问他
目光无不惊诧

---

① 这首歌谣形式上追随海涅（Heinrich Heine，1797—1856）的叙事谣曲，内容上与霍夫曼斯塔尔的《世界的秘密》有关。诗人似乎想暗示：在现代社会中，对奇迹（Wunder）和童话世界（Märchenwelt）的信仰已被视为疯癫和迷狂，奇迹和童话这类蕴含丰富民族文化精神的东西也已褪变为"哄孩子的"故事。

他的爹娘已亡故
无人将他认出

几天以前的我
在奇迹森林迷失
碰上一个节日
他们却赶我回家

他们满头金发
皮肤白如雪花……
也有太阳月亮
山川河谷海洋。

众人笑曰大清早
他肯定没喝醉。
就让他看牛放羊
说他脑子癫狂。

他天天都到牧场
坐在大石头上
他唱歌直至深夜
没人对他关切

只有孩童听着歌
默默坐在一侧……

他死以后他们唱

直到最近还唱。

船夫之歌·别约兰达①

你徒劳地坚持。那人也已离去
在彼处安息　无人能将他
找到——　我血变凉
我登船　再也看不见你。

当他窒息 沉入礁群
远远逃离 就像近处的幸福。
你或预感颇多　却浑然不知结局……
大海强烈地诱惑 我决不会成为你的。

我知你会哭泣 临到深夜
你得知消息 说我已远去——
我的航船我的朋友 我劳作
直至陌生的海滩 我的命运完成。

我们都坏 惟你葆有纯洁!
不久你会温柔地埋怨 编织花环
给恩慈的圣像 在岩岩海岸②
并为你的 也为我的福佑而祈愿。

---

① 约兰达（Yvos von Jolanda），此名可能是杜撰的。
② 圣像：指圣母玛丽亚像。

倾听沉闷的大地言说

你自由宛若游鱼或飞鸟
你身系何处，你不知晓。

或许有迟到的嘴发现：
你正一同坐在我们桌前
也以我们的钱财为生。

你有了一张俏丽的新脸
可时间变老，今天无人活着
那还能看见这脸的人
是否会来，你并不知道。

海之歌

当那个彤红的火球
缓缓地沉下海平面：
我歇在沙丘不知有无
一位可爱的客人出现。

此时家中一派荒凉，
咸的泡沫里鲜花萎谢。
陌生妇人最后的屋舍
不再有人进去停歇。

眼神清澈，四肢明亮
这时有孩子金发满头
一路走来边跳边唱
直至消失于大船背后。

看见他来，又目送他去
虽然他对我不声不语
我也不知何言以对：
短暂一瞥却令我快慰

我屋顶密实，炉灶稳妥，

可是里面毫无欢乐
破损的网结虽已补缮
厨房和居室也都井然。

于是我坐下候在海滩
托着脑袋陷入沉思：
我这一天有何意义
倘若没有那金发孩提？

最后一个忠实信徒

那个人还在域外逗留
所以我觉得家园空空
作为外人我栖居于此
只是因为我王的魅力。

我不依循别人的欢乐
和节日计时，我要熬过
整个夏天和长冬漫漫
直到我王将我召唤……

若他再也不返回此地
若他不让我为他效力
赋予我目标和意义的
就惟有一样：与王同死！

词　语①

遥远的奇迹或者梦幻

我曾携往我国的边缘

一直守候灰色的诺恩②

在她的井里寻得名称③——

我才能将它牢牢抓住

于是它盛开光耀边土……

我又踏上愉快的旅途

带去一粒柔美的珍珠④

---

①　这首诗对海德格尔（Martin Heidegger，1889—1976）启发很大，他认为，格奥尔格关于"词语"（das Wort）与"存在"（Sein）之关系的思考，与他自己提出的"语言是存在之家"这一命题本质上是相通的，故在其《通向语言的途中》，海德格尔就写了《语言的本质》和《词语》两篇长文专门阐发最后一句："词语缺失处无物存在"。但第一句会产生歧义：其一可理解为遥远（指向过去）的奇迹，或者梦幻（指向未来），其二可理解为遥远的奇迹或遥远的梦幻。前两句意味着，"我"曾不止一次前往，每次携带的东西可能不相同。

②　灰色的诺恩（die graue norn graue Norn）：诺恩是日尔曼神话中的命运三姐妹之一，灰色（grau）：有"久远"之义，此处当是隐喻潜在的诸多可能性。

③　井（泉）：此意象（泉源，源泉）在格奥尔格诗中常常出现，象征起源，源头，此指民族之魂的本源。

④　珍珠：可能隐喻诗歌（Dichtung）。

搜寻良久她给我答复：

"无物睡在这幽深底部"①

它即刻从我手里遁逃

我国亦再未获此珍宝⋯⋯

我学会放弃缘于悲哀：

词语缺失处无物存在。

---

① 睡（眠）：意味着诺恩有能力唤醒沉睡者。

杯

看这金质的杯
盛满闪烁的酒——
人人都有一口！

瞧那木质的杯
装着三粒石骰——
个个都有一投！

这杯让人无虞
便知何者有利，
只需桌前一举。

那杯带来决定
无人可改可测：
你我运命何如。

光

我们感到悲哀，不再受你眷顾
当你转向他人，那些更有福者
当我们的精神，于赤忱的敬拜后，
在那些黄昏沐浴着你的余晖。

倘若我们蠢笨，我们就要恨你
因你常以能遏止堕落的光蜇人
倘若是孩子，我们就想把住你——
因为你照射一切啊，甜蜜的光！

你颀长纯洁如一束火焰[①]

你像清晨般柔和而明丽
你是从宝树绽放的嫩枝
你如一泓清泉质朴幽秘

你在艳阳的坐席上陪我
你以傍晚的烟霭萦绕我
你将阴影里的道路照彻
你是清风而你气息炽热

你正是我的愿望和思想
我从每一缕空气呼吸你
我从每一杯水中啜饮你
我从每一抹芳香亲吻你

你是从宝树绽放的嫩枝
你如一泓清泉质朴幽秘
你颀长纯洁如一束火焰
你像清晨般柔和而明丽。

---

①　此诗写于 1918 年，是格奥尔格听说贝恩哈特·乌克苏-吉伦班
的死讯时所作。

卷七 选自《日子和作为》（随笔与札记）

刘娜娜 译　莫光华 校

故土上的周日

（一）

我们离开大道，走上阡陌小径……这是九月末的一天：这样的时日能无雨地辞别，已值得感激。我们紧贴推动磨坊的小溪走着，直至它取水的那条河。此处曾建有一座堤坝，如今已成废墟。当我俯察一丛开着星形花朵的灌木，有个黑衣人在远处朝我挥手。

我们穿过一个村庄，刷白的墙壁沉默如墓。朝下伸向河岸的巷子干干净净，空无一人。一叶小舟渡我们越过不算宽广的河，来到一片辽阔的草地。条条空旷的沟壑暗示，当洪水袭来，整个草地曾没入水中。我们采集绯红的花，当地人叫它"羽玫"。

我们又汇入一条宽阔且印着车辙的路，它朝一个小镇延伸。左边排着长长的一列白杨。我注意到，白杨是树木中最严肃的……我的女伴微笑着注视我。随后我们遇到一些孩子，他们快意于玩具发出的刺耳响声；有手摇风琴在吟唱走调的歌谣，越来越清晰……小镇上定有节日。

（二）

孤身一人在宽阔的黏土大道上走啊走，疲惫地越过石块和车辙，直至迈入阴森的黑夜：上面有灰暗的雾汽笼罩，四面被潮湿憋闷的风包围。没有生灵，没有声音，没有亮光。不远处沟渠边的树身都模糊难辨。总有同一个铅灰色的障碍物做我的目标，且总在同样的距离。前面的沟渠边闪过两个身影：一个像条狗，一个像手持锡罐的孩子。

死去的花园中，过道里有许多活跃的手：太过繁茂的藤本植物被除掉，凋谢后冻死的残花被新花取代。人们铺上新鲜的砾石，用塑料蜡菊绕成花环。我们当中那些离开不久的人获得最丰富的馈赠。这是十月最后的时辰，苍白的阳光照耀红红黄黄的砂岩，照耀大理石人像，还有纪念碑，它总是令我很感动：那只巨大乌黑的锚——可疑的希望之象征。

山丘上的雪开始融化。河流和被雨淋坏的寂静的道路模糊于一个惟一的金黄、银白的平面，且又会陡然变成棕色和灰色的现实，因为太阳在云里钻进钻出。这景象，常常在转瞬之间几番更迭。伴随一种可感的快慰，心灵忍受着这周日之苦楚发出的闪光和火焰。

（三）

我的故土上有四条周日的道路：模糊的回忆之路，重新拾取的作为之路，不可扭转的绝望之路，以及可能的幸福之路。

（四）

古老的村庄，先人们曾在此生活，又次第葬埋于教堂墓园里常春藤披覆的墙边。在鹅卵石铺成的街巷里，有几个我从未见过的人招呼我。通往教堂的路上，一位老妇人带着远祖的欢乐认出我、询问我。我眼前又幽幽地浮现：拱形的木门，楼梯边木刻的头像和旧式家具——它们让人感到家的温馨，恰似里面的居民那传承已久的可敬的殷勤。我本想打探那位老伯：可我真不知他是否已亡故。

或许会让我看一件保存多年的传家之物：一个俊美文静而聪慧的孩子的石膏胸像，他定然是夭折的……这尊胸像存放于那间寒冷的、有五扇窗户的长方形大厅。大厅里有古法兰克式的镀金，镶边的白色地板，破旧的长毛绒织物和色泽幽暗得难以辨认的油画。所有的护窗板都会被打开，好让人看得清楚些。他立在一个旧支架上的玻璃罩里，高高的额头有些凸出，看似比实际年龄要大，因为此像是按死者的面具塑成的，他小小的后脑勺也很凸出，而嘴角已开始出现皱纹——就是后来被称为"痛苦褶"的。

草地、水域和蓝色远方共同达成的安宁，只是偶尔被一面旗帜的拂动或是周围小村里传来的节庆之声打破。其间漫长的间隔里，有火鸡在农场上啼叫。孩子们有的站在浅濑的河心钓鱼，有的在柳荫下戏水，上游稍远的渡口浮泛着一叶空空的小舟。能否在此祥和纯真的风景里重新寻得自己的灵魂？

儿童日历

在主降临后的最初几周，除了三位智者的外邦人面孔以及金色的祭香和镜子，我们对别的一切几乎毫无印象，只记得曾坐着雪橇滑过与原野融为一体的、封冻的河流。在玛丽亚圣烛节，① 我们听见，许多人在谈论逐渐增强的光明和对严冬之终结的希望。清晨，我们参加燃烛仪式，次日我们就领受烛光的福佑。狂欢节上，我们的穿着斑斓怪异，且看见一个颠倒的世界：男人变成女人，人类变成动物。清早天还没亮，孩子们就唱着歌儿高举叉在树棍上的面包预告狂欢夜的来临。圣灰星期三，② 我们来到圣坛前，牧师用圣灰十字架在我们额头画上印记。复活前的第三个礼拜日，我们看见，有人开始今年的第一次田间劳作，而当汁液重新涌进树干时，我们坐在柳丛里，吹响用敲松的树皮剥成的柳笛。燕子和鹳鸟归来。随着圣坛的毁弃，复活节前那神圣的一周莅临。这时，管风琴和拨浪鼓的沉默，取代钟磬的合鸣。耶稣受难节，当牧师和望弥撒的人群离开之后，我们匍匐着挺直身体，我们伸展四肢，在圣坛上亲吻放倒在地的圣木。③ 到黄昏，古老哀怨之声响起，控诉城市的堕落。随后是礼拜六，十字架的遮罩被揭除，长号奏出复活节的欢乐。之后的

① 圣烛节：2 月 2 日。
② 狂欢夜（谢肉节）之后就是圣灰星期三。
③ 圣木：象征耶稣受难的十字架。

白色星期日，① 大清早就有圣歌从塔楼传出，把我们唤醒。我们起身，去观看那些小新郎和小新娘们组成的游行队列，这是他们头一次去领受圣餐。他们个个额头呈现敬畏和虔诚的苍白——这是惟一的一天：是日，这个民族那些即使蠢笨的孩子也会变得美丽。四月底，我们又开始照例的行程。我们来到草地，我们走进山里。我们的母亲告诉我们各种花草的名称和效力。她们指着那些难以攀援的山顶，说上面长着一种罕见的白鲜花，② 它夜里会滴沥荧荧火焰。圣母月③的晚上，我们带着花环和一簇簇丁香枝走向小教堂，去妆扮圣母。在这里，有人教给我们两种祈祷姿势：十指弯曲相交表达忠诚和谢意，十指竖立相合表示祈祷和赞美。基督圣体节：在盛大的游行中，至圣者被引领着，穿过撒满鲜花、装扮一新、圣香飘逸的街衢；而我们清澈明亮的童声与沉郁浑厚的男声汇聚成一首感恩的赞美诗。夏季随圣灵节而来，林间和河畔歌声荡漾。我们用巨大的石罐把葡萄酒扛上山去，放在溪流里冷却。我们席地而坐，在杉树下围成一圈，享用愉快的晚餐。到了施洗约翰节，④ 我们挨家挨户募集柴薪，然后装上手推车。我们将柴草在高处堆积成垛。夜幕降临，

---

① 复活节的第二个星期日，是基督教徒庆祝复活节后 7 天的日子。

② 白鲜花（Diptam）：白鲜属芸香科植物，俗称火烧树（Dictamnus albus），分布于欧洲和亚洲北部，多年生草本，基部木质，有强烈的气味，花大而美丽，白色或粉红色。有油腺，经挤压其含油物质释放放在空气中，可点燃。

③ 圣母月：天主教徒对五月的称呼。

④ 6 月 22 日。

篝火熊熊燃起。我们喜欢用赤裸的手臂飞快地划过窜动的火焰。在收获的日子，当酷热稍退，我们走进原野，用矢车菊编成花环。有人教我们用翻卷的罂粟花做成小公主的模样。在那里，我们曾听见一位割草人唱了一首关于"奥丁"的歌，① 我们难以解释我们当时的恐惧和惊诧。很久以后，我们才想起原因：一位千年之前已被废黜的神，如今或许依然有人记得，而一位当今的神却已被忘却。八月中，我们陪同被一幅支架抬着的本城圣像，去山上的小教堂。它披着暗紫的缎袍，肩挂一圈新熟的葡萄。我们身穿缝有贝壳的朝圣者衣袍，手持净瓶和木棍。圣灵节过后，又有许许多多的礼拜日循着漫长的序列次第到来，然而它们很少带来令人喜欢的变化。于是，这些礼拜日在我们童年的记忆里就变得暗淡无光了……直到基督降临节。此间是"三一节"，这一天，有夜行者和千里眼诞生：这是葡萄收获日和万圣节② ——大雾和严寒降临前的最后一个节日。接下来的日子里，我们提着灯盏去做晨祷，反复吟诵诗篇"天泽义人"……这漫长的几周里充满对日益临近的圣诞夜的憧憬。

---

① Wote：沃特人（Woten），芬兰西部的一个部族，二战后大都迁入德国。根据下文，此处当指北欧古代神话中的"奥丁"（Odin），即古日尔曼神话中主神 Wotan。

② 11月1日。

日子和作为

家

我在狭窄的四壁间漫步，又一次看见深绿的帘子。其中两幅围住光明，两幅围住黑暗：那些门。（光明对面的）一扇门就在黑色柱子上的两幅白色神像之间。靠第四面墙有几大捆干草放在神像左右。天花板上是冠状光晕，以及三只手，每只手有三根指头……我倚着微温的陶炉。楼下传来管风琴奏出的街头小调——它常被我们尖酸地讥讽，此时却啃噬我心。

我又来了。我曾在夏季把我的哀痛扛到此处。可是当时长草的位置却有白色的绒毛，里面凸起些黑的树干和黑的枝丫。旁边也有低矮的灌丛，带着灰色的厄运之荚壳。笨重的支架上，群群爱神显得比眼下更赤裸———一把斑斓的扇子在它们背后张开……那时我的痛苦还是红色。这时它的色调已变柔和，恍若冬春之交天空的一抹蔚蓝。

几乎没有淋湿的地面又开始尘土飞扬。清晨的阳光已如此灼热。此时大车轰隆小车叮当，劳碌的众生挤在便道上：

他们在人人都想利用的那窄窄的一溜阴凉中摩肩接踵。多么不真实啊，一些破旧的篮子飘溢铃兰的芬芳。这芬芳产生干扰，当敞开的教堂从庄严的烟霭中想对道路说些什么。

风雨之后

丁香花泛黄，芳香渐渐散去，树叶和小草长得更密，颜色更浓……花园盈润而清凉，几乎有着人的纯洁。节日的清晨受到下雨的威胁。钟声和鸣时，又有蜡滴从插在栗树上那些冰冷的蜡烛跌到地面已有的蜡堆上。

太阳炽热的双手使树叶疲惫，被夺去光泽的叶面，蒙着灰暗的尘埃。正是泥土和植物吐露芬芳的时节——它们的芬芳更强更具有夏意。丁香之后是盛开的刺槐——它们邀人入睡：谁也不愿从这酣眠中醒来。

持续而温暖的光令人在仲秋遥想春天。我却觉察到，自己内中正在发生一次缓慢的死亡，即使在今天这般嘈杂而毫无消遣的日子也是如此。疲乏于过去的清醒，我在正午睡去，直至黄昏才再次醒转。此时有哪些难以解释的变化？就算没有那些崭新的钟磬发出的伪劣声响，我也感觉自己更康健了——在一种温柔而纯粹的痛苦中被高高地抬举着。

春天的热情

田畴和溪畔还留着些雪痕，群鸦从单调的平原飞起。白的云绺把它们的死亡之手伸入早春灰暗的天空。煞有介事而又可笑之极：山坡上有几株枯树，就像一些大鸟在风中俯仰盘旋。

你们这些镶着金边的云层，恍若变幻不定的诺言，对你们的记忆已经淡漠——当重新温暖的日子驱动热血再次沸腾，从屋舍到山丘，从原野到河流。那些被阳光沐浴的高度会损伤眼睛——它仅注视着逝去的夏季里被尘封的灰色树叶，还有繁花覆盖的赤裸树身，当它们尚无一丝绿意。在黑夜的园中，这些树木却变成闪亮而颤动的形象……

那些坟墓曾邀我去做客，这很自然。其中有两个甚合我意：一座墓旁长着些名贵的松树，它们挂着尖尖的葱绿果实。另一座墓旁，一位轻纱覆面的女人守护着一个孩子那冰冷的小屋，已有半个世纪。

不远处有座幽暗的小教堂，它建在那条河的凸出位置，它的窗户和内部皆已毁坏。从前人们常在里面念诵经文，祈求某个圣者能让一些在附近溺毙的人安放于此。穿过一列倾颓、风化的十字架，我走到河边，潺潺的水声令我耳疲惫。面对粼粼的水波之镜，我失欢已久的眼睛充满慰藉的泪。

当困顿和不安如此鱼水交融，我常常用扭曲的欢乐将一些迥然各异的片断连缀成一片风景，仿佛有一只柠檬黄的蝴蝶蓦然飞过灰颓失色的丁香，宛若一个突兀的决断居然出现在那些犹豫未定的愿望和欲求中。

两个黄昏

沉郁的大雾遮蔽本应放送光明的天空，虽有烟雾弥漫中的灯光，也难看清眼前的事物。于是，干枯低垂的枝丫会鞭笞人脸，当人走在地毯般灰白腐碎的街上。有锐利的风剪伐而过，却不触及欲望之深根。如果从这令人憔悴而不陶醉的孤独，逃进一间光明欢乐的殿堂，就会浮现出令人难受的同样的图像，恍若一只猫——它在一扇紧闭的窗前蹲伏，虽然盯着却无法捕获咫尺之外的一只鸟，只能切齿呜咽。

明媚的日子到来。午后的窗户和山墙闪着某种新颖而陌异的金属光泽。房前的园中和草坪卧着齿状的残雪，宛如斑斓的貂皮。室内室外都洒着块块完全不期而然的光斑。此刻若是穿过大门，漫步走进黄昏，就会感觉，所有光辉的信仰和骄傲，都被重新唤醒，指向我们思想的那个粉饰性的圈子，宛如指向我们最自然的欢乐天空。

圣灵节

犹如我们在最幸福的日子，满怀喜悦而痛苦的紧张之心守候节日，我也执著于你的到来。在钟声和鸣时，整个青春的梦幻都发出不可言说的幸福之回响。园中亲切的鸟鸣却缩短了那些缓缓消遁的时辰。

你的临近和你的遥远，于我都是一种厄难。我不可以设想，两张炽热的脸彼此能相互触及，我们的目光能照亮彼此的深渊。痛苦和沉醉就是看似无比寂静的那些漫游——穿过灌丛和葡萄藤，我常常惊讶地抬眼望见，在这片富饶喜人的风景里，绝望是何以成熟的。

如同从葬礼上返回我荒凉的家，我看见那些山丘上，还在我心中以其整个生命燃烧的白昼之柴薪，正冒出最后的烟焰。所有的道路和苑囿都萧疏荒颓，小树林边的罂粟花变成团团血滴。

我必将离开你和众人，一旦说出仅在死神面前才堪忍受的那句话。我不会有任何指责，因为正如一切伟大的概念，美也要索取它的牺牲。在激情的漩涡中，我将辞别光芒熠熠的生命。

愚妄的希求和预料中的苦痛要求我沉默。今日你将微笑着去，你又将微笑着来——无知地路过我们历经的沟沟坎坎。我却无力告别。我已沿黑暗的路径登上山丘，当那即将带走你的、疯狂的轮毂滚动着临近，当火样灼热的目光潜入山洞，忽然有声响发出，仿佛夜里的一声呼救。

最后一封信

　　无爱，你也能微笑，而我只能恨。你轻松的妩媚会满足许多人，我却不拿它交换你本来必能找到、本可将我拯救的那句话。整个夏天你都滔滔奢谈形态优美的云、森林里谜一样的响动和村笛的乐音。可是对于那句话，你却一直哑然寂默。倘若你对它一无所知，你所有的美，你所有的激情何以存在？它不是一句话，它比一丝气息更微末，它是一种接触！你已看见，它是我日夜的期盼。我无法出口——我只能在梦里预想。我也不可以出口，因为你本应已经感觉到这一切。所以，你仍按你本来的方式梦想和行动吧，我们已不再有什么共同的：当你走近，我必恨你；当你远离，你就是我的陌生人。

梦

三桅船

我们的三桅船在大海上嘎吱嘎吱地呻吟，起伏于潮湿的风暴。我站在舵前，拼尽全力紧握舵轮。我的牙齿咬紧下唇，我的意志斗争恶劣的天气。于是，我们甚至在狂暴的喧嚣中平静地驶过一段航程。但酷寒令我十指疲惫，我意志瘫痪，我双手松开：帆船沉没，海浪盖过船身，我们全部死掉。

时间尽头

多数人在惊骇中丧失生活的力量。他们成千上万地躺在城中，躺在乡下，却无力产生思想，以抗拒毁灭。连日来没有太阳升起。凛冽的风袭来，大地的怀中汩汩作响。最后一列火车驶往群山。惨淡的灯火在漆黑的晨雾中闪烁。寥寥无几的乘客木然面面相觑，无语地颤抖。最后的撞击或许就在进山之前。

死　海

低沉晦暗的天空压着的这块地面上，有些被烤焦的稀疏灌丛，更广阔的地域却连这样的植被也没有。裸露的嶙峋怪石横七竖八地躺着，它们指向一条似乎没有尽头的道路。此时，在这一派荒凉中，猛然凸现出一座云遮雾蔽的平淡山丘。山脚竖着一根带指向标的破朽木桩。山上必是那死海：它定然黝黑而凝重，散发出的汽油味，四周都能闻见。它把我的一只脚引向山上，一阵痛楚的惊惧却阻止我的另一只脚路过那根木桩。

会说话的头

有人给我一副陶土面具，并将它挂在我屋的墙壁。我邀来我的朋友，想让他们瞧瞧，我怎样教头颅说话。我清晰地向它发出命令，让它说出我所指的那样东西之名称，可它沉默不语。我试图用手指掰开它嘴唇，于是它做个鬼脸，咬住我的手指。我极度紧张地指着另一样东西大声重复我的命令。当它说出那个名称，我们都惊骇地逃离它的房间：我深知，我再也不会走进去。

《马克西敏》前言[①]

我们刚刚越过我们生命之"正午"的高度,我们忧惧,
当我们瞻望我们最近的未来。我们走向一个扭曲而冷漠的人
类:他们对自己那些面宽量大的成就以及枝丫般茂密的感觉
洋洋得意;而伟大的作为和伟大的爱却在消失。众人创造律
令和法则,用浅薄的思想之谎言窒息呐喊者的唇舌———它
们从前被人以谋杀手段更温和地除掉。不纯洁的双手在一堆
华而不实的东西里翻找,曾有真的宝石未经选择就被丢弃在
里面。破坏性的狂妄遮蔽了神圣事物的堕落。我们已足够成
熟,不会再抗拒必要的苦难那命运般的轮回。然而现在,看
来有一种无可救治的瘟疫在我们身上爆发,其结局将是:这
整个民族都被夺去灵魂。我们当中已有几位背离我们,走进
黑暗的区域,欣然赞美那种疯狂。其他人则把自己反锁在各
自充满哀伤或仇恨的屋里。这时,一个独一无二的二人突然
到来,在普遍的颓丧和迷乱中重新给予我们信赖,并以那道
新的希望之光充实我们。

我们首次在我们的城中遇见马克西敏时,他还处在少年
时期。他穿过凯旋门向我们走来,带着少年斗士那般不容混
淆的坚定和具有统帅般掌控力的表情。他同时也显得温
柔——得益于数百年基督教的教化为这个民族的容颜赋予的

---

① 本篇是 1906 年出版的诗集《马克西敏》的前言。

那种活跃和忧伤的气质。从他身上，我们认出了我们梦寐以求的万能的青春之表达者。这青春带着它不曾间断的充实和真纯，它至今仍能移动山丘并越过干涸的水域。这青春或许能继承我们的遗产并征服一些新的国度。我们已经听过太多关于智慧的言辞——人们曾误以为凭这智慧就能揭晓那最后的迷底；我们也品尝了太多纷纭而来的现象……外部的种种可能性其叵测的负荷对于内容毫无加增。过于绚丽的游戏使感官变麻木，使紧张变瘫软。我们亟需的，是一个人——他为一些简单的事件感动，并向我们指出众神的眼睛看见的事物。

借着向我们奔涌的光明，我们发觉，他已被找到。每日每天地，我们跟随他，我们处在他的光辉里——在我们敢于同他交谈之前；从那时起，他就亲自陪伴我们走在我们的小径上，却毫不惊诧：仿佛他仅听从一个法则。我们越是认识他，他就越多地让我们回忆起我们的思想图像，而我们也就同样多地崇敬他那种原初的精神之广袤性，还有他那英雄般的灵魂之活跃性及其寓于形态、姿势和语言的形象化。在其他时候，我们觉得，他就像童话里的孤儿——那只着魔的金蟾在池塘边向他泄露了他的身世，并指定他为那顶金冠的保藏者。我们预感到，他身上有一种绝不属我们所有的陌异的东西。我们匍匐于不可把握的运命——就是它将他引向一个我们不知道的目标。只是间或，在某些我们觉得必要的问题上，他眼神里流出一种叵测的、令人惊骇的幽远，似乎答案可能不在此处，而在某个别的星球上。

我们所有的人都曾受伤，当我们不得不趟过那堕落之泥淖的炽烈气焰。我们是必胜的前线战士；而他被选为统领。他拥有我们所有的精致工具，可他是通过健康合法的道路取得它们的。他身上并没有愤世嫉俗的早熟者那类痕迹，从而他总保持在他年龄的自然界限以内。他显得俊美而沉稳：他的每一次扭头，他双手的每一次抓握，还有他跟所有人的交往，无不如此……他无需将自己与如同我们早年那样的野蛮人相区分。他太纯洁，似乎一次触及就会玷污他；他太边缘化，似乎一接近就会遭遇他……他带着不可否认的、不为侍从而生的无意识的骄傲，带着人们祈求已久的、不可模仿的尊严。他的天性甚至感动了这个民族中那些迟钝的人：他们期待他路过的那个时刻，只为看他一眼或听见他的声音。这声音特别动人——当他赞美或捍卫或为我们吟诵诗篇，并以一种新的声响之魔法令我们吃惊的时候，这声音最强大。于是会有紫晕泛起，覆盖他皮肤的浅褐。而他闪亮的目光令我们自己的目光低垂。即使他不言语，不行动，他的在场也足以唤醒众人，令他们感觉到切身的芳香和温暖。我们自愿献身于那个变动不居的力量——它只需吹口气或是轻轻触及，就能为我们最习以为常的环境赋予一种处子和天堂般的光辉。

凡是不曾见过他的同代人和后人将不会理解，我们何以能从那样的少年身上获得那般启示。因为，尽管他遗留的诗作温柔并具有预言家一样的光采，作为一部刚刚开始的作品之断片，就已超越了适用于我们的每一种标准；然而，他本人并不认为它们具有特殊的意义。他的影响的最深刻之处，仅当我们在此影响下借助与他的精神共享圣餐而获得的东西，才会变得可见。惟独我们知道，只有老态龙钟的时代才会在少年身上仅看到预备和调校阶段，而绝然不见其巅峰和完美。我们深知，崇高和英雄的持久力量，更主要存在于其形态中，而非在其言语和作为中；这也适用于所有受过春风沐浴却只短暂走过夏季草地者，在林边流血死去者，或在黑暗的波浪中沉殁者——他们为了出神地仰望苍穹并超越于一切有着不朽之名姓的世代之上。我们知道，那些可怕的旅程，它们改变了我们的地域之外观，它们在那个名叫亚历山大的学生的头脑里被谋划，直到来自加利利（Galiläa）的十二岁的孩子①去教授都城的犹太教经师。我们的传说里那个存在已久的世俗王国的主宰，不是作为三十岁的人，而是作为少年，在他开满鲜花的旅程中发现那些永恒的符号，并作为少年遭遇了死神。

我们思想的全部活动和行为都经历了一次推延，自从这个真正具有神性的人走进我们的圈子。这个奴役人的当代丧失了它专有的权利，自从它按另一当代来迁就自己。安宁重返我们内心。这安宁让每个人都找到自己的中心。重新归来的还有勇气，它让人敢于摒弃乱七八糟的种种负担，敢于沉没于统一之海。我们感到，所有的国家之争何其渺小。一切社会阶层的苦难，正如这社会的所有灼灼燃烧的问题，都将在伟大的更新日之曙光照耀下，消退为没有实质的黑暗，如果一位拯救者按照每一种永恒性启示尘世的人。将不再有人对自私自利的、对弟兄们的痛苦漠不关心的条约摇头，因为他就是对所有人行善的伟大者，他不断完善自己的美，直至

① 指耶稣。

它成为奇迹。

马克西敏仅在我们当中短暂地生活过。按他订立的一份早期契约，在他的神性变成跟我们这样的人之前，他被提升到了另一个星球。比起荣耀的凡人多彩多姿的运命，他更喜欢上界庄严而寂静的存在。他在童年岁月业已充满剧烈的彼岸感，充满对那不可指称的事物的斗争。于是他转向作为惟一者的它——他认为自己与它相比是有价值的。他恳请它给予考验和使命。作为报偿，他在充满渴念的夜里祈求，让他看见它神圣的尊容。当他获知，神不可能以那样的方式呈现自己，他又提出如下请求：那么，在你至善的可见的造物中，向我显现你自己！给予我丽达①作为恋人！给予我那个伟大的人，那位大师！倘若这能成真，就让此处的每座建筑都坍塌，每束火焰都熄灭，每朵鲜花都凋谢：让我也能有一次踏上你的高度，然后让你的雄鹰迅速将我攫取！

马克西敏在绚丽的春天牵着爱人的手穿过一座座花园。芳香醉人的鲜花鼓胀他满怀谢意和快乐的心房。他跪在那个为他而创生的孩子面前，他在自己的镜中把这孩子看为天使。在他充满热忱的这一期间，我们可以为他预备背景。我们向他暗示尘世荣耀的可怕，我们使他成为我们庆典上隐秘的王者。这却是马克西敏最骄傲的黄昏：他同师傅在长谈中穿过半睡半醒的田野。大师说话时，城堡背后升起一片葡萄红的云彩：我的马克西敏，你想要用以报答我的，已完全部

---

① 丽达（Leda）：神话中的斯巴达女王，海伦和普鲁克斯的母亲，后被宙斯封为天鹅座。

返还。仅凭一句话，你就解开了一个折磨人的秘密——对于它，没有任何书籍和谈话曾给予我一把钥匙：你已在广阔、冰寒的地域洒满一片均匀而温暖的光明。现在我让作为学徒的你满师，请拿我当你的朋友吧！因为我将一直是你的一部分，正如你是我的一部分。马克西敏先是喜悦地拥抱师傅，然后回答说：我不知道，我是否将学会理解这些生灵：他们把自己的住所建成地狱，却觉得自己置身天堂……凡我目之所及，我只看见光辉，我的胸中充满幸福，不朽用它金色的羽翼在无穷远处召唤我。

在这些陶醉的日子之后，他在一个炽热的梦里走向死神。一切来得那么快，我们知道时，就只能呆呆地看着一座常见的墓，却无法相信，就是它埋藏着他。我们这群被他遗弃的人在呆滞的绝望中居然跪下了。我们在毫无意义的痛苦中意识到，我们再也不能触及那手，我们再也不可以亲吻那唇。就在这时，他生机勃勃的语声透入我们内心，叫我们不要愚妄地在这里强迫他；还告诉我们他坚定的理由：为了获得至尚的高洁，提前升天乃是必要。于是，他要求我们止住我们自私的眼泪和哭泣；他召唤我们，跟他一道开始那种新的存在。就这样，他站在我们面前，恍若我们最后一次见到他：不是在死神冰冷无情的威仪中，而是闪耀着胜利之光的节日辉煌中——他头戴花冠，绝非隐士般忍耐和断念的摹本，而是笑意盈盈、盛开的美的形象。现在，我们可以贪婪地在激情洋溢的崇拜之后，在我们的奠堂里竖起他的形象，可以跪倒在他面前，颂赞他——这正是当他还活在我们当中时，人类的羞怯妨碍我们去做的事情。

附录 1 论格奥尔格其人其诗（四篇）[①]

是诗人，还是预言家？[②]

［德］M·施洛塞著　莫光华译

一

诗人格奥尔格的周围一片沉寂。他曾是整整一代人的路标。如今，对于少数人来说，他的言词如同咒语；但多数人知道他，主要不是通过他的诗，而是通过有关他的种种暧昧不清的传说。也就是说，这个诗人已深深地沉入忘川。若要追问，这种罕见的现象为何会发生，我们就会不无惊诧地在格奥尔格本人的近旁找到原因。方方面面的表象，宛如一堵堵高墙，重重包围着这位诗人：格奥尔格作品全集长期缺失，其作品在正统的阐释中备受误解，"格奥尔格圈"的彻底"绝育"，他本人所有言论中那些诵咏式的、充满激情而又不无做作的内容，最后，还有人们自己的成见，也阻塞了探寻与理解他的路途。一个人在社会群体中的行为方式、体态、姿势和语言，无一不是其内心世界的表征；尽管如此，总的来看，我们却不可以据此就得出关于此人之个性的结论。只有进入艺术作品的那个人，才以隐秘的方式表达出其作者和他自身

---

① ［译按］以下论文中出现的引文和诗句均为莫光华所译。

② ［译按］选自《词语缺失处无物存在：纪念格奥尔格》（Manfred Schlösser，*Kein ding sei wo das wort gebricht*. Darmstadt 19612）。

的一切。恰好是格奥尔格，他很少希求他最隐秘的生活空间公开化，他也绝少希望他的诗句字精句准地为人所理解；也恰好是他，最容易陷入一种传记心理学化的阐释之迷雾——这类阐释往往自话自说地论及一切，却唯独不会把作品本身放到讨论的中心。对格奥尔格的第一次阐释尝试出自一个法国人之手（!）。此人名叫克劳德·大卫（Claude David），他写过一部巨著——《施特凡·格奥尔格：他的诗艺》（Stefan George. Son oevre poétique. Paris 1952）。今天，但凡还允许我们历史地看待教育家格奥尔格的重要使命之处，他那个非历史的形象，亦即作为诗人的他，也一并成为我们讨论的对象。为此，首先需要勾勒出诗人及其读者的观点。情况将表明，我们是否必须放弃，并且必须放弃哪些习见的观念，才能抵达他的**诗性话语**的更高现实之堂奥？

追问诗性话语，这就意味着，我们要去探究能点燃我们的精神生命之存在的那些空间。这也意味着，我们要踏入他笔下的"泉源之国"。在那里，披覆着缤纷的密语之面纱的往者与来者寂然横陈，期待被某个探索者的手唤醒而获得生命。无论如何，踏入这个泉源丰沛的国度，总是意味着一次具有英雄意味的探险——倘若我们能正确地理解这种行动，那它真的就是一次历险，它迫使我们随时准备着，跟从诗人失去一切，也赢得一切。即使没有中介，他也是永恒的追寻者，是那个"勇敢的魔术师"，他从母亲们的手中领受生命之图像，并"获得人人渴望的厚赠，充满自信，让奇迹当众发生"①。落到诗人肩

---

① ［译按］语出歌德《浮士德》（第2部）。

头的使命，既是一项出自上帝恩典的、又是一件悲剧性的任务，既是一项对人来说尚且可能的、同时又是上帝所要求的使命；它需要的人，既是仆从，又是阐释者，既是上下求索者，又是无所不知者，既是守护者，又是救助者，既是被选中者，又是被驱逐者。诗人就是最深层意义上的那类悲剧人物，他就像索福克勒斯笔下的英雄一样在行动，在受苦。他引领众人去攀登，当人们达到山顶，却用石头将引路人砸死，然而引路人唱过的歌，却依然活着。就是为了这首歌的缘故，他们当初才出征。他们自己存在于歌中，歌中有着他们的世界。他们必须牺牲他们最神圣的东西，牺牲他们的引路人，好让他们的福祉诞生于他的灰烬。他们的命运就是他的精灵，他的死亡就是他们的希望。疯狂的众人砸死了奥尔弗斯（Orpheus），① 他们却传唱他的歌。诗与生活：他们彼此出离，却又彼此限定，因为"既没有从诗通达生活的直路，也没有从生活通达诗的直路。作为一种生活内容之载体的词语，与一首诗中可能存在的那种梦幻般的词语，也彼此出离，并且互不相识地擦肩而过，就像出自一口井泉的两只水桶"（霍夫曼斯塔尔语）。

与这"两只水桶"的上升与下降状态相应的，正是人类的道路。它穿过那些低凹的以及充满高原空气的历史和精神空间，处于一种永恒的升、降状态。每个时代，每一代人都必须拆除他们的帐篷，继续迁徙，启程探寻新的国度，踏上探寻其自我迁变历程的求索之途。从而一方面，他们不断罢

---

① ［译按］希腊神话中的歌手和琴师，其歌声能感动百兽。

黜或反对以往的一切，父辈们的一切——这就是他们的法律；另一方面，他们又总是以秘密的方式与他们想要出离的那条河流保持联系——这同样是他们的法律。这些都是原始法律，它们因其本身的不言而喻性，而被人遗忘。作为路标和向导的诗人，同他的民族一样，都受制于这些严酷无情的律令。一个被选中的世代，将越过最深的洼地，它将只能向人们作出一个打上了诸神之印记的咒骂而热爱的手势，然后就义无反顾地前往走。它没有时间逗留，没有时间回过头去稍作思量：它究竟有无能力，去开垦它所征服的那个国度。要是它能听见承载着它的沉闷作响的激流，也就够了。

此时可能有人要问了：你为我们描述这幅朝圣和远游的原始人类之图像，到底用意何在？我们既然已从柏拉图关于美丽灵魂之逐渐上升的比喻中看见了存在与变化？究竟有没有可以让人在逐渐上升中最终抵达的那个上或下？如果有，标准何在？那个声音在何处道说："此处就是目标？"当人能用墨置换自己的血，是否就已到达其最高地位？或者说，这一切岂不就是一些为了言说那个难以言说者——它的内部发生着永恒的形变——而设置的譬喻、交流手段、语言符号？进而，一种持续的变化，虽然从中产生了"升华的人性"，却还远远说不上就是不可言说者？

我们如果能试着把一个诗人的、有繁育能力的内核剥离出来，那么上面的诸多问题，大约也就不会太令人奇怪了。而此处的诗人自己，施特凡·格奥尔格，就是我们有权提出上述问题的对象：作为语言革新的大师，正是他自己提出了解答上述问题的要求。作为他那个时代的一种新的形式理念之最激进的创建者，格奥尔格感到，自己是一个置身于荒漠的预言家和警告者。他相信，他生就是自己的"孩子的孩子"——置身地球末日的最后一个人，从而也就是——并且是——"转折之主宰"；他信赖自己的力量，相信自己能成为一个新民族的宣告人和教育家，并自视为裁判者。然而，他却只是负有控诉者的使命——他的伟大与悲剧，都寓于此中。

我们虽然没有权利，用我们的一些狭隘标准去框范一个创造性的人，因为这些标准（它们既可作为——能够支持他的——积极证据，同样也可作为——能够反对他的——消极证据），既不能全面地，也不能准确地代表他的立场。可是，我们必须指出：自视为精神上的领导层之代表并作为他的民族之裁判者——从他对自身提出的这样一种要求中，产生了一些危险。我们既不追问格奥尔格那个宏伟构想（他曾设想，将他的种种观念，转换为一个具体化的人的形象），也不追问他那个信仰（他曾相信，可以在地球上实现他的"新帝国"）。我们要问的乃是：其一，在哪些方面，我们必须追随他，倘若我们从艺术中看见的，主要是一个合乎修养的要素，我们习惯于按我们的财产将此要素作为被铸成的硬币支出；其二，在哪些方面，我们不可以追随他。换句话说，此事关乎我们自己，关乎词语之能产性。如果我们找到了这种能产性，词语之真相也就得到了证明。

我们主张：施特凡·格奥尔格是诗人，他既是一个即将到来的不幸时代的先知，也是一个神的错误的预言者；他是第一个，纵然不是唯一的一个——精神美学意义上的——

"转折之主宰";他是语言的守护者和拯救者,从而作为一个新时期的开拓者,毋宁说他也是一个伟大传统的光辉的终结者;在很大程度上,他是他的民族的塑造者,要是我们考虑到,受他影响颇深那批令人敬重的教育家们在全世界高校和大学都发挥着影响,同时,他却不是一个新的、更成熟的民族的有根有据的宣告者,要是我们考虑到,恰好他的下一代追随者作为整体以后果严重的方式丧失了功能;最后,他也缺乏用以批判性地评价世界的一套客观标准。当我们指出这一切,我们也就得想一想,我们似乎看见了他对诸神的拒绝,这种拒绝最终教他学会了放弃:"词语缺失处无物存在"。许多事物都被"先知……赋予自己的名字",并由此唤醒它们的生命,他把"遥远的奇迹或者梦幻,……携往我国的边缘";可是那个形象,对他而言"步履轻盈的神",却变得不可"触及",它一直是一个幻象,并以此方式存在于所有伟大诗人与先知的传统中——他们都曾感受到神性的世界之魂的一丝气息:对一个神性实体的幻象,作为更高的现实,隐藏于我们的现实世界背后——这个幻象照彻现实世界并且物化,然而却让人无法把握,仅在神秘的图象中,方可为人体验到。

诗人总是先知,总是无尽的时间序列的观者,他不知道有现在时,是的,他不知道什么叫"我存在着",也不知道什么叫"我正看见",他仅知道"过去时":曾经有过,我存在过,我曾获知。除了这种表示过去的时态,这种历史时态,他还知道第二种时态——将来时。他与他指引的民众之区别就在于此。众人的目光以及好奇心仅仅指向最切近的事物，仅仅指向瞬间之后的事物，亦即，"人类行为之不可把握的这种当下状态"就是"现在时"。如果说，诗人就是"现在时"的兄弟，"他处在过去与将来这两极之间"，从而在最深刻的意义上呈现出一种"非当下性"，同时又总是"充满瞬间的"，那么，整个民族就是在此期间的、非恒定的、时间上非连续的、无计划的，不紧张的。能够通达使"生命之生命"感到欢乐的这一弧线的，只有艺术，特别是诗人的言词。在此言词中，天堂门口的天使的咒骂与神在最新的日子的祝福同声合鸣。这种言词必须承受赞颂与悲伤、控诉与欢呼、慰藉与绝望以及毁灭与救赎之间的种种强大张力。可是在这最后的阶段，诗人被摘去了桂冠，取而代之，他得到了预言家那根弯曲的手杖。此时，他放弃了那个圈子——它的实现使他成为力量赠予之中心，然而在这种现实中，他却作为十足的陌生人活着。他置身于一个队列的顶部，这个队列此时主要不是追寻自由的自我生成，不是追寻内在律令的光明之国，而是走在另一条道上；它通往一个富于恩典的神的祭坛所在地。两种存在方式都同样令人尊敬，可它们彼此之间却有着根本差异，而旨在借助一条折衷的道路将两者加以联合的努力，是不会成功的。

预言家的言词可能是诗性的言词，诗性的言词也有可能具有预言性。可是，诗性的言词绝不可能伴随"必须具有预言性"这一要求出现。如果预言性言词其作用是解释性地嬗变，那么诗性言词则要解释性地醒来。前者被信仰，后者被生动地体验。前者所在之处，人们并排地垂下头颅；后者所在之处则要求由头颅高昂的个体组成共同体。前者所在之处，统治一切的是一位神性的、备受信赖的元帅，霍夫曼施塔尔有言曰：

> 他那素朴而幽微的言词，
> 透出一股主宰和诱惑力，
> 他使空气令人窒息地旋舞
> 他能杀伐，却无需接触。

（霍夫曼斯塔尔：《预言家》）

此处描绘的，其实是一个孤独的自我。预言家和诗人，两者的额头都带着神的标志。特雷希亚（Teiresias）[①] 受人敬畏，奥尔弗斯却被人撕碎。对一个人的**束缚**就是给他的**自由**，给另一个人的**自由**则是对他的**束缚**。我们可以看出，共同者就是分离者。

如果按哈登贝格（Hardenberg）[②] 的愿望，诗人重新成为先知、祭师，甚至<u>立法者</u>，那么这愿望中就蕴藏着人类的一个关于"尘世天堂"的古老梦想——这个天堂唯独诗人有能力缔造。我们今天不会再去更新这个愿望，因为我们今天不再追问我们周遭的现实，我们追问的只是这种现实的形态，因此只能在转换后的意义上去理解这种思想。他是先知，这一点我们已经确定。他仿佛有天眼，能看清现这种现

---

① ［译按］古希腊神话中双目失明的先知，曾预言俄狄浦斯的命运。

② ［译按］指德国浪漫派诗人诺瓦利斯（Novalis），本名 Georg Philipp Friedrich Freiherr von Hardenberg。

实。他是祭师，扮演着语言之仆役的角色。此处所说的语言，是一种通过指出丑恶来赞美自我的语言，从而他也是一种创世思想的仆役。他是法律维护者意义上的立法者，他将世界的效力升入他的艺术作品，并正好将**其**塑造为艺术品。相反，预言家维护律法，他以它们的名义坐上审判席，面对他的民众。诗人作为最可能的律法之化身登场，他在*自身内*部寻求法度；预言家则宣示法度，并在*他者*身上寻求法度。这就意味着，诗人作为律法之维护者，他追求的是其"诗意自我"之客体化，而预言家追求的是，他的自我与从他自身发出的声音尽可能地彼此同一化。

诗人为了终极者，为了克服他的宇宙中无处不在的混乱而进行斗争。他的斗争对于那幅鸿蒙图景之诞生具有代表性：在儿子身上续存，以逃脱死亡。这是一个过程，它不关心什么成败，也不追问原因，它只是为了自身缘故进行的一种塑造，一个事件，它总想得到新的、不可被模仿的实现。因为它是一次性的，它就必定带着唯一性之表象出现，然而它却绝不能要求有追随者。旨在服务于共同体之创建大业的诗性言词，于是也就只能导向共同体，既然其前提是个体的自由。人人都必然在其自我中焚毁，要是他没有后继者。在此自焚中，火焰越是高涨，飞升者也就会越趋高远，光明也就越能深入地射入留下的事物内部，并在那里引燃它们自己的火花。

　　倘若我们蠢笨，我们就要恨你
　　因你常以能遏止堕落的光蜇人

倘若是孩子，我们就想把住你——

因为你照射一切啊，甜蜜的光！

《新帝国·光》

这意味着，诗人与指路人相同。这意味着，诗人必须为了一切人而非任何个人存在着。卡洛萨（Hans Carossa）曾把这个意蕴丰富的过程，比喻为一尾受到惊吓的鱼在汪洋深处命运般地蓦然闪光，恰好有一名潜水员遽然看见这样磷火般闪烁的海底生物在意外遭遇不速之客时发出的闪光。潜水员在那一瞬间的感受，也就是我们遭遇如下诗句时体验到的：在惊叹和敬畏的颤栗中，我们记起一个我们可以认出却最终难以把握的造物理念。

由此，我们就满怀敬畏地分享了诗人的那份惊骇——他在力求认识最生动的事物时，撞见了生命与自然的种种原现象：图象变成象征，象征变成生命图像，生命图像飘进了生命。"敬畏是人类的最佳部分"。但这种敬畏只能出自己的内心，它只能把图像用作工具；它诞生于光明，并且变成人类存在之事件；现代哲学可能会说，这是具有存在性的；它揭示了一个精神王国——对于每一个能自由地启程前往的人来说，这个王国总是敞开的。

我们有理由考虑到诗人与其可能的使命之关系，考虑到预言家与其使命之实现的关系。其间的本质区别或许是清楚的。人们应当最终停止谈论什么作为预言家的诗人。但凡有诗人带着这样的要求显身，我们都要拒绝做他的追随者，因为诗人只能证明自己是伪劣的预言家；而诗人预言的那个神，也只可能是他本人。但是作为精神世界的造物主，诗人却能在他的艺术作品中，借助先知式的警告让神性的事物变得透明。

如果说，在这种透明化过程中，格奥尔格身边有一个人显身，并被他宣告为神；那么这也不可以误导我们说，他只是伪劣的预言家。因为只有怯懦和缺乏想象力的人，才仅仅由于这个"思想图象"被冠以"神"之名，就草率地将其视为必须加以膜拜的那类偶像。事实上，施特凡·格奥尔格与马科斯·科伦贝格（马克西敏）的相遇，这一事件具有净化作用。这种净化在一个原初动机之精神化的实现中得到了补偿，并达到高潮，或者正如诗人自己所言，是他梦寐以求的一个"思想图像"的精神化的现实：一个精神、心灵和体格完美的人，一个带着上帝之印记的人。通过对他的赞美，格奥尔格找到了正当的理由，借助崇拜仪式的统一化勾通了理念与形态之间的鸿沟。与诗人相遇的"马克西敏"，正是诗人此前在诗中曾那么绝望地呼唤过的那个"对象"，于是，这个对象也就变成了他的创造欲得以施展的对象。这个施展过程，就是格奥尔格的"诗性自我"的一种艺术地创造性投射——投向一位俊美追随者的形象。格奥尔格相信，从这个投射关系中，可以看出一个神的启示。换句话说，他曾做过一个骇人的尝试：他试图把诗人和预言家这两种身份统一到一个人身上。可是后来——但远不能说为时已晚——他"悲哀地学会了放弃"，这种放弃使他伟大，使他超越所有人，进入了的孤独之充盈中：没有主宰者，并且最需要强调的是，也没有仆役，他的身后只余一个惊叹的人群。

> 不要妄想：能学得更多
>
> 除了令人惊叹的丰沛热情
>
> 可爱的鲜花，高高的星辰
>
> 和一首阳光灿烂的赞歌。

（《第七个环·庄严的竖琴》）

"马克西敏"——阿迦巴尔的这位迟到的兄弟——的出现，并没有导致一个"太阳王国"的诞生，正如至今仍然有人借助将马克西敏跟诗人自己指出的某些形象（亚历山大和基督）进行的片面比较，试图向我们证明的一样。我们在此不想招致嘲讽而进行类似比较。诗人把一个理想进行了一次悲剧性的历史的反转，在此过程中，明亮的火炬变成了熊熊的火焰（凭着这种福音，他跻身于时代思潮的一个历史序列中，但这已是另一码事！）。对此，留给以后时代的任务是，澄清如下问题：以对一个民族的精神空间进行最宽泛的结构分析为基础，进行那样一次历史的反转，究竟有无可能？

> 不要畏惧裂隙断层伤口创痕
>
> 有魔力将把破碎者重新聚合。

（《同盟之星》）

我们既不能把这样的诗句理解为出自"魔鬼"之口的可怕预言，因为这个"魔鬼"1933 年朝着人类世界喊出了令人战栗的类似口号；也不能说它意味着"迁入别的民族"，说它将"自豪的追随者们"，"颇具效力地驱策着"，走上那条道路，陷入致命的迷惘。这两种误解都意味着，把艺术之精神层面置于对政治与社会层面的因果依赖性中，从而将此精神层面贬低为一种值得遵循的生活规则。对格奥尔格作品的有关阐释中的一大部分，都一再受制于这种误解。之所以产生这种误解，是因为在格奥尔格那里，诗性话语跟教育话语是合而为一的，因此有必要区分这两种思想；可是人们没有看出澄清艺术作品之独特性的必要性。如果说，在格奥尔格那里，教育话语把诗性话语高贵化了，并且反之亦然；那么我们此时就必须分开两者，以避免把它降低到那个悲剧性的、滑稽的利用层面上，因为正是这种利用曾使一代不幸的追随者走向毁灭。当年的维特热导致的那种自杀，也许会在此处被毫无创造性的常规思维导向精神死亡。

教育话语已在时间中完成其使命，诗性话语之纯洁性则须由严格的理性分析加以证明，因为艺术作品首先是理性的产物，它们然后转化为非理性的东西。一旦诗人成功地将个人体验创造成一件艺术作品，则那种最精确的分析，就能够充分揭示这件作品的意义和价值——这也许会进而有助于揭示问题的另一个层面：这是一件艺术作品，它的秘密绝难穷尽！

二

在一本薄薄的《颂歌》于1890年出版之前，尚无人知道有诗人名叫格奥尔格。可是从这部诗集中，人们却能感觉到，有一股力量充沛地跃然纸上，这力量蔑视一切被前人用滥了的朦胧模糊的诗歌语汇，并以愤怒得以至于高傲的手势，为事物赋予悦耳的名称。

> 奔向河流！那里有芦苇修长
> 在和风中骄傲地挥舞旗旌
> 以抵御年轻水波献媚的合唱
> 朝岸边的沼泽亲昵地挺进。
>
> 在草地上小憩，你应迷醉于
> 浓郁的原香，无思想者搅扰。
> 便有陌异的气息弥散四处。
> 有凝望的眼眸期待着应许。

——《颂歌·仪式》

这些听起来就像一份纲领，并且也的确起着纲领的作用。"此时已经成熟"、足以奔赴"仪式"的诗人，把源于词语之精神的力量归还给了以往田园抒情诗中备受低估、同时又甜得腻人的自然本身。由此可以看出：当时还是头一次有人在一个仅仅作为废墟传承下来的德语语言园地上构筑了一座建筑。在此建筑上，荷尔德林所说的"诗意地栖居于大地"在最深刻的意义上获得了表达；在一个被毒化的氛围中，一个诗人重新为德语创造了一个使之得以呼吸的空间；词语披着王者之衣袍庄严而威仪地步下王座，于是有门徒出现，就像冲破了锁链，他们赞美大师，从诗中情景来看，这一切可能并不令人惊诧。对于许多读者来说，至今仍然令人惊诧的，却是这样一个事实：诗人采用了一种对抒情诗有着异常严格约束的格律和结构。可是这种格律和结构误导了读者，他们阐释格奥尔格的作品时，不是着眼于艺术作品的形式和有机含义，并将其置于精神史视野来考察，而是更多地把这些作品置于迷蒙难辨的膜拜之烟雾中。如此自话自说涉及的，还不是那些对诗人满怀景仰之情的朋友们对格奥尔格这位教育和友谊缔造大师的描述，而是指那些有根有据的批评家们——他们批评的这种文学对自身提出了这样一份要求：为诗人的事业服务；结果，这位诗人显而易见地被刻画成了一个巫师，一个黑暗艺术而非洁白艺术的魔法师！

格奥尔格的禁欲和严厉是对他自身的一种约束，而这又服从于他作为诗人的事业。于是人们看见的诗人就是这样的：他如格奥尔格一样在整个欧洲游荡，他熟悉欧洲的所有语言，为的是搜集业已支离破碎的精神之哪怕最微末的火花！在追寻新的艺术表达形式的路途上，在模糊的预感中，在与能动的自然的内在对立状态下，他不得不求助于一种毫不妥协的严酷："他得驾驭不听话的笔触。"在这句早期的诗行中，发生在诗人内心那种可怕的自我斗争溢于言表，这种斗争不久就向外投射，成为反对他那个时代的斗争。

就算这些最初的诗行在艺术理解之外没有任何更深的内涵，就算它们没有满足它们对自身的要求——成为留存于时空中的图像；我们也应从它们当中察觉到某些东西。可是对于格奥尔格，这个时刻真是一个生命攸关的瞬间。第一首颂歌的第一行诗句表明了这一点，它听起来就像一个回声贯穿他的作品，他一再撞击他的脚踵，驱使它们带领着他，去仰观峰巅，俯察深渊。

　　　　"奔向河流！……"

　　也许正是由于这句诗以三重方式在他的血脉中燃烧，并促使他开始了作为诗人的内心流亡生活。首先，出离牢笼，奔向永恒流动者，奔向不断自新者，奔向元素之发源地，奔向青春年少者，这是一重方式。其次，所要奔向的是这样一条河流，它是汇聚一切者，容纳一切者，共同体之象征者，这是另一重方式。还有第三重方式：皈依于强力，是它策动他前往：意志，还有感叹号！

　　格奥尔格深信，人类能在共同体中更新。他的信仰受到不折不挠的意志支撑，这意志朝向共同体，朝向他人。诗人的信仰成为他的生活支柱。这支柱支撑的乃是爱与统治、警告与命令、繁育与接纳这样的一座座桥梁。可是没有哪座桥通往一次现实的交流，通往他所渴望的"孪生兄弟"；在所有赞扬他的伟人那里，这主要是由于他那种无条件的统治要求，而不是缘于一种错误的结构。格奥尔格要强迫自己的命运，他这个意志使他成为一个备受尊敬的伙伴。命运对他有过三次沉重的打击：1892 年，与霍夫曼施塔尔断交；1904 年失去克拉格斯和舒勒的友谊；最严重的是在他晚年，F. 贡多尔夫和 M. 科梅内尔背弃了他。他的现实生活，是一次绝无仅有的失败；他的诗人生活，是一个绝无仅有的征服过程。

　　虽然格奥尔格想要偷听那些"仍在沉睡的精灵们"的呼吸，想要达到艺术之至上境界——作为真的美；可他却害怕它严厉的索取：绝对的孤独，随时准备献身，甚至于完全崩溃。这是一种连他自己都以为难以达到的、事实上他最终却以伟大的方式完全达到了的一种超人的要求。他不是为了摆出某个姿态而故作姿态，他所做的，也绝非那类沾沾自喜、矫揉造作的做秀表演——这些东西我们在许多图画和诗作中俯拾即是。我们看见的格奥尔格，是高度敏感而又摆脱了一切束缚从而也失去了一切保险的灵魂让他采取的态度，这个态度让我们觉得它有些古怪：它全然缺乏一种不由自主的东西，所以它极易被人指摘，说它缺乏人的本质。"至深的痛苦绝不到露天市场，通过爆发而出的叫痛声来阐释自己；然而深谙灵魂的行家们却能听见它——听见它那令人无比感动的羞怯的孤独之啜泣"，格奥尔格曾如此写道。正是"羞怯的孤独"和面对赤裸裸的灵魂时的战栗，让尼采呐喊"一切深刻者都寻求面具"，而关于"处在心灵之深山的状态"（里尔克）的主题则已响彻数百年之久，它在多少诗人的血脉中流淌——正如此处，它作为轻微的震动穿过施特凡·格奥尔格的诗歌颤抖着。这种响动我们必定听见了。在格奥尔格的早期作品上空，拂动着一种抑郁感伤的气息，还有他对孤独化状态的体认——这两者，恰好是在诗人自以为已经"充满力量地"驱逐了"幽灵"之处，贯穿了他的作品。

不仅他的仰慕者，还有他的反对者，都对那个"秘密行动的外表感到惊骇"。还在 1892 年，他在一封书信中已就此警告过霍夫曼斯塔尔：我们其实不必劳驾心理学，就可以认识那些坚实的基础，是它们支撑着那些受到敬仰或者被抵制的严谨和不屈态度，它们常常转化为严酷和冷漠无情。从他的作品和他的——可惜至今仍然极少公布的——书简中，它们清楚地向我们言说着。令有识之士无不震惊的那个欧洲事件，让人们产生了如下胆怯的问题：我还是我自己吗？昨天有效的一切，今日还行得通吗？我刚刚离弃的东西，正是**我的精神之产物吗？**我还有能力把握环境和事物吗？或者一切都在离我而去？更糟糕的问题则是：还能理解我的那个人，他在何处？霍夫曼斯塔尔在其最著名的一封书信中表达了当时欧洲的精神局势："那时在我看来，以一种持续的醉酒状态，整个存在就像一个巨大的统一体：精神的与肉体的世界不再是对立的；同样如此的，还有高雅的与粗野的人，艺术与非艺术，孤独与合群；在这一切中我都感觉到自然……而此时，我已彻底丧失了思考或谈论事物之内在联系的能力……那些抽象语汇——舌头必须合乎自然地使用它们，以便作出某种判断；可是它们统统在我口里分崩离析，就像腐败的蘑菇。"只不过，也许霍夫曼斯塔尔过早地体味了那种抑郁，也过早知晓了：一切都已成为部分之部分。这一切感觉，正是格奥尔格这位追慕他的朋友在前面提及的书简中向他预言过的："您幸好还不能完全理解，因为您不知晓那巨大的忧郁。但您以后还有时间认识这种东西，因为您是一位真正的艺术家，以后——很久以后，我衷心希望是在很久以后……在生活中，我长久渴望一种蔑视一切、有穿透力而且非常细腻的领悟和理解能力之本质。这种理解力宽宥、理解、赏识一切，它跟我一道飞越万物和诸现象。""最终！怎么样？是吗……一份希望——一份预感——一阵颤栗——一阵摇摆——噢，我的孪生兄弟！"（格奥尔格致 H. v. 霍夫

曼斯塔尔，1892.01）

从这些话中可以听见，有一根心弦回应了那个出自精神与肉身、尘世与灵魂之对立的浪漫的呼唤，并返回无限的孤独的内心空间，丧失着并且丧失了自己。难道他不是争得了他最高的自由，当他在一个自我裸露的时代，面临"怎么样？是吗……一份希望——"与那个信仰"最终——我的孪生兄弟！"这两个问题时，选择了后者，选择了现存的、或可确定的可能性？那个"孪生兄弟"只可能是他自己，然而达到它的途径，却在朋友们那里。

格奥尔格的榜样，他那源自孤独的充实，他创作时所具有的那种强烈的形式意志——这一切都可能被人视为悲剧性的，因为它们到了纯属效颦者的人们手里，就完全走向了其自身的反面，变成了一种毫无想像力的蹩脚把戏。人们可能会感到至深的惋惜：德国精神生活中不少高卓的人物，都曾深受他的影响，却又很快离他而去。从他临终时的言语中，人们可能看见了一份苦涩的讽刺——他在病榻上对那些仍然没有"羽翼丰满的孩子们"说："孩子们，你们什么也别说。"他一度相信，他们会是那个围着他的环，足以令他免遭崩溃，让他感到一种维系和护佑；关于这些孩子们，他曾对霍夫曼斯塔尔说："这是我最后的智慧之一，这是那些秘密之一！令您最感痛苦的，乃是某种无根无凭的感觉。"如果我们今天有理由相信，我们能认识到，格奥尔格的现实与此现实的真相之间，是不一致的，那么我们也还不能因此就自以为，我们真比诗人自己更聪明。"朋友不再亲近，他们全都离去……"，还在《生命之毯》序曲的第二十四首中，就已出现这样的诗句。"把热情藏在粉底下面"的那个"玩偶"——对诗人的比喻——已经从喧嚣的舞厅消失；可是那个"轻浮的人群"，对此却"并不感到奇怪"。他的作品以那组歌谣的序曲作为结束，难道这是偶然的？

> 我之所思和我之所为以及
> 我之所爱都有相同的特征。

这些歌谣，它们宣告了"刚刚过去的郁闷"。在这些歌谣中，诗人目之所及，恰好令他深感，自己处在一种无助的被遗弃状态。

> 我屋顶密实，炉灶稳妥，
> 可是里面毫无欢乐
> 破损的网结虽已补缮
> 厨房和居室也都井然。

> 于是我坐下候在海滩
> 托着脑袋陷入沉思：
> 我这一天有何意义
> 倘若没有那金发孩提？

> （《海之歌》）

然而，那个金发的孩子却从未来过，那个"你"，有着能够弥补自然造化之不足的特征。再也不可逆转的普遍历史与科学发展，把人引向了其自我意识之孤独中，这种孤独状态再也不可能产生出一种广博的交流。施特凡·格奥尔格有些震惊地（其程度有甚于我们今人），意识到了那个本应"起保护作用的环"之缺失，他深知自己的孤单。他与别人的亲密友谊（对于这一点，他与 K. 沃尔夫斯凯和 F. 贡多尔夫之间的关系以伟大的方式做了见证），却仅仅短暂地发生在一种辩证的紧张关系之中——这种关系只能产生出一部真正的、共同的作品。

孤独是格奥尔格早期作品的一个基本主题，被意识到的、孤单的存在状态则是后期作品中的深深震撼。

我是一个我是两者

我是父辈我是子嗣

我是刀剑我是匣鞘

我是牺牲我是袭击

我是风景我是观者

我是弯弓我是飞矢

我是祭坛我是祈者

我是烈火我是柴薪

我是富翁我是现金

我是符号我是意义

我是影子我是真实

我是一个终点和一个起点。

（《同盟之星》）

在这首诗中，那种模糊的认识进入了意识之澄明中：关于渴望及其实现的认识——"我是一个我是两者"，关于使命与存在——"我是一个终点和一个起点"。一切都在于他"自身和内中"（《庄严的竖琴》）。我们还记得，歌德有过类似的思想。在歌德《西东合集·银杏叶》的最后两行里，我们也可以读到这样的诗句："你竟未从我的歌中感到，我既是单一又是双重？"于是我们意识到那种不容反驳的断裂，那个真正的、那般绝望地自卫着的 19 世纪的孩子。歌德诗中讨论的是令他这位智者沮丧的问题，他用自然的比喻，一片叶子的两裂，指出并赞美了存在之充实；而格奥尔格在自己的诗中，则自豪而愤慨地对上帝大胆宣称，他试图驱逐——由无节制的自高自大导致的——那种被放逐状态引起的震惊。但是，这种无节制本身就已揭示了被放逐者的深刻悲剧。有的人"通过自己的呐喊，说服人相信什么并不存在的东西……"（《日子和作为·论力量》），这些人并非什么逆流而上者，而是：

全知全有的他们在叹息

"生活贫乏！焦渴和饥馑
无处不在！缺乏充实！"

可是，"成吨的赤金散佚于尘土"，却无人看见（《同盟之星》）。他的战友，并非对自己所处环境感到绝望的人，而是那些体验到了内心之孤独化的人。因此，他成了陌生人，因为他们是陌生人。那些最伟大的人只能陪他短暂的一程，他也只能是他们短期的指路人……

对更新现实的希望，对共同体的信仰和形式意志——就是这三个"智者"在引导他，让他抵达一种诗人生活，它的标志乃是"陌异"。河流成为他的命运召唤，成为他进行创造的所处，成为他的焚毁处。

而借助"感叹号"，借助人类语言的这个既低回又高扬的元素，施特凡·格奥尔格抵达了"人类的边界"。这致使他进入存在之最隐秘的密室，使他丧失了最甜蜜的果实：丧失了真实的、打着二元论烙印的共同体。这也为他带来了长期的忠实者，然而却没有带给他怀着爱意斗争的朋友。一些人站在外面钦佩他的高翔，另一些人拘谨地坐在里面，当他们的忠诚涉及到他们的自由时。他是个陌异者。他启程时，带着作为利剑的词语——它"在这里发出雷鸣般的命令"，但也"低语如同恳求"。词语，只能作为仆从，绝不可能成为统治者，变化者；它不是能够唤醒事物的繁育者，也不具备掌控生死的权力。这词语把那个同普罗米修斯一样高龄的信徒赶回其界域内，并教他倾听，"大地沉闷的语声…… /可时间久远，如今无人活着，他是否会来，你不知晓。/他还能看见这张脸。""那个人"——他体现着格奥尔格关于新人类的理念，他不会到来。带着这种认识，诗人创建的那个"新帝国"的国王从头上摘下王冠，而那个预言家（诗人有时自以为就是预言家），则丢掉手杖，重新以诗性话语之仆役的身份出现——他孤单而孤独，正如诗人一直在作品中描述的那样："他的全部存在只是一种牺牲"。先人的秘密的精神王国之护佑者，"空间中的一个新空间"之创造者，终于心甘情愿地、顺从地学会了放弃，他不再去追求已经被"命运女神"回绝的东西。他已抵达他的自我之边沿，于是，他走出他的圈子，在最后一行诗里，他认识到了他的职使之二重意义：

"词语缺失处无物存在"

在那里，在词语还只是它本身之处，在它成为诗性话语之处，词语"作为那个深刻的诱发者，既有节制而又和谐"，使"一切时代的起源者和大师们跟后人们"区别开来；在那里，它汇聚着作为"各部分之关系，作为环环相扣的事件之必然结果……"（《论诗》）——就是在那里，我们想要追寻它。我们希望自己是准确的，正如诗人在他的时代是准确的，因为我们必已体验过，并且每天每日都是见证者：无论在政治的，还是在精神的，在合乎生活的，甚至是在科学世界，关于人道的那些至高的概念出自不同的口舌，往往也迥然不同，这是因为，在维护词语之纯洁性的失败的、或者被放弃的努力中，"内心自由作为真理的前提"（K·雅斯贝尔斯）遭到了蔑视或者破坏。我们必须学会，把怀疑作为真理的工具，作为建设性的因素，在诗人的内心渴求之最深含义上来使用，以期能把不可接近的价值归还给诗性言词。为此，但凡涉及言词之时代局限性之处，但凡它已成为古董珍希之处，我们都应准备着，将其作为文化史上的文献而留存；同时我们也要想到，只有本无用心的言词才会超越时代，升入星辰王国，而且还要想到，那个王国的信使，就是

314

我们必能倾听的乐音。

> 惟有处于保护性休眠
>
> 尚无摸索者觉察到
>
> 在神圣大地之最深层
>
> 仍然安歇者——
>
> 今朝难以解释的奇迹
>
> 才会成为来日的命运。

（《将我托举到你的高度》）

论格奥尔格[①]

[德] E. 克莱特著　莫光华译

一

　　毫无疑问，施特凡·格奥尔格知道，他的使命就是做诗人，狭义的诗人，亦即写诗的人，正如克洛卜施托克（Klopstock）、荷尔德林和里尔克。对他来说，诗乃人所能及的至高点，而这个至高点经由美指向善。诗能疗救并令人升华。格奥尔格具有诗人的禀赋。这一点，在他的成长期就已得到他在巴黎的老师们特别是马拉美的确认。一八九〇年，二十二岁的格奥尔格完成了一本薄薄的诗集《颂歌》。他只让它在朋友当中流传，几乎不为外人所知。然而在德国

---

　　① 此文为 Klett-Cotta 出版社 1983 年版《格奥尔格诗选》后记，作者 Ernst Klett，标题为译者所加。

诗歌史上，这却是一个重大的时刻。

从当时的德语文学版图上，他简直可以说一无所获。我们现在已经不知道，当时还有谁会写诗。如今偶尔有人提及盖贝尔（Geibel），可如果把他这一类作家称作德语文学传统的"继承者"，则侮辱了凯勒（Keller）、C. F. 迈尔（Meyer）、施托姆（Storm）这些真正的"继承者"——他们作为文学创作者，深知且不失尊严地承受着自己的命运：生不逢时。那时的诗歌苍白无力、平庸乏味、随随便便、毫无追求，正好反映了一个已丧失繁育能力和使命感的市民社会现状。面对这种局面，反对力量极其羸弱。此时，自然主义兴起。这种文学热爱素材，试图借助污浊的习语来丰富语言；于是抒情诗不再有创造力，因为形式不是构成风格的要素。同时，一种以李利恩克隆（Liliencron）为代表的印象主义，把直观世界消解为感官刺激，试图从卡巴莱（Cabaret）中敲击出诗意的火花：啤酒树，艰巨人生。

此时，德语诗歌革新的基础和财富都在格奥尔格手里。然而，这在他身上却表现为一个闻所未闻的意志行为——让语言脱离虚无，重获它与生俱来的至上尊严。偶尔会有一种疑虑困扰他：或许用法语创作，他的诗人之路会来得更轻松？（中学时期，他曾想出了一种自己的语言，用来翻译《荷马史诗》）。在他翻译法语诗歌的过程中，他曾深入研习这种语言的特点。最终，通过迻译波德莱尔，他找到了自己作为德语诗人的道路。

然而"新"在何处？何以认为，在他那里真的发生过什么，进而孕育了更好的东西呢？首先，他带来一种新的、不乏某些狂热崇拜因素的伦理观。格奥尔格"庄严而神圣地，接近艺术"。在他笔下，再也不会出现他同时代诗人往往信手拈来的诗句——那类作为消磨时间和陪衬与装饰的辞藻。按格奥尔格的话来说，诗要表达"最深的、受着最美的束缚的生命激情"：在伟大的诗中，人欢庆语言，而语言也欢庆人和自然。这样的追求迫使他运用一种他自己创生出来的言说方式——它高于一切日常话语，也高于诗歌话语。他那种庄严的、超越于日常表达的方式，将他导向一种可以称为"高音"（hoher Ton）的东西。这种高音庄重宏大，对于格奥尔格的作品具有建构性。同时，这种东西必须受到毫不留情的控制，因为诗人不可误入歧途。在此过程中，他犹如在狭窄的山脊上行走。从而他必须时刻提防遭到这样的危险：把"高音"变得过高，蜕变成华而不实之物，变成漂亮而空泛的架势。

当然，这种"高音"并不新鲜。其实也从没有任何东西是全新的，因为所有第一流的诗都是在某种基础上提高的结果。当然，或许有些诗人并非刻意求之；但格奥尔格相反，他的"高音"完全是有意识的，并作为风格原则贯穿始终。

其次，格奥尔格的诗在形式上追求"硬性组合"（harte Fügung），达到了"严谨的和谐"（austeros harmonia）——格奥尔格当时还不知道这个概念。在古希腊文学中，它主要是以品达（Pindar）的创作方式为基础发展起来的。这种方式能使组成诗句的单词通过其读音上的特点获得相应的意义，从而它们能在诗句内部和上下关联中保持其自身权利。为此，诗人必须通过简洁的、尽可能的语法压缩和省略，达

317

到形式上的和谐。在此原则下，诗歌的意义就绝不在于，像司空见惯的形式圆润的诗作所追求的效果——让读者或听者在摇篮曲样优美的韵律和享受中昏昏欲睡。而是，它要求诗歌令人不安，因为诗句的"倒钩"会将读者或听者"耙"在作品上。这种"硬性组合"实际上正是一切诗歌的基本途径，是历代大师创造杰作的前提：品达、但丁、莎士比亚（他的十四行诗）、克洛卜施托克、歌德（正因为他能以任何方式成诗，否则他就不是歌德了）、荷尔德林……就此而言，格奥尔格并没有"创新"什么，他只是在回归。

然而，格奥尔格的确是德国诗歌语言的革新者。与他同时代的维也纳青年霍夫曼施塔尔年仅十七岁就开始在杂志上发表诗作。他的诗具有魔法般的优美，他生来就具备驾驭素材的能力，他能将传统融入自己的作品并显示出来，令人觉得那些因素是崭新的，从未有过的。尽管如此，就诗人对诗歌语言之革新的贡献来讲，此处却不能将他们相提并论。霍夫曼施塔尔的秘密在于，他的诗来得轻松自在，如同游戏，在一定程度上甚至可以说，他的创作是不受意志驱遣的。相反，格奥尔格的作品却只是意志的反映。霍夫曼施塔尔除了写诗别无所求。格奥尔格一开始就想创造未来。还在他的《艺术之页》第一期上，时年三十三岁的格奥尔格就说："我们相信，在艺术中会有一次光辉灿烂的重生。"

革新：这正是格奥尔格不可磨灭的业绩。从这一层面来看，在德语诗歌史上，唯有克洛卜施托克可以与他相提并论。正是他再次使诗歌在德语中重新成为可能。这是一种道义上的功勋。霍夫曼施塔尔自己也意识到了这个艰巨的要求，他曾为此受苦。这最终导致他在 1902 年的一封书信中坦言："您那本书（《生命之毯》）中的一个诗句，往往会让我琢磨数小时之久，并能让我感到异常快活，以至于我（我相信这听来很奇怪）自己丧失了创作短诗的能力……"（此处所说的"短诗"指抒情诗）这是一番优雅的、令人感动的话，是一个伟大的人对另一个被他认为更伟大的人表示的由衷敬意。他一直如此。他不想成为第二。

里尔克也多次对格奥尔格的影响表示了谢意。据一份出自 1926 年的报告，里尔克"谈到自己诗歌生涯开始阶段的那位师傅时，总是带着最大的敬意。"他指出，"对于青年人而言，当格奥尔格一八九〇年出现在诗坛上时，无异于一种拯救，因为当时的诗歌艺术趣味正处在普遍的堕落之中。他的出现为德国诗歌找回了失落的尊严。"就里尔克本人来看，处于创作后期的里尔克，才是真正具有自己地位的诗人。但没有格奥尔格，大概就不会有《杜伊诺哀歌》——这是一份礼物，使德国抒情诗到了 20 世纪上半叶还能经历那样一个迟到的花期。诚然，格奥尔格不是唯一的馈赠者，但无疑是所有馈赠发生的前提。

二

我们不知道，究竟是什么东西让有的人成了诗人，却让另一些人成不了诗人，尽管后者也完全具备进行形式建构的能力。就格奥尔格来说，可以推测，是他与生俱来的那种魔力化了诗歌。

格奥尔格连同他的一部分本质，既生活在、又超越了一个先于一切历史的时代。这一点总是可以从他的诗中看出。

那种魔流，那种光辉是异乎寻常的；那种阴森可怖的东西、那种令人着迷的东西，在许多人的记述中得到了证实。那类东西令人升华，也让人受伤。年轻的霍夫曼施塔尔同格奥尔格相遇后的最初几周里，曾写过一首题为《预言家》的十四行诗，结束的几句如下：

> 而他不是他一贯的样子：
>
> 他眼摄人，他额、发陌异。
>
> 他那朴素而幽微的言词，
>
> 透出一股主宰和诱惑力。
>
> 他使空气令人窒息地旋舞
>
> 他能杀伐，而无须接触。

伯林格尔（Robert Boehringer，1884—1974），跟格奥尔格有着将近三十年的密切关系，他是一位大企业家和强有力的经济人士。他曾说："翻一翻格奥尔格圈内那些人的照片，那些人没有一个能善终：有的自杀，有的阵亡，有的流亡……倘若还有些人的命运是在他死后才完成的，那多半也受到了他的气息之推动。"

格奥尔格热爱印第安文化，这也跟魔法不无关系。他对印第安人的习俗、仪式和魔法世界了如指掌。他与某些数字尤其是"三"和"七"有着不解之缘。他与语言，与词语的关系也非同寻常：他会一连几天甚至一周都不住地叨念同一个词。他把一些诡异的字符密密麻麻地写在纸条上，贴到墙壁上。他还给他周围的人起些他认为具有特殊力量的名字。

他那种"游牧式"的生活方式也带着某些"原始"风格。这个人在其成年后的整个一生中都居无定所。他总是跑来跑去，时刻准备更换住处。"这是帐篷时代"——在他生活的年代，确实如此，但这话也仅适用于他。

格奥尔格身上的强烈对立面，就是尼采想告诉人们的那种"阿波罗精神"。他生来就具备一种感觉。就是这种感觉，使他能对尺度和形式，对光明和清晰，对作为一切混乱、黑暗和无度的事物之反面的美丽此岸，能够很好地把握。他用全部力量来强化他这种能力，为了充当他内心中那种可怕事物的主宰。

地中海长期都是他的精神故乡，希腊人一直都是他的力量之源：正如亚里士多德的希腊人之于阿奎因（Thomas Aquin），那个业已实现的、关于"高贵的单纯和静穆的伟大"的梦想之于温克尔曼（Winckelmann），荷马及其诸神之于席勒（Schiller）。对于格奥尔格，重要的则是某些悲剧诗人和柏拉图，但也只是"他心目中的"柏拉图，写《会饮篇》的柏拉图。是古希腊人让格奥尔格确信：在此岸完成自己，此乃人的使命。也是古希腊人让他懂得尊崇人体之美。他曾说过："一切都取决于，人们是否是异教徒。为了把握神性之物，人们不该忽视感性的东西，要从感性的事物中看见神性。"格奥尔格对肉体的崇拜已经导致了可以理解的误解。这个执拗的柏拉图主义者说："肉身和灵魂，只是变幻的现实之言词。"他在诗中把这种看法直观化：

肉身和灵魂只是

变幻的现实之言词……

　　最近你谈及从前的友人……

　　我不知道，你在描绘肉身还是灵魂。

　　一个禀性如此的人绝不可能是基督徒。格奥尔格并不反
对基督教，实际情况是，基督教与他毫不相干。他对曾对库
尔蒂乌斯（Ernst Robert Curtius）说："没有途径可直达上
帝。"格奥尔格不认可原罪，因此他也无需什么上帝的恩典。
然而，耶稣却总是离他很近，他的耶稣是一个至人，一个神
性的人，一位人神同体者，是对一种特定的"永恒"，一种
可界定的世界时间之形象化。

　　施特凡·格奥尔格相信，世界产生于那个"隐蔽的意
志"（numen absconditum）——也就是阿拉克西曼德
（Anaximander）的"无限者"（Apeiron），就是埃克哈特
（Eckart）的"纯洁而自然的存在者"（esse purum et sim-
plex），是荣格（Ernst Jünger）所说的"尚未分化者"（Ung-
esonderte）。

　　"它亘古以来就存在着（却无人知晓）"

　　或者："你是谁的造物，你永不知晓"。

　　或者："最深的根安居于永恒的暗夜……"

　　这种未知的、永恒的安歇者，无限遥远，莫可指称。这
种遥远和人之间的那片真空里，涌入诸多势力和诸神，但它
们不是来自"隐蔽之处"，而只是人的衍射物。它们虽是神

性的，但它们也会逝去，一旦有新的世界时间开始，正如在早期希腊人那里，正如在日耳曼人那里。格奥尔格说："人们最难相信的事情是：神的力量永恒而诸神本身却并非不朽，仅当人们把对诸神的信仰纳入自身内部，并有能力从它们身上看见永恒，诸神才是活着的。"

格奥尔格在 19、20 世纪之交，预感会有一位"新神"出现。于是他在期冀着。他正是为此而活着。凭着出版于旧世纪的两部诗集《心灵之年》和《生命之毯》，他已臻于他作为诗人可能达到的顶点。然而，年届三十的他，在一个堕落的时代，此时却看不到未来。

1902 年，格奥尔格在街上邂逅一个俊美的男孩——时年不满十四岁的马克西米连·科伦贝格。他跟他打了招呼。此后，两人之间逐渐形成一种有距离的友谊。格奥尔格参与了他的生活，鼓励他勤奋学习，跟他父母交往，培育他身上那种超乎寻常的诗人天赋——格奥尔格是一位天生的教育家。据贡多尔夫说，格奥尔格发现了一个有朝气、腼腆而颇有前途的少年。正如此前对贡多尔夫一样，格奥尔格也向科伦贝格献诗，慕求这位正在成长中的追随者的好感。一切仅此而已。可惜还不到十七岁，马克西米连就夭折了。在他死后，格奥尔格那颗充满激情的心，才迫使自己从回忆中发现了一位"新神"的"诞生"——这是一种觉醒式的体验，是一种神秘的陶醉。

可是，在保存下来的格奥尔格谈话中，丝毫没有提及这方面的内容。我们只知道，他在某些诗歌和《纪念马克西敏》的"前言"里透露的信息。此外的一切，我们或许都不应了解。对此话题，他的大多数朋友也都无可奉告。而一些宣称自己跟格奥尔格具有同样信仰的人——这些人的证言令人难受。

格奥尔格跟"马克西敏"生活在一个我们无法抵达的时空里。这位沉浸在关于"马克西敏"的想象中的诗人，在他整个下半生都将自己置于"马克西敏"这颗星辰之下，而他的创作也因此进入了一个新的阶段。正因为如此，他与那位少年的关系，就不再只是一个仅仅与他自己有关的事件。作为《第七个环》之核心的那一环（《纪念马克西敏》），甚至可以说也就是格奥尔格全部作品的"中点"，它赫然冠以"马克西敏"这一标题。它以如下告白开始：

朋友见你是孩提

> 我见你是那位神：
> 我颤栗着认出他
> 我的虔诚献给他。

我（Ich）看你是那神。我——格奥尔格，从未想要成为某一宗教的缔造者。当众人听见他向朋友们发出召唤时，同样如此：

> 要赞美你们的城诞生了一位神！
> 要赞美你们的时代活过一位神！

我从你身上看见了**那个神**（der Gott）。而非上帝（Gott）。

这是只有少数人才可能有过的一种体验———个梦想中的、化为一位少年的幻想之图像。从格奥尔格的作品里可以发现，诗人与晚期罗马帝国也有着牢固的联系。他对哈德良皇帝（Hadrian）（此人也曾把一位少年奉为神）有着栩栩如生的"回忆"。格奥尔格首先记起但丁的贝雅特丽琪。她跟"马克西敏"一样，也是那么年轻，以至于对于她，重要的不是生理上作为性别差异之体现和补充的性爱，而是超乎两性的那种爱。这种爱是格奥尔格的一个关键词。那个神随着为他设定的那一世界时间诞生，也随它消殒。诗人首先宣布它的降临：

……在那永恒里
只有一个神和他的一个预告者。

这种宣告胜于诗人自己创造它。

莫非我凭我爱的强度
将一颗星辰拽出轨道
进入这样狭隘的生活？

然后：

我恭顺地站在那谜之威力面前

犹如它是我子，而我是我子之子……

这纯属神秘主义，德国式的神秘主义；塞勒休斯（Angelus Silesius）的说法是：

> 我乃上帝之子和孙，上帝又是我之子
>
> 两者皆为两者，其结果又将如何？

此处的神秘主义就是，对那种闻所未闻的心灵力量的信仰——它在塞勒休斯那里孕育了上帝，它也在格奥尔格那里孕育了那个神。如果有着那样严肃生活态度的人们，果真能在内心体验到这种东西，人们或许就不应视其为渎神而抵制它。

三

格奥尔格从"马克西敏"身上并通过"马克西敏"体验到的一切，使他自身秉赋的那种特质获得了一个形态，他的意志也因此获得了一个目标。

对一个已被尼采判为"堕落"的世界进行更新，也就是，通过尼采所说的那个精神来拯救这世界，正如格奥尔格在诗中启示的那样——借助一群精英人物之手。格奥尔格相信，德国人身上当时还蕴含着某些可以唤醒的力量——这正是施特凡·格奥尔格的幻想。至少在当初，在第一次世界大战爆发前十年里，他一直在作如是想。后来，当格奥尔格早衰并显示出一种严重疾病的征兆，人们也能听见，他有意收回曾经发出的那种强硬的要求，也能听出他的某些无奈的语气。

他为德国作出的选择如此极端，这定然令人惊异。他在根源上是一个欧洲人，他信奉那份共同的遗产。但实际情况日益强烈地表明：他的信仰、他的爱、他的希望又属于德国——他就栖居于这个民族的语言之中。他是民族主义者？爱国者？倘若要给这个人贴上这类标签，是不公道的。他关心的是一个共同体。在此共同体中，他看见了法国，然后是地中海沿岸诸国——它们都已被耗尽。而英国人忙于经营他们的帝国，俄罗斯是"一个孩子和老人组成的民族"，美国难有什么发展……唯独在德国，他看见了后备军——他们可以经过筛选产生于这个尽管表层十分腐朽、可内核却依旧完好无损的民族。这是一个德国梦，正如每一个梦想，它在当时，在希特勒上台之前，有其真实的历史背景。格奥尔格跟一切现行的民族主义有多远的距离，可以从他在 1914 年 8 月和整个一战期间的举动看得清清楚楚。还在一战爆发之前，他已处于绝望之中，因为他想象中的——不仅是德国的——共同事物正在崩溃。所以，在 1914 年之前，他已发出可怕的呐喊：

你们建造的规模和界限是在犯罪

"已经很高的还能更高！"可是基础

支柱和联结却不再效力……建筑摇晃。

无计可施的你们望天求助：

"我们怎样避免窒息于自己的废墟

不让自己的幻象吞噬我们的脑子？"

他笑曰：此时勒马求救为时太晚！

神圣的疯狂必击倒千万人

神圣的瘟疫必带走千万人

神圣的战争必杀死千万人。

　　然后就到了 1914 年，所有的人，尤其是所有的诗人，都看见了那伟大的民族之起程。于是众人争先恐后地歌颂这崛起——崛起和战争。格奥尔格的朋友们也毫不例外：他们看见的，是即将通过"圣战"完成伟大的"更新"。格奥尔格这时必定有过冷静的思考。他曾在 1914 年 8 月写道："我号召你们：——最艰难的还在后面!!"他的意思是：倘若我们打输了，后果将不堪设想；倘若我们真的赢了，那可鄙的皇帝到时候根本就没有能力来领导这民族，更无力证明自己配得上那胜利。用他的话来说就是："这样一个世界应该到来，它应战胜真正的敌人和恶魔——然而今天张嘴说话的人中，尚无谁可以属于这世界。"这也是格奥尔格在 1914 年的一封书信里表达的意思。可见，格奥尔格的德国是这样一个德国：它从未存在过，也永远不会出现。

　　有一个问题，人们越是讨厌它，它越需要回答。格奥尔格曾在 1920 年的一首诗中希望，"大地之心最终拯救世界"。因此，格奥尔格是否就是日后"国家社会主义"（NAZI）的开路先锋呢？答案只能是：不言而喻，他就是。然而要理解这一点，人们就必须看到，这句诗要表达的那种东西，既无什么理念，也不以什么自己的东西为生，它更像一块海绵：它汲取一切，凡在观念方面能提供养份的，或悬在空中可以希望的，统统被它吸收。无论如何，日后的种族论调虽然尚未被发明出来，但它已经伴随邪恶的激情自我膨胀了。这块

328

海绵善恶兼收，善多于恶，否则一开始就不可能获得那么巨大的成功。路德、卢梭、康德、费希特、黑格尔、尼采（令人不解的是，居然还有瓦格纳这毁灭、死亡和救赎之歌手）、普鲁士的美德、青年运动、格奥尔格的"秘密的德国"——就是一块海绵，当希特勒拿捏它时，它就骤然释放出脓水。

就格奥尔格而言，可以他的一首诗为例：

请别将你们寻获的那位

> 戴族徽和冠冕的新贵族领来！
> 因为所有的阶层都会盯着他
> 以同样感性的贪婪目光
> 以同样粗鄙的偷窥目光……
> 罕见的后裔带着自身的等级
> 没有世系地生长在人群中，
> 凭他们眼里的真纯热情
> 你们认出了那些同胞。

这意味着，贵族也已随着其他那些从前居于领导地位的阶层瓦解，因此"更新"只可能来自民族的基质。格奥尔格这首诗可能不是伟大的，但肯定也不是不纯洁的。1933 年以后，此诗被选入所有的学生读本。而到了他的邻居（纳粹分子）那里——他们恰好从这样的诗里发现了自己的样子——它立即丧失其纯洁性，它的"高调"变得空洞而粗鄙。此时，它已不再属于他，而是属于那一伙人。

四

　　格奥尔格的另一件事情就是塑造他的小集团，也就是他的"圈子"，然后是那个秘密的"国家"。在此后发表的《第七个环》(1907)、《同盟之星》(1914) 和《新帝国》(1928) 这三部诗集里，他一再对他的朋友和追随者们强调这些方面。他首先摆脱了同龄人——沃尔夫斯凯除外。然后，他把一小群很有能力的下一代人聚集在自己周围。再后来，又来了一些更年轻的第三代追随者。关于眼前的一切，他 30 岁时就已在《艺术之页》里跟沃尔夫斯凯一起说道：

　　　　一道希腊之光照在我们身上。我们的青年现在开始看到，生活不再是卑贱的，而是熠熠生辉的。他们在肉体和精神方面寻求美的标准，他们摆脱了对于肤浅的一般教育的狂热和幸福感，正如摆脱了过时的、奴颜卑膝的野蛮。他们把那种业已僵化的正直和周围人们那些被印刷出来的沉沉重负，看作丑陋的东西，惟恐避之不及。他们要昂起自由的头颅优美地在生活中迈进。他们也终将恢宏地而非只在一个部族的狭隘意义上来理解他们的民族性。从而，德意志民族的性格在世纪之交可望骤然转变。

有人试图设想，在八十年之后的今天，让那类东西之一付印。

　　格奥尔格和他周围的人组成的，完全是一个绝无先例的、奇特的"圈子"。里面奉行的是"一种受到独断主义抑制的民主"。圈内的人有些不知所措，因为毫无民主可言。那是一个俗家"修道院"。它有一个郡侯般的院长，然而却没有什么可见的规则（人们一般把《同盟之星》视为那样的东西），也没有任何起凝聚作用的事物，除了一个统治者般的意志。

那是一个男人的同盟。格奥尔格只与男人发生联系——以一种自豪的、完全自由的方式。他曾谈到："男人之间的友谊必须具有教育性和悲剧性。否则它就是可憎的。"女性不能加入这个圈子和他那个"国家"。尽管如此，具有讽刺意味的是，格奥尔格跟许多妇女有过良好的、常常是真诚的关系。这些女性主要是些堪称"国家支柱"的圈内核心人物（他的一些忠实信徒）的妻子。对格奥尔格而言，"妇女解放"这类运动无异于一种暴行。在他看来，男女之间天生的性别对立，其实就是"雌性的、物质性的事物"同"雄性的、精神性的事物"之间的对立，这是一个不可颠扑的基本事实。

博查尔特（Rudolf Bochardt）曾说，格奥尔格是一个"渴求权力的、凯尔特人式的暴戾者；他扑向那些灵魂，就像猛兽扑向受伤的猎物"。这话听来表达有力、十分形象。然而，情况真是这样吗？虽确有例子表明，格奥尔格曾把某些他想要赢得的人，魔法般地迫入他的"圈子"。但这只是为数极少的例外。通常情况是这样的：首先，他细心地考察某人，因为他要通过考察断定，一个年轻人是否具备相应的素质。这些素质中，比起智力或单纯的文学素养，"存在之高度"和性格更为重要。当然，首要的基础是相貌俊美，包括身心健康。然后就是一番谈话。只有通过了这样的考察，一个年轻人才可能被他接纳。对于青年，他总是小心行事，但并不施以"教育"，而只是引导。他也绝不会为青年们安排或规定什么，他只帮助他们，发展他们自己已有的东西。偶尔，他也会轻微地讥讽他们。通过谈话，他会引导青年离开那些次要的方面，朝向一些本质的方面发展。"苏格拉底式的"教育，这个字眼在有关叙述中出现得最为频繁。

那些受到格奥尔格如此"教育"的青年，即便有所保留，也大都会很快获得他身上的东西，包括那些仅在老师本人身上才显得和谐的东西。格奥尔格或许有权把音乐视为堕落的现象，把长篇小说贬为不完备的艺术形式。可是学生们却没有这个权利，除非他们能像格奥尔格那样写诗，而这是不会成功的。

于是他们就写散文。结果，在格奥尔格那里还属于"高音"的，在他们的著作里就变成了"超高音"。那样的东西在当时就难以为继，今天更是令人不堪忍受；因为它是一种狂热地拔高语言手段的作法。它会令人窒息，如果读者必须一直在那样的语言之高空运动；甚至会患上"语言病"——如果说旅行者会得高山病。格奥尔格自己很少发表散文，但他的散文强大、密实，适合采用"高音"。可难以理解的是，他居然也允许并且促进学生们那种引起争执的作法。

格奥尔格的圈子一直很小，绝不允许超过十二个人。谁能克制自己，谁能进入这个狭小的圈子，就表明他是不一般的人，即便不是"完人"——格奥尔格想要的就是那样的人，他本人就是。那样的人有自己的行为方式：既能毫无批评地顺从一切，又能在自己的领域里独立、干练、有力地行事。格奥尔格希望，圈内的人个个都有一份公民的正当职业，并且从中经受考验。对这一点，格奥尔格十分看重。他最支持法学家、法官和律师、医生、历史学家、国民经济学家、文学研究家。对一位他尤其挂怀的学生，他曾一直禁止他进入圈内，直至他完成了大学执教资格论文。因此，韦伯（Max Weber）说"格奥尔格圈内的人都是靠养老金过活"（我这里选用了尽可能温和的表述），就是不公道——对此问题，韦伯其实知道得更清楚。

在这个"由爱缔结的"圈子里，距离恰好就是法律。据说，除了极少数例外，圈内的人们彼此以"您"相称，禁止谈及私事，人们只知彼此的名，而不知其姓；或者仅仅使用由格奥尔格赐予的有"魔力"的别名。总之，在格奥尔格圈内，只存在追随者与"师傅"的关系，当然也有例外。

尽管如此，他们那些聚会肯定是无可比拟的。其内容包括诗歌朗诵——这是一个仪式性的过程，还有交谈。对他们而言，诗是人类最可企及的东西，诗就是现实。在那样的聚会上，人们都十分专注，大家以一种惟独格奥尔格本人才完全掌握的方式交谈——那是一种有韵律的、唱诗般的说话方式。"这就是一切"，有人说，"他的形象、他的头、他的嗓音、他那神奇的特质，能令任何人屏住呼吸，一旦他开始朗诵。"他朗诵的都是第一流的诗。朗诵结束时，人们默不作声地寂然散去。

他们谈话通常佐以便餐和薄酒，内容严肃而愉快。大家无拘无束，就像坐在一只异常强大的宴饮之"方舟"上。人们谈论"人类那些崇高、伟大的事物",也喜欢品评某些非同凡响的人物。格奥尔格和他圈内的人喜欢谈论某一伟大的个人。诗人或者罪犯被捧得很高,近乎神圣;当时有许多善事发生。

但也可以理解,在一个不见经传的群体里,会发生激烈的冲突:有嫉妒——特别是为了接近"师傅",也有敌意。不言而喻,所有这一切都随格奥尔格之死终结。

可是竟然会发生这一切!格奥尔格是为了什么?他的追随者又是为了什么呢?答案很简单:为了"美的生活",为了充实的生活。格奥尔格说过:"我们的国家之意义在于,在一个或许短暂的时间内,能产出一个成果。它出自一个特定的观念,它保障人类的某个高度。于是,这也是一个永恒的瞬间,正如希腊的瞬间。"

此外,格奥尔格还希望,受过他影响的人们,将他们所经历的一切也在自己周围传布。也就是说,他的学生们也应分别建立自己的圈子——在这种圈子里,凭借伟大、古老的言语,人们充满意义地生活。能作为纽带来联结人的,就是"爱神"(Eros)——格奥尔格称之为"超越性别之爱的创世力量",正如苏格拉底让狄奥提玛(Diotima)所说的"理性"(Logos)——在格奥尔格这里就是"精神"(Geist),还有"歌咏"(Nomos)——在格奥尔格这里就是"克制"(Mass)。苗头都有了。随后就是一九三三年。

本不应压制任何东西。难以忍受的,是一些人身上那种精英分子独有的自我意识。而完全不堪忍受的,则是那些与格奥尔格并无直接联系的人的自我意识。这些人就是格奥尔格的信徒的学生。所有精英人物的问题都在于：现实不允许他们作为精英存在。

五

一种原始力量，贬斥一切现存事物，那强大的意志，将他的民族拖入善中，使之成为典范——谁这样做，必定是一个罪犯、一个叛逆、一个革命者。格奥尔格长期的朋友和更长期的敌人，现代笔迹学创始人克拉格斯从格奥尔格的作品中读出了一个"基本公式"：格奥尔格有"一种陷入（不是滑入）艺术生活的罪犯禀性。"克拉格斯本可以补充一句（而这一点也已经由那些作品表露出来），可这个人已处于仇恨状态，所以难以补充：这个罪犯其禀性同时也是腼腆的、敏感的、任人摆布的。一个朋友的死，或另一个人的背叛，都足以使格奥尔格一连几周甚至数月倍受打击：他作为一个诗人，常常处于极度痛苦之中。

就是这个人，他从不谈及自己。有一次曾向人排遣自己的隐衷——在写给一位女性朋友的信里："……也许我应再次向您证实您知道已久的事情？我为何要对我的朋友们讲述那些伴随我全部历程的危险深渊——并且恰好是最近那些特别可怕的深渊？在那样的时候，朋友们往往都只能无助地站在同情的距离之外……对于那些毫无慰藉的事情，竟然没有任何一个能够拯救灾难的办法。无人知晓那些事情。我无法度过我的生命，除非是在最完善的外表辉煌中。因此，我为之斗争、受苦和流血的一切，不值得任何人知道。然而发生的一切，也是为了朋友们。他们那样看待我，就是他们最为巨大的生活慰藉。于是，我就那样一道为他们斗争、忍耐和沉默。我不断地濒临最极端的边沿，我所付出的，就是最后的和所有可能的……即便无人预感到这一点……"

世界精神用以雕刻出它的罪犯的材料，不是一块木头。格奥尔格曾充满激情地苦苦寻觅那个罪犯。"那个惟一能有所帮助的，那个男人"。于是这个人真的出现了。他来自格奥尔格。后来发生的事情，骇人听闻：克劳斯·施陶芬贝格伯爵（Claus Graf Staufenberg）就是那个天生的罪犯。他具有一切犯罪天赋，就像从格奥尔格的梦里来到世上。然而他所干的一切最终却只能是：一个罪犯杀死另一个罪犯。甚至连这件事情也进行得不顺利。

六

一个是有强力的人，他充满意志，他有魔法般的力量，嫉恶如仇直至作出骇人之举；一个是诗人，一个爱着的人，他敏感而易于受苦。这两种属性合而为一，集中于格奥尔格一身。一个人处于如许彼此对立的张力之间，竟然没有毁灭，甚至，他还完成了一种堪称典范的、将许多人引领到各自之巅峰的生活：这一切究竟是何以成为可能的？要理解这个人的作品，首先要认识他自己所遵循的原则——形式（Form）。对于他，形式具有拯救生命的意义。对形式的激情和为事物赋予形式这一能力，在他身上是天生的。而且，当他本人最可塑的时候，他这种能力在巴黎得到了强化。

形式是一个原则，亦即：开始、起源、基本素材。"对于格奥尔格"，正如贝恩所言，"形式就是创造物；原则、前提，是作品最深的本质；形式创造作品。"可是，难道这仅仅适用于格奥尔格？事实上，这也适用于或者本应适用于每一个诗人，适用于一切艺术。形式原则处处适用，甚至适用于法律和国家的建构。一部形式完备的法律作品，能借助形式创造更优秀的法律。一部精心构造的"优美"宪法，能缔造更好的国家。形式就是作品。因而为事物赋形，同时也是一件美学和道义上的行为。形式的象征就是球体——它有一个不可动摇的、静止的中心。

在一切艺术中，总存在着形势渐趋僵化的危险：僵化为形式主义、空洞的架子。伟大形式的要素之一就是自由。必须借助具有赋形能力的自由精神为形式注入生命。死亡的形式可能仍然是美的，然而它缺乏某种应有的无法预料性。从格奥尔格的不少诗里，人们容易看出，诗人在同形式作斗争；人们也容易发现，他为形式所作的努力。但是在他以及所有诗人那些堪称完美的作品中，思想、词语、表达手段之混乱，却已经被恰当的形式束缚为一种纯粹的美。伟大的形式就是规则，同时又让人不易看见，规则里面恰好包蕴着使形式成为可能的那种自由。

把形式作为原则的人，难以在写诗与生活之间划出界线。他把自己和信赖他的人，都置于这种形式规则之下。一方面，这规则就是通过标准和道义而先在的那种东西，人们应适应它。另一方面，它又顺服于它自身的规则。使这两方面达到和谐状态——这对于每一个降生于寻常事物之彼岸的人，都表现为一个生存攸关的问题。我们知道，歌德曾为此煞费苦心！

施特凡·格奥尔格，以其指向生与死这两个极端的天性，首先创造了一个形式支架。他主要是在作为他的生命素材的诗歌里，完成了这一工作。在他的青年时代，他那种以高筒礼帽和单片眼镜为标志的纨绔子弟的生活方式，对他而言是适当的；但这大约也只是对那种日薄西山的形式的一个或许不完全成功的"拷贝"。当时的情势不允许他踏入那个业已陈旧、单调、形式主义化、并且从不真正可信的布尔乔亚体系，或者加入另外的团体——它只能以丑陋的形式，以一种恶劣的风格，抗议此前的一切。后来，他找到了属于自己的形式。他的形式具有极端风格化、高傲和拒斥的特征，甚至让人觉得那是一种纯粹的傲慢——他就是那样的人。人们至今也还能从诸多方面看出这一点。然而四十岁以前，在私人生活中，他"在形式上"还显得优雅而谦逊，绝无自命不凡的意思。他常常在许多朋友家里做客；他令人愉快，他实在而乐于助人。他对自己那两箱子素材十分满意，这增添了他那些小小的快乐。同时，他也对他的绝对权威很有把握，而这一点也得到了无条件的承认。

就艺术和生活中的"形式"这一话题，他应享有决定权：

我们经常站在这一位置表明，对于创作者不言而喻的那句口号"为艺术而艺术"，即使从欣赏者的角度出发，其目的也不在于，用作坊里那些力量之碎片和华丽辞藻之马赛克作些独一无二的练习——这种看法是对艺术手段的一种错误认识；因为这句口号还蕴含着另一层意思。打磨结构时的这种极度的担忧，创作中为获得最大的形式完美而进行的这种斗争，对于圆润美满之物、自身完满之物、全面规整之物的这种至爱，对那些仅仅出乎本能的、粗疏而不完备之物的这种拒绝，包括拒绝那些要么太多要么不足的东西（太多或不足正是本土创作中一个由来已久的错误）。这样的至爱和这样的拒绝所要求的前提，不是一个公式，而是一种精神上的态度，甚至是一种生活方式。如果有一群德国人，无论数量是否有限，活动范围是否广大，能历经数十年，不顾一切敌视和曲解，能在此意义上言行，并始终盯着他们至高的追求；那么就会有更多的影响从那里涌溢而出，作用于整个教育和整个生活，其效果将大于那些出自一个令人惊讶的客观发现或者出自一个新"世界观"的那些东西。

形式就是道义。形式创造人。一个被赋予形式的人，一个具备形式的人，他能创造诸多形式。如果那些负有领导使命的人，拥有形式，具备形式；那么，他们就能创造具备形式的共同体——他们会为之赋形，使之获得形式。凡是这样的国家，就不会陷入失范的危险。民主也一样。一旦民主为自己创造的这些形式，以及那些它赖以为生的形式，有朝一日分崩离析——因为它忘记了，形式是一个伦理要求；那么，一切离心的、不合形式、因此也是非道义的力量，就会占上风。形式——它作为使命随一切天性被赋予人——广为人知，被人追求，并被完成：这是一个事关荣辱兴衰的问题。如今，我们仍然在谈论施特凡·格奥尔格。在上述前提下，他毫不反对民主——无论如何，在此意义上，他更强烈反对的，正是当时在德国出现的一切虚假的形式。

时过境迁，在他死后五十年，今天不难判定，他对那些高远事物的追求失败了。甚至在当时，就已不难预言其结局。在德国，在这个国家，人们如今已彻底放弃——哪怕仅仅是追求一下——精神文化。因此，施特凡·格奥尔格已被忘却。

尽管如此，却有一些人，他们将感戴这位诗人，因为他曾一度拯救了德国的诗歌语言，他曾使诗歌重新取得罕见的业绩。他们也将在他的引导下，思索形式、艺术和生活中的一切。

施特凡·格奥尔格的后期作品：对一个走向没落的世界的回应①

〔德〕B·伯欣斯坦著 何晓玲译

伴随《第七个环》的第一部，伴随其中的组诗《时代诗》，在施特凡·格奥尔格这位诗人的发展中，开始出现了某种新的、不同于以往的另类东西。这种东西将一直在他的创作中产生影响，再也不会停止。对此，我或许可以通过一个例子最为清楚地证明：1898年，诗人写成了《生命之毯》里排在组诗《七座立像》之前的最后一首诗《让·保尔》。在这首诗中，德国人的诗人特质以其最为完整的显现方式，

---

① 〔译按〕本文选自 Wolfgang Braungart，Ute Oelmann und Bernhard Böschenstein（Hrsg.），*Stefan*，*George*，*Werke und Wikung seit dem „ Siebenten Ring "*，*Tübingen Niemeyer* 2001。

展现于世人面前："惟独在你身上，我们才完整"。对意大利的赞颂与属于天国的音乐同属其中，而后者是以"金琴"和"长笛"来标明的。大约三年之后，即 1901 年，一首与之相似的诗作《伯克林》诞生了，它是《第七个环》中的《时代诗》的第五首。即便是在这里，所赞颂的也是一位歌颂南方的北欧艺术家。即便是在这首诗作中，也显现出了"金质竖琴"的图像。如果说让·保尔是因为他"充满能证实上帝的那个渴望？"而能够产生影响的话，那么，今天的诗人就应该感谢画家伯克林，感谢他阻止了"我们面前······/圣火在寒冷的日子熄灭。"让·保尔凭借他的激情，超越了软弱、昏暗的德国特性（这种特性也是他自己所具有的）；伯克林则以他明亮的色彩，战胜了行将结束的十九世纪的"沉闷乏味的颓废与没落。"撇开诗人在此所描写和赞颂的两位艺术家本身的差别不谈，这两首诗的差别首先在于：让·保尔描绘了一幅德国人的积极的画像，而伯克林所描绘的，则是一幅积极的、与那个消极而独特的时代相反的画像。这个时代的特征在起首的三行诗句中便立时可见："急促的号声"、"闪亮的傀儡"、"肥胖的小贩"——评论家 E·莫维茨在此看到了石膏花饰和利伯曼①。这一点首先显现在第二诗节，在这一诗节中，那种至今才出现的源于淫荡的放纵而下流的艺术品、"废物"以及想入非非（在此，或许会令人想到马克斯·克令格尔的《奥林匹斯的救世主》），通过伯克林禁欲的异教信仰及其强壮的体格，而被清除。与《让·保尔》

---

① ［译按］Max Liebermann，1847—1935，德国犹太画家。

这一诗作相对的，是一种新出现的、诗人从诅咒的判决的对立面出发、经由一种反常的反艺术构建出所有赞美诗句的需求。而同支持施以拯救的伯克林的热情相匹配的，是那种同样强烈的反对被视为"泥淖与废墟"的艺术评论的热情。如此看来，如果说格奥尔格同时进行了猛烈的拆解的话，那么，从此以后，他就能以最佳的状态进行赞颂了。从现在起，积极的激情常常需要消极的、针对那个时代的反面的声音："当时，虚荣可憎地匆匆开始。"仅仅三年之后，一种新的基调开始主导格奥尔格的作品，这是一种以裁判者自居、进行着严厉宣判的言说方式，它将参与塑造并常常主宰《第七个环》、《同盟之星》和《新帝国》中的许多重要诗作。那些刻画出伯克林艺术特征的诗句，是从细致的体验中赢得的。而为他的对手们所不屑的那类诗句，则是简扼、笼统的，毫无任何真正的认识价值，与尼采那些详细的针砭时弊的诊断形成了某种区别。

上面的例子将两位对格奥尔格来说甚为重要的创作者进行了比较，一位是他所认为的在当时除歌德之外最为伟大的德国诗人，另一位则是他眼中最为著名的同时代的画家。如果说这位诗人因教育之故而努力聚集在一起的，并非是单个的艺术家，而是一群堪为典范的虔敬的年轻人的话，那么，借助于这两本先后出版的诗集中依然具有可比性的例子所显现出的，有些是彼此相近的特性，而有些则是互为补充的差别，这些差别是同样适于被用来展现这部后期作品的众多全新特征的：在《生命之毯》里，诗人是在一幅理想化了的图像之中，来描绘中世纪僧侣画家安格里科（Angelico）的修士生活的。这幅图像是一幅致力于天国之美的友谊的图像，这一友谊兼具异教和基督教的色彩，既渴望性爱又希求断念。我指的是诗作《修道院》（Kloster）。除了诸如"喧嚷的众人逃离，在你们力量，凋敝于冷酷的毒素之前"之类的简洁的表达方式之外，此处所有的，只是互为均势的彼此爱恋之中的神圣行为。这种爱恋将基督教的谦恭与知足，同一种由内心安宁所决定的、具有审美价值的虔敬，联系起来：

> 被平庸的痛苦和平庸的欲望折磨
>
> 你们的目光投向蓝色的美
>
> 神圣的追求乃神圣的弃绝 [······]

在《第七个环》的第二部《人物》（Gestalten）中所描写的"前院守护者"，是一群志同道合的青年男子，他们同这群清一色的同道者颇为相似，同样献身于爱的团体中的虔敬教育。即便是他们，也被归入了"山谷"，分享了纯净的激情，在"尊严"中成长，致力于开垦土地，并接受教导以提升及美化现实。然而，不同于此前的《修道院》的两大区别，是颇为引人注目的：那些"前院守护者"们被挑选出来，为那带给大地以"贪欲及妄想"的恶行，创作一部赎罪之作。作为拯救者，他们被置于了一种印证着深深的伤口和裂痕、呼唤着救赎的尘世境地之中，这种救赎是作为天堂般的异教生活的回归而出现的："开始在荒原上裸舞"。在《第七个环》中，裸体与舞蹈具有重要的治疗作用，例如，在同一部分中的诗作《引路人，第一人》当中：

> 一个从头顶到脚趾都赤裸者
> 就站在路边

于是相继出现了一长串的舞者：

> 他们也来跳舞唱歌欢跃
> 始终伴随在那个伙伴左右
> 以野性的欢呼和原生的激情

在这些"前院守护者"身上，除了对于他们的拯救作用的强调之外，也指明了他们同主人的关系。在《修道院》中，那从遥远的过去产生着影响的画家安格里科，是居于主人之位的，而在《前院守护者》中，这首诗作的朗诵者则是决定一切的权威标准：

> 先让你们在瘦弱的土地上受教育 [……]
> 然后借与你们一块富饶的土地
> 它阳光照耀，长满玫瑰和葡萄

> 我就这样加增你们内核的热情
> 让你们最纯洁地把住真实的图像。

这群在此长大的人，被归入了一个应将一个破碎的尘世重新带入繁荣昌盛之境的治疗计划之中。为此，过去——"记起你们出自诸神"——穿越一种"捕获并贮存每束可爱的微光"的现在，而一直集中于那个处于一种被重建而出的初始的、伊甸园般的境地的未来，便成为了必须。伯克林曾被称作"守卫者"，而他们则被叫做"您的守卫"。从此以后，诗人便将他所处的时代理解为通往新的福祉的过渡阶段，这一福祉将借助于这一时代的青春与无邪，重建出初始时期。这样，那群处于安格里科的信徒所组成的修道院团体所处位置的新人，将背负起具有高得多的要求的任务，因为，这个世界如今展现给诗人格奥尔格的，就还只有它不幸的一面了，并且是以一种对他来说集中的权威将成为必须的明晰性，来对待这不幸的一面的，确切地说，是以暴力的方式进行的，正如相邻的《圣殿骑士》（Die Templer）所表现的一样：

> 于是，惟独他能一直抗拒
> 并催迫她，绝不按她的权利行事
> 他按着她的手，抓住她的辫子
> 令她不情愿地重新进行她的事业：
> 让肉身神化，让神成肉身。

典型的还有，以虚构的方式所谈论的不是世界，而是"大地"或是"伟大的乳母"，仿佛那种特定的历史场景，在这种虚构的观照方式面前，应该退而却步。那种在"圣殿骑士"（Templer）身上作法招来的肉体的神化以及上帝的道成

345

肉身，却是在第四部分《马克西敏》这一中心部分中被加以塑造的。

《第七个环》是一部以特殊方式对一部诗集的编排规则也进行了暗示的诗集的唯一标题。为了将这至少十年间——这是一个远远超过迄今为止所有单册书的产生时间的期限——的极其不同的收获，附加于一种赋予意义的秩序之上，那些单个部分之间的巨大跨度，使得在此进行一项重要的作品结构的构建工作，成为必需。各部分甚至每首诗的重要意义，必须从这一跨度之中展现出来。因此，构成中间部分的《马克西敏》，也是一个同所有其他部分一道，处于具有深远意义的关联之中的构造。一方面，这一部分是与（《潮汐》（Gezeiten）部分中）个人色彩浓厚的爱情诗为伴的，而另一方面，它又接近于那些最终导向一种消融于梦境、夜晚及音乐之中的自我的礼拜庆典的文学创作（《梦中的黑暗》（Traumdunkel））。这两个部分，即第三和第五部分，冲破了一个对自身发号施令的自我的种种界限，同统治者、法官以及导师的姿态在最大程度上相去甚远。在第一和最后一部分中，情况是完全相反的。在它们之中，那独特的时代同那独特的、充满着文化气息的德国大地，部分地以最为强烈的赞同，部分地以最为断然的拒绝，从那种居高临下的分派意识中被唤醒了。《人物》的第二部分将《时代诗》的表现形式与对其而言更为个体化的诸多经验连接起来，正如它们在第三和第五部分中所被刻画的一样。可是，同这两个部分相反，这些经验从结构上看是向外扩展的，而在轮廓上则是稳固不变的，并没有变成突破界限的纵情声色或是黑夜的幻梦。《歌谣》（Lieder）的第六部分将《潮汐》中的"我与你的歌"提升为更为孤寂、更难获救、有时是断片式的东西，从而恰好与此相反。尽管这种简洁性同间或的私密性也是组诗《纪念牌》（Tafel）所特有的，但在这组诗中，尤其是在那些与一些地方有关的箴言中，占上风的却是那种设定了这一独特"王国"的内在及外在文化概貌的外在表现形式。对开始提出的那个问题，即《马克西敏》这一中心部分同所有其他部分有着怎样的关联，可以这样来回答：《潮汐》中的纵情声色，《梦中的黑暗》中的庆典，《歌谣》中的孤寂与并不鲜见的绝望，《人物》《纪念牌》以及首先是《时代诗》中的意识形态中的定式，表明了一种主体向外部的转向与全然远离意识形态的向内在的转向的交汇，将它们连接在一起所致力于达到的，是一种无论是《马克西敏》的前言还是《马克西敏》这一部分中的诗作都为之提供了证据的折中之道。

在该前言中，那种"将军般的……掌控力"立即被"躁动与抑郁"所减弱，古希腊罗马遗产中充满了基督教遗产。为描绘马克西敏那种可追溯至民族及诸神中去的独特性，民族及诸神被作法招来。他站立在那里，如英雄一般，充满了童话色彩，他远离尘嚣，最终作为那种"青春之美"的具体体现而存于斯。他还由此将他所处的时代——上一世纪的转折点——浓缩于它更高的本质之中。所有这些特征，都存在于《第七个环》的所有七个部分中，但在《马克西敏》这一部分里，它们体现得最为集中。在《马克西敏》中，生与死的内在密切联系，牢牢地附着于一个个罕见的、精选而出的瞬间——尘世的欢乐与别样的迷醉互相渗透于其间。对于两个灵魂的圣餐仪式的展望，在《化为肉身》一诗中，是被视为"梦中源于你我的图像"的。"梦"这一对格奥尔格而言极为重要的词汇，在这部诗集中常常居于主导地位，在其后的那些诗集中，它也一直是作为主导性存在而被保留下来的。

这颗"星辰"，是一种对这整部作品来说具有典范性的存在，它将自身早前满含新浪漫主义色彩地对事物进行的美化所具有的意义，转变为一种不断变大、并在《同盟之星》中达到其高潮的精确性。在那里，这个决定了书名的词汇，几乎是一直以如下方式被加以运用的：一种尘世的意义以及一种超越了尘世之物的界限的意义，在遭遇对方的过程中，或是一拍即合，或是一拍两散。这种双重关联也能以"将其化作星辰"（Katasterismos）这一古典过程为依据，也能以一位英雄的化身为星辰为依据，例如维吉尔在他的第五首牧歌中，就将恺撒以水蚤之名放置到了天上。

组诗《入口》（Eingang）的第一首，就已将这两个维度连接在了一起：

> 循你尘世的历程，转折之主宰
> 我们的赞美涌向你的星辰。

心醉神迷者与这一星辰化了一体，然而，只是因为他在尘世间产生了影响，他才受到了赞颂。这样，"涌向你星辰的赞美"就是描绘出"你尘世的历程"的赞颂。这也即是说，这颗星辰从未曾失去过同处于它之下的区域的联系；更确切地说，它正是通过这种联系阐明了自身。以不同于"我为之而在的白昼"的"星辰般倏忽而逝的念头"所指的：作为由对于永恒瞬间的此地与此时所感到的心醉神迷所构成的区域的众多星辰，似乎是与此相反的。这些星辰的这一与那部早前的作品关系更为密切的意义，偶尔还会闯入《同盟之星》中发生作用，但只是在一种阐释性的表达方式确保了那种批判涵义的时候："星辰般倏忽而逝的"。这一在这部书中落于这些星辰身上的新的意义，澄清了"繁育星辰"一词是作为一位新的、首先是尘世间的神祇在精神上诞生的先决条件的，然而，这位神祇却完全是同时属于这两个区域的。在此可以清楚地看到，为一直对这种来自上方的到达之物与"新的中心之物"的双重性格进行切中要害的理解，表达出这一神祇的意愿，是多么地需要一个像"星辰"这样的极限词汇啊！除了这颗"星辰"之外，几乎没有一个能承载得起这两个区域，对于格奥尔格来说能够凭借"他双重的美"去超越那种"分裂之苦"的词汇了。在这里，既没有使一座古希腊罗马的神祇雕像复活，也没有作法招来一幅中世纪时期的耶稣受难像，而是表明了一个将诗人对于古典文化的没落所感到的痛苦，以及他对于正在萎缩的基督教信仰的清醒意识，表达为一种新的第三种秩序的过程。这种秩序让过去同时继续存在下去，并近乎突兀地偏离于自身。这一结果既不能太过于现实，也不能太过于偏重精神，它必须继续摇摆于在场与迷醉之间。这种摇摆状态正是"星辰"一词在此处与惯常情况下所描绘的东西。

如果这种作为恒定不易之普遍标志的"星辰秩序"，参与到那种最为孤独、责任最为重大的对话中的话，是能够在其他地方确保那种对于尘世间的诗人生涯来说不可或缺的无与伦比性的。这种对话，并非为了一种将整个地球置于其势力范围内的更高的法度，而是为了那种仅在此时此地对于一种其新的图像与新的声音产生于新的痛苦之中的创作所发出的呼唤而存在的。这样的诗句表达了这类新型诗人的一种最高的要求。代表这一要求的，正是"星辰的声音"这一表述。在此处，就像在这部后期作品中的大部分地方一样，诗人将这个超越了自己能力的最高任务留给了自己，他坚信自己正是被挑选出来完成这个任务的。在此处，就像平素一样，直至今日，愿意将创作与诗人的生活视为对这一要求加以满足的途径的人，一直都仅仅是少数而已。对从一九四九年到今天的大多数读者而言，在这样一些语句中，这种忘我的投入，都是显现为对那种独特的诗人职业所做的一种过高的描述。品达、但丁与荷尔德林均对此共同发挥了作用。然而，前两位是由处处产生着影响的政治、宗教和社会情势所承载起来的，那种出现于百年之后的一种真正的殉道意识，是对于第三位作家所做的准确描述；而格奥尔格则通过几个少数愿意为他牺牲、忠实地追随着他的年轻人，率先认识到了一种在这之后未被证实、再也未被证实、抑或是尚未得到证实的合法性。否则，我们今天，就不会以询问与审视的姿态，聚集于此了。

诗人所谈到的，是"我的星辰之词"，是"将一颗星辰拽出轨道"的"奇迹"，是"落潮与涨潮"最为普通的节奏间的对抗，以及他关于时间那虽然狭隘但却完全实现了的构想。这一构想使"环中的热情"成为可能，也即是说，使在最为狭窄的、仍然与那漫长的历史进程抗衡着的诸多界限中的最高的性爱与精神强度成为可能——世界在它那千篇一律的绝望状态中所面临的，是那作为唯一的、最高的圆满的"环"。谁若对他的创作与生活进行这样的定位，一定曾为了这一"永恒瞬间"的分享，而向那些为这一构想服务过的人们，要求他们付出其存在的所有。其结果常常是早亡、被放逐或是被断然忘却，但却从来不曾是一种处于四平八稳的正常状态中的市民生活。这样的一种生活在任何地方所找到的，也都不会仅仅是一种带有赞同意味的尊重的蛛丝马迹。

这颗"星辰"在这部诗集中的最后一次出现，是它"在幸福的复活期之后"呈现于"我的屋顶之上"：它是对于那对诗人进行授权并使之获得力量以"驱动世界"的新的拯救事件所进行的认证。在《新帝国》中，这一视角会变得再也不是如此的绝对与连贯。那场战争与直至最后一部诗集的问世所用的漫长时间——十四年——将冲破那在《同盟之星》的百首诗作中所宣扬的新的学说所具有的完美性与绝对性。

在《第七个环》中，这种新的创作对之进行了回答的没落的世界，从总体上来说，是通过"喧嚣与荒凉……以及生之贪欲"来进行描绘的，整个地球被概括为一个"腐烂的球体"，看起来，"烟雾与尘埃"似乎是新的居所中的实质内容，而"毒药与污泥"则似乎是那些新的心灵的实质。在《同盟之星》中，这个球体被满怀讥讽地，用已同时代精神所具有的更为具体的关联，谴责为"充满谎言的"、"自由的"、"温和的"以及"聪明的"，而"偶像的脓液"，则被用于同鲜血之神性来加以对照。这样，即将发生的第一次世界大战，被解释了为导向"圣战"的拯救之举。最终，"这个新帝国"，在它将在那与独特的现实还远为具体的关联之中呈献出新的、更长的、更为史诗般的以及远为政治化的、诸如首先像是《战争》《乱世的诗人》等诗作的时代诗之前，首先是以一部文化史的三部曲发端的。为设置一种仍将受到古希腊罗马文化中的诸神共同支配的古典生活方式的现代变体，而与德意志生活形式那令人感到沉闷与窒息的方方面面相抗衡，这些时代诗将歌德、荷尔德林以及当今的男童们，引向了那大多位于南部的海洋——意大利的或是希腊的海洋。这种古典的生活方式对于德意志来说，应该是曾经变得具有约束力的。在这里，这种独特的现实，并非是被直接完成的，而是只要在歌德向意大利的逃遁被现实化、并被视为了可被重复的过程的时候，就被间接地作为了那些诸如"事物——以及躯体、神性的规范所具有的魔力"等的救赎用语，而后才将古典美学与自然科学的其他表达方式，恰当地证实为福音，证实为"喜讯"。歌德的转变，甚至是皈依，最终将作为新的、将整个民族操之在手、并将影响千年之久的宗教而发挥作用的事实，使《同盟之星》中被加以了说明的诗人的先知职责变得不容怠慢起来。对于传统的文学史，它是不屑一顾的。确切地说，德意志民族的救世史，在由荷尔德林所开创的古希腊声音对德意志声音的渗透中，占据了该文学史的位置。这样，歌德被迁移到了荷尔德林与格奥尔格的领域之中，并被选作了对一个未来的德国进行展望的传声筒。这种展望对那种被含蓄提及、延续至今的狭隘、仇视生命且缺乏英雄气概的德意志生活方式，进行了强烈的谴责。

与《歌德在意大利的最后一夜》相反，荷尔德林的《许佩里翁》在格奥尔格的文本中，紧随那著名的对德意志所进行的痛斥之后，在这部三部曲的三个部分的第一部分中，表达了他被那些德意志兄弟所施以的废黜。这些德意志兄弟的粗野、无所建树与自我偏袒，令他将希腊人当作自己真正的故乡来加以寻访。古希腊雕塑，以阿波罗的方式，"用矿石"创造出了堪为楷模的凡人，而古希腊悲剧，则以狄奥尼索斯的方式，用"轮舞与迷醉"创造出了诸神。比之于在荷尔德林的作品中，格奥尔格就古希腊文化所做的概述，在普通诗句之中，对所有富有成果的时期与地方所做的跨越的广度，是远为局促的。在这些时期与地方中，被提及的只是少数的个人——索福克勒斯、伯里克利、亚里士多德以及亚历山大大帝。尔后，这个新的、带有了格奥尔格特色的荷尔德林，便首先显现于第三首诗作中了，确切地说，是显现于充满预感地事先预见到的未来的魔力之中的。由于荷尔德林是从一种与年轻的德意志革命者们无缘的希望之破碎状态中，来进行创作的，他在《面包与酒》及《和平庆典》的创作期中明显地加以了事先构建、却又将之重新收回的东西，在此便归入了一位以全新面目现身的古希腊神祇的救赎幻景之中："不久，那个神会步履轻轻，穿过宝贵的大地，可感可触地走在光辉中"。格奥尔格那时所怀有的将其同胞希腊化的希望，是在作了相当大的改动之后，借荷尔德林之口说出的：那位年迈的疯者的坟墓，变成了"英雄之冢"，那些承认自己是他的后继者的门徒们，则被称作"神圣的后裔"。荷尔

353

德林借许佩里翁与狄奥提玛之口称作"友谊"的东西，被格奥尔格重新命名为了"爱情"。所有这些未来的图画，都是一种对于在第一首《许佩里翁》诗作中的哀叹所做的明确回答。它们对《同盟之星》中的诗句做出了解释：

> 从初次誓约时的沉默，你们已
> 获知谁是那字精句准的预言者
> 对你们业已和将要看到的世界
> 且勿道说那位崇高先人的名姓。

——他还解释了《许佩里翁》的第二十六封信中那已被吸纳于"颂词"中的自我介绍。在这封信中，却只是简短地提到了"被遗忘的人的遗骸"，而对"墓穴和庙宇——他邀请未来的人们戴着桂冠前往朝拜"，则更是未曾提及。使格奥尔格最终让荷尔德林承担了这一角色的，是最早见于颂歌《日尔曼》（Germanien）中的民族潜力。

然而，最为根本的格奥尔格式的特质，却是体现于以下事实之中的：在歌德与荷尔德林之后，三个出生于海边的男童，应该完成一个与歌德及荷尔德林相类似的任务，也即是说，今时今日，怀着诗人那确信在今天的任何时候，一个美好的年轻躯体所发出的仿古之光又能产生影响的信念，在地中海或是北欧的风景之中，来描绘古希腊罗马时期所存在的诸神。通过恩斯特·莫维茨那在此独具权威性的评论，我们了解到，在这三个男童当中，诗人只对其中的一位知之甚深，对于第二位则不甚了解，而对于第三位就根本也不认识了。

之所以说莫维茨的评论在此具有特殊的权威性，是因为他自己曾就由三部分构成的组诗《致大海的孩子们》撰写了一篇"回响"。因此，是他们的外貌，而非他们的谈话，成为了那种代表着这位古希腊神祇的作用的重要原因。这一作用，同歌德及荷尔德林作为整体所一道发挥出的作用一样，描绘出了新的希腊化的宗教的庆典的特征。为了在以后作为一直暗中存在的、与战争年代及接踵而至的战后时期那更为直接的现实相反的世界，勾画出一幅涵盖了具有决定性意义的数百年的远景，这种宗教一直延续到第一次世界大战前夕。

构成这最后一部诗集的第二个三部曲的，是三首更长的、与第一次世界大战直接相关的诗作。在前面的两首诗作中，《同盟之星》中那些最为生硬的诗句也被超越了。对于诗人来说，问题在于，表达出一个断然远离日常事件、用报应之辞说出他对当时的欧洲人所感到的鄙视的视界。这种报应强烈要求，为一种"对生命本身实施谋杀"的生活状况所犯下的重大恶行，而进行赎罪。在此，作为人们最为明晰的堕落形式，"餍足的市民"被献给了毁灭。一位"后生"将继承他的职位，

> ……，他没有伪善的眼睛，
>
> 却有命运之眼，早年的命运之恐吓
>
> 也不曾像蛇发女妖，令他的眼睛石化。

事实上，对于一些在这种新精神中长大的人，日后对自1933 年起在德国所发生的远为巨大的恶行完全置若罔闻的

事实，在此是并未加以隐瞒的。格奥尔格在 1917 年发出的预言——德国对"人类的仇恨与厌恶，或许能再次带来拯救"，或许会令今人不寒而栗。而当我们读到为这种"预告"所提供的以下根据时，我们同样会战栗不止：

> 在那里，被野蛮地分裂的白种人
>
> 他们如花绽放的母亲，首先露出
>
> 她真实的面容……

　　根据莫维茨的说法，确切地说，这一面容是通过温克尔曼在十八世纪的德国身上重新发现了古希腊文化而揭开的，——如此这般，我们还得补充一句：是通过歌德的古典创作与荷尔德林的哀歌及赞歌而揭开的。这些东西是作为确保德国免遭毁灭的保证被呼唤而出的。这种信仰，在那时，支配了许多有教养的德国人，直至三四十年代；并且改变了那几十年间对于歌德与荷尔德林的接受。其后的诗作《动乱时代中的诗人》，表明了这种信仰的延续。在这首诗中，荷尔德林那作于 1799 年、以诗句"哦，各民族神圣的心，哦，祖国！"开头的那首《德国人之歌》被连结了起来。格奥尔格将这句诗提升为以下的表述："有朝一日，／地球之心将拯救这世界"。即将引起时代转变的英雄，应该是从但丁所说的吐出一切温吞之物的新人之中诞生而出的。紧随被他教育成人的新型青年之后，诗人预言，这位英雄将对世界历史的进程产生深远的影响。这样，当并不喜欢这一预言的恩斯特·莫维茨，想用《失火的庙宇》（Brand des Tempels）中的最后那句诗，将这类青年的出现推迟五百年之时，就很令人诧异了。不，1921 发表的这首诗，是受到一类当时已在成长中的新型青年的影响而被创作出的。从所有的方面来看，这类人似乎都是符合格奥尔格关于诚实、严谨、自尊、坚定、节制与优美的新标准的。正如马克西敏在 1904 年应该是从"扭曲而冷酷的人类"、大众时代以及"泥沼的灼热空气"中带来了这一转变，尔后他的"星辰"重新创造出了"这世上一切死灭的词语"一样，那么现在，那些秉承他的精神接受了改造的青年人，便成为了此处所预见的德意志那英雄史诗般的未来的担保人。

诗人按照由他所表述的法则，生活着，创作着："你们今天未能体验的，将永不发生"。他遵从了荷尔德林在《面包与酒》的结尾处所表达的切近的期望：

> 古人的歌谣关于神的子嗣们的预言，看啊！我们就
> 是，我们；赫斯柏利之硕果

现在，在他的有生之年，这一预言应该成为现实了，正如这首诗作所表达出的以及在组诗《祈祷》（Gebete）第一首中所反映出的一样：

> 此时我看见，你的微光悄然
> 洒上千百个高高的额头
> 它们以崇高，赞美你的本质——

正如《法肯斯坦堡》（Burg Falkenstein）这一对于恩斯特·莫维茨对德意志未来所做的带有怀疑论调的解释，进行了驳斥的诗作最后两个诗节也加以了断言的一样：

> 强力的气息挺进　发出纯金属质地的回响 [……]

这股气息"向北"退却，正如最终在《秘密的德国》中所表达的一样：

> 在这些极度的困厄中
>
> 地下的忧思重重
>
> 天上的则仁慈地
>
> 动用他们最后的秘密……
>
> 他们改变材料定律
>
> 在空间里创造新空间……

诗人将他的同胞看得是如此地需要直接分享这种新的生活，以致于他赋予了他们以神秘的特质，从而在先知般的预言中，将其作为了见证这一题材的法则转变与这一空间更新的证人。在此过程中，那精确地以传记性细节为支撑的文本，是无法与那些在此被唤来的真人分离开来的，诸如在看见奥林匹斯众神的幻景时纵身跃入海中的考古学家汉斯·冯·普鲁特、危险的世界主义者与臆想出的罗马血统的重现者阿尔弗雷德·舒勒、马克西敏、沃尔福斯克尔、恩斯特·格罗那、诗人的亲戚萨拉丁·施米特，最后还有贝特荷尔德·瓦伦丁。在其他任何一首诗作中，诗人对于对他那时的传记性语境进行神秘的、使之富于意义的提升所怀有的无法抑制的渴望，都没有像这样的急迫，而对于我们这些曾学习过衡量这些在此被作法唤来的人，在人性以及精神等级方面的差别的后辈来说，它也因此都没有像这样的难以置身于其中去加以领会。现在，那些格奥尔格在其间尚处于全盛创作状态的岁月，已走向了尽头。他那从所期待的、所预示出的新的种子之中看到真切的果实的要求，也因此而变得越来越不容拒绝。而与此同时，那些更为小心翼翼的、以神秘莫测的方式进行着婉转表述的诗句，却越来越多。这些诗句甚至在那首刚被谈论过的诗作《秘密的德国》的结尾处，就已经将这一即将来临的现实，再次进行了遏制：

> 惟有处于保护性休眠
> 尚无摸索者觉察到的
> 在神圣大地之最深层
> 安歇已久的东西——
> 今天不能解释的奇迹
> 才会成为来日的命运。

这令人想起荷尔德林那首令格奥尔格在所有的颂歌中最为推崇的《日尔曼》。诗中写道：

> 并说出，你看见的，
> 再也不允许有秘密

被遮蔽很久之后，

一直得不到言说；

继而写道：

......

在更多余之处，因为喧嚣的泉源

就是黄金，而天空的愤怒变得严肃，

在昼与夜之间

必有一个真相呈现一次

紧随其后的是：

你将它进行三重改写，

可它定然依旧，如其所是

作为纯洁无辜者，未被言说地持存着。

这一对于通过内心直觉觉察到的、可对之加以预告的新现实进行必要保护的意识，在《同盟之星》中就已贯穿始终了。尔后，它又贯穿了《新帝国》中的重要诗作。确切地说，正是在被预言的未来能够被倾力融入当下的现在的地方，这一贯穿达到了最为强势的状态。即便是《主与罗马首领的谈话》（Gespräch des Herrn mit dem römischen Hauptmann）一诗，也是围绕着开启与保护对于这一新生活的隐秘了解来进行的。

这种急迫的回忆与防卫性的自闭之间的共时性，在《新帝国》结尾处的后期歌谣中，发生了一种完全不同的变化。这种变化证明了，那与关于新神祇及新凡人的独特学说之间的距离，是远为巨大的。虽然在那首著名的、由伽达默尔多次进行过诠释的歌谣《倾听大地沉闷的语声》当中是这样说的："你有了一张俏丽的新脸"，但接下来却是：

> 可时间变老，已无人活着
> 那还能看见这脸的人
> 是否会来，你不知晓。

与此相应的是，命运女神 在《词语》（Das Wort）一诗中对于这位在语言方面颇具创造性的诗人的拒绝：

> 我又踏上愉快的旅途
> 带去一粒柔美的珍珠
>
> 搜寻良久她给我答复：
> "无物睡在这幽深底部"
>
> 它即刻从我手里遁逃
> 我国亦再未获此珍宝……
>
> 我学会放弃缘于悲哀：
> 词语缺失处无物存在。

年近七十的海德格尔在这首诗中与其自我的相遇，绝非巧合。在荷尔德林像《日尔曼尼亚志》一样的赞歌陪伴下，即便是他，也在晚得多的时候，取回了搁置了好几十年的具有预言性质的期望，并在随后的 1959 年在选自《希腊》（Griechenland）一诗的诗句中，证实了他就荷尔德林所做的最后阐：

> 犹如婚礼上的
>
> 轮舞，
>
> 微末的事物也能有
>
> 伟大的开端。

　　在此过程中，他将希腊与"伟大的开端"等量齐观，将这一"西方国家"与"微末的"相提并论。对于面向我们自己时代的这个弃绝性转折，晚年的格奥尔格在其最后一部诗集末尾，给予了——在他身后才得以发挥作用的——支持。这个迟到的声音，在今天比任何时候都更加值得我们侧耳倾听。

格奥尔格对词语的诗性体验[①]

［德］F. W. 赫尔曼著　何晓玲译

　　我们就语言本质进行的"思性探询"（denkendes Fragen）的阐释学基本特征的意识之中，阐释学的主导思想因

---

　　① ［译按］本文节选自 Friedrich-Wilhelm von Herrmann，《细微，但却鲜明的差异：海德格尔与格奥尔格》（Die zarte，aber helle Differenz：Heiddegger und Stefan George），Frankfurt ∕Main 1999。

为这一探询的缘故而被找了出来：语言的本质——本质的语言。海德格尔将这一主导思想理解为对被找寻到的"思性体验"（denkende Erfahrung）的积极回应。由此出发，意味着这一主导思想是"踏入一片我们在其中随时均有可能对语言进行思性体验的区域第一步的尝试"。在这一区域里，探询的"运思"（Denken）偶遇了与"作诗"（Dichten）活动的相通性。在此所指的，不再仅仅是施特凡·格奥尔格的作诗活动；因为，作诗活动本身的完成，时时都来自一种对语言的体验。即便是"诗性体验"（dichterische Erfahrung）的本质，也存在于那一探询的运思所出现的区域。每一次的诗性体验所体验到的与诗化出的东西，或许也会从这种正在发生着的抛向当中，从诗人那倾听性的理解，以他诗性构想的方式对之作答的区域对应之中，一跃而出地与诗人相遇。这一诗性构想，就如同那种思想家的构想一样，是一种从这正在发生着的抛向（对应）当中得以完成的构想。

阐释学主导思想的获得，是运思迈入那片使对语言进行思性体验随时成为可能的区域的第一步。为使自身继续进入这片区域，这一探询的运思再次转向了施特凡·格奥尔格的诗性体验。格奥尔格在《词语》一诗和《歌谣》的其余诗中所作的诗性言说，被海德格尔描述为"一种等同于离去的前往"。作为"离去"（Weggehen），这一"前往"（Gehen）所离开的，是诗人早先在其中自视为立法者与预言者诗性的自我认识。然而，只有当这种离去是一种以诗性词语的秘密为目标的、有经验的前往之时，诗人才可能离开那进行立法与预言的作诗活动。当这种新近体验到的诗性词语，使那些诗性之物能够存在并在存在之中保有它们之时，这种诗性词语是神秘莫测的。

组诗《歌谣》是以我们上文已顺便提到过的格言拉开序幕的：

> 我仍思虑我仍安排
> 我仍爱的，都有相同的特征

在此跟随于被说了三次的"仍"（noch）之后的行为，对诗人将来的作诗活动进行了指称（nennen）。之所以说这一作诗活动是发生在将来的，是以对于诗性词语已有过的体验为根据的。从对于诗性语言已有过的体验中出发，这"思虑"、"安排"及"爱"完成了自身，并因此而具有了"相同特征"。这一格言令我们知道了，这些在该诗集中合为一体的诗作，是从相同的体验之中创作出来的，尔后，它们具有了相同的特征。在对诗性词语进行了体验之后，诗人"仍"在思考、实施和爱恋过的东西，具有了相同的特征。

在现在开始的探询的运思同格奥尔格的作诗活动所进行的第二次阐释性对话中，思性阐释完成了我们在第一次的阐释性对话里面就已指出了的那一步。在这一步里，产生了格奥尔格用"珍宝"（Kleinod）一词所指之物①的第二种解释。

在第一种解释中，珍宝代表着一种特别的、尚待诗化出

---

① 1957年底，海德格尔在弗莱堡大学作了题为《语言的本质》的演讲，1958年5月做了题为《思与诗：论格奥尔格的〈词语〉》的演讲。对"珍宝"的第二种解释就始于该演讲。

的东西，一种诗人向远古的命运女神为其索要进行指称的名称的东西。在命运女神对给予这一用于指称的词语的拒绝当中，诗人获得了对于诗性词语至关重要的体验：诗性词语不仅仅是被用于赋予诗性的想象之物以艺术的语言表达的，就那些诗性之物而言，它将存在赋予了它们。这样，诗性之物从这一词语的本质出发，才成了它们所成为的东西，才得以以它们所显现的方式显现出来。根据《词语》这一演讲所言，诗人的放弃是甚合"词语那更高的支配作用"之意的。而根据这种存在来看，词语"才让物成其为物"。这样的"让其存在"是一种决定："词语将这一物决定为物"。然而，这种发生于语言的本质中的决定，并非是作为"任何存在之物的存在原因"的条件，相反，它是"决定"（Bedingnis）这一行为本身。这一取自于那更为古老的语言的词语，在此对词语性的语言的赋予存在的支配作用进行了指称。

现在开始的第二种解释，将这一珍宝解释为那种已被体验到的诗性语言，因其能够赋予存在而显得神秘莫测的本质。当诗人为这一珍宝索要对它进行指称的词语时，他所追求的是一种应将其作为珍宝被体验到的神秘莫测的本质，以诗意的方式表达出来的诗性语言。根据第二种解释，诗人之所以找寻这种诗性语言，并非是为了这种或那种尚待诗化出的东西，而是为了那种神秘莫测的、尚待对之进行诗化、尚待对其进行诗性指称的词语本质。然而，对于诗人来说，这一至关重要的词语却是被拒绝给予的。

然而，这一阐释性命题——即：格奥尔格以"珍宝"所指的，并非仅仅是一种尚待诗化出的东西，而是除此之外还有，并且是首先还有的词语本身那神秘莫测的本质——又如何才能立足呢？海德格尔转向组诗中的其他诗作，赢得了为此所需的依据。珍宝本身，便是从其意义出发提请人们留意组诗中的其他诗作的东西。因为，一件珍宝是一件被准备给予一位客人的小礼物，是一种待客的礼物。说得再远一些，一件作为礼物的珍宝，表明了不同寻常的恩宠。这一珍宝是借此处于客人与恩宠的意义关联之中的。如果我们将组诗中的诗作通读一遍，并留意珍宝、客人与恩宠之间的意义关联的话，我们就会突然看到一首描写这位客人的诗作，但对这位客人的描写却是在与《词语》一诗相近的意义中来进行的。按照顺序来看，它是第五首，题目是《海之歌》，由六段四行为一段的诗节所构成。

> 当那个彤红的火球
> 缓缓地沉下海平面：
> 我歇在沙丘不知有无
> 一位可爱的客人出现。
> 此时家中一派荒凉，
> 咸的泡沫里鲜花萎谢。
> 陌生妇人最后的屋舍
> 不再有人进去停歇。
>
> 眼神清澈，四肢明亮
> 这时有孩子金发满头
> 一路走来边跳边唱

直至消失于大船背后。

看见他来，又目送他去
虽然他对我不声不语
我也不知何言以对：
短暂一瞥却令我快慰

我屋顶密实，炉灶稳妥，
可是里面毫无欢乐
破损的网结虽已补缮
厨房和居室也都井然。

于是我坐下候在海滩
托着脑袋陷入沉思：
我这一天有何意义
倘若没有那金发孩提？

这首诗与《词语》一诗之间的相通性是极为明显的。第一诗节对以渔夫形象出现的诗人进行了描写。在夜晚时分的沙丘上，这位渔夫翘首盼望着一位"可爱的客人"的来临。

第二诗节告诉我们的是，诗人家中是何等模样。他走出那里，为去到那应如约而至的客人的近旁，而走向沙丘。由于诗人的家远离客人在沙丘上的可能的到达之处，因而，在那里有的只是一派荒凉。鲜花在萎谢，"最后的屋里"的"妇人"也是陌生的。这样，再也没有人在她那里"落脚"。

第三诗节对那盼来了的时刻进行了描写。在这一时刻中，那位客人现身了——这是一位以一位有着一头金发的孩子的形象现身的客人。第三诗节用这位客人、这个孩子告诉我们，他跳着舞，唱着歌，最终，再次消失于大船背后。跳舞与歌唱，是那种作为歌咏性诗作的歌谣必不可少的部分。这样，与语言及词语的关联，首次在突然之间变得清晰夺目起来。

第四诗节对诗人与他的客人——即这个孩子——之间的关系，以及这位客人与诗人之间的关系，进行了描写。当以渔夫形象出现的诗人在沙丘上等待着客人的来临之时，他"眼见"着后者的"来"。而当客人再次消失，离诗人而去的时候，诗人又"目送"他"去"。对于客人的来临，诗人事先便进行了预想；而对于客人的再次抽身而退，诗人则在事后进行了深思。诗人将他那位现身之后又抽身而退的客人，作为了决定自己行动的准绳。这便是他与客人的关系。

然而，第四诗节借客人还告诉了我们，他自己同诗人从未交谈过。而在诗人这方面来说，诗人在他的这位客人面前也"从不知何以作答"。能对这位从其自身而言从未与诗人交谈过的客人作答的词语，便这样远离了诗人。然而，客人那"短暂的目光"却给予了诗人以"快乐"。他注视诗人的目光是"短暂"的，因为，为了再次旋即抽身而退，客人只是现身了片刻而已。然而，对于在诗意的画面中所展现给诗人以及远离了诗人的东西，诗人却没有对之进行指称的词语。

与第二诗节相类似，第五诗节描写了在这所独特的屋子里欢乐的缺失，也即是说，在远离客人在沙丘上的可能的到达之处的地方欢乐的缺失。尽管他的炉灶安稳，他的屋顶密实；尽管作为渔夫的他补全了所有的网，收拾了厨房和卧室，然而在那里面，却毫无欢乐可言。只有在盼来的客人向他现身的地方，欢乐才上升为主宰诗人的情绪。

第六与最后一段诗节将这一点表现得真切可见、清晰可闻：没有客人在沙丘上的来临，诗人的这一天是不完整的。诗人在海滩上等待着，如果这位被翘首期盼的客人并未向他现身的话，那么，他作为诗人所拥有的一天，是空虚无物和毫无意义的；即便是有这一仅仅是片刻之间的现身，一切也是依然如此。

《海之歌》这一描写了诗人的这位客人的诗作，对这位客人进行了指称，但却又没有对他进行指称。正如《海之歌》一诗中的客人一样，《词语》一诗中的珍宝也是一直处于一种未被指称的状态的。两首诗作互相阐明了对方。即便是在《海之歌》一诗中，格奥尔格也对诗人与既被赋予给了他却又远离了他的诗性语言关系加以了描写。只有当他通过客人的到达、通过诗性词语的被赋予而有所获赠之时，诗人的日子才是完满的。尽管这位客人在现身之时又唱又跳，但他却不曾和诗人交谈过。他不曾和诗人交谈，这样，诗人也就不能回答他，也就不知道在自己对这位现身的客人，也即是说，对被赋予给了诗人自己的诗性语言，进行的回答中所应该使用的诗性词语了。这一在客人到达的图像中被赋予诗人的诗性词语，未曾向他言说，这样，诗人也就不能将这一被赋予给了他的诗性词语，在其神秘莫测的本质中，以特有的诗性方式付诸词语了。诗人所能做的，就局限在对放弃描绘这一神秘莫测的词语本质的词语所进行的诗性指称上了。《海之歌》这首诗，以对将这一诗性词语赋予给了诗人的事实进行描写的方式，对这位客人进行了指称。然而，这一诗作却又同时让这位客人处于了未被指称的状态。因为，诗人是不能以一种不同寻常的诗性词语，来明确地对语言的这一神秘莫测的本质进行指称的。

《海之歌》一诗对客人所做的描写，是以诗性指称与不进行指称这两种方式来加以完成的。然而，这位客人即是诗性语言的诗性图像。这一诗性语言将自己赋予给了诗人。诗人等待着这一语言，就如等待着一位客人一般；而诗人能够对它进行把握的程度，就如同我们能对一位客人的到来进行控制的程度一样，是小之又小的。虽然当诗性语言将自己赋予给了诗人之时，诗人便能够进行作诗活动，然而，他在作诗活动中，对于对这位客人本身进行指称、对那神秘莫测、不可把握的语言本质进行指称，却是无能为力的。用以进行这一诗性指称的，不论是这位客人也好，还是诗性词语也罢，都是远离于他的。

出自同一组诗的另一首诗，十二首诗当中的最后一首，是一首无题诗。它描写了能被赋予给诗人的最高的恩宠。然而，它却是以此种方式来对这一恩宠进行描写的：这一恩宠在诗中虽"被言说出来"，但却没有也"被指称出来"。这首诗共四节，每节四行：

你顾长纯洁如一束火焰

你像清晨般柔和而明丽
你是从宝树绽放的嫩枝
你如一泓清泉质朴幽秘

你在艳阳的坐席上陪我
你以傍晚的烟霭萦绕我
你将阴影里的道路照彻
你是清风而你气息炽热

你正是我的愿望和思想
我从每一缕空气呼吸你
我从每一杯水中啜饮你
我从每一抹芳香亲吻你

你是从宝树绽放的嫩枝
你如一泓清泉质朴幽秘
你颀长纯洁如一束火焰
你像清晨般柔和而明丽。

第一诗节是一种对于被赋予给了诗人的恩宠的赞颂，这是存在于其神秘莫测的本质中诗性词语的恩宠。诗人将这一恩宠赞颂为纤柔而纯洁的火焰、温蔼和明亮的清晨、绽放的新枝以及幽秘而质朴的清泉。

第二诗节对这一恩宠与诗人的关联进行了描写。这一赋予了诗性词语的恩宠，在艳阳的坐席上陪伴着诗人。在傍晚的烟霭中，它环顾着诗人。这一诗性词语的被赋予，照亮了诗人阴影里的道路。对他来说，它是清风，它是给予生命的微飔。

与此相对，第三诗节对于诗人与朝他而来的恩宠的关系进行了描写。诗人渴盼着这一恩宠，渴盼着这一真正的诗性语言的被赋予。他想着它，呼吸着它，啜饮着它，亲吻着它。

第四诗节是第一诗节的一种变体。第一诗节中的第三和第四行是第四诗节中的第一和第二行，而第一诗节中的第一和第二行，在第四诗节中变成了第三和第四行。第四诗节像第一诗节一样，对被赋予给了诗人的恩宠进行了赞颂。这一恩宠是被赋予给了他的诗性语言，这一语言将这一恩宠，在新枝、清泉、火焰与清晨的图像之中，来加以赞颂。

在这首由四段诗节所构成的诗作中，这一被体验到的、被赋予了的诗性词语的恩宠，被言说了出来。然而，这一恩宠却不能在某一诗性词语当中以如下的方式被指称出来，也即是说，在这种词语性的指称当中，能够特意谈到这一诗性词语的本质以及它的来源。

即便是在此处，诗人也必须放弃为这一在其神秘莫测的本质之中，已被诗性地体验到的语言找到一个诗性词语的尝试。在这首诗中产生于恩宠里的一切，在《海之歌》与《词语》中则是分别发生于客人与珍宝之中的。这一在其已被体验着存在并由此而显得神秘莫测的本质之中的词语，每次都被以诗性的方式言说了出来，但却并未同时也被指称了出来。

这样的一种不指称显得就如缄默一般。然而，严格地来说，在格奥尔格那里，这关乎的可并不是一种缄默。因为，为了能够对某种东西缄口不言，格奥尔格必须知晓那一被用于那种已被体验到的神秘莫测词语本质的词语。缄默是一种同一种知晓以及其已知之物的特殊的关系。只有对于那种为我所知而且也能够用词语来加以指称的东西，我才可能因为这种用词语进行的指称远离我而缄口不言。

然而，为诗人格奥尔格所缄口不言的，并非是那些被用于诗性语言那已被体验到的神秘莫测本质的诗性名称。因此，他之所以对它们缄口不言，并非是因为他不知晓它们。但他却靠近了诗性语言那已被体验到的神秘莫测的本质。当他在珍宝、客人以及恩宠这些诗性的图像之中，言说出已被体验到的词语本质的时候，他正在向这一本质靠近。然而，言说出却并非就已是一种指称，在这样一个让人能够对这种神秘莫测的词语本质进行短暂诗性观察的词语之中，是没有指称可言的。由于诗人恰恰未能得以进行这种直达本质的观察，由于他想用于这样一种诗性指称的那一神秘莫测的词语本质屡屡离他而去，对于被用于语言那神秘莫测的本质的诗性名称，他是并不知晓的。

组诗《歌谣》中的第四首诗也指出了现在所诠释的这一意义的内在关联。这首诗，同样也是一首无题诗，它是由三段三行为一段的诗节所构成的：

倾听沉闷的大地言说：
你自由宛若游鱼或飞鸟

你身系何处，你不知晓。

或许有迟到的嘴发现：
你正一同坐在我们桌前
也以我们的钱财为生。

你有了一张俏丽的新脸
可时间变老，今天无人活着
那还能看见这脸的人
是否会来，你并不知道。

将全诗合盘托起的，是这一句：

你身系何处，你不知晓。

正如空气的要素使鸟儿的飞翔成为可能、海水的要素使鱼儿的遨游成为可能一样，诗性语言的要素使诗人成为可能。然而，诗人却并不知道，当他用这一具有其自身的神秘莫测的本质的词语进行作诗活动的时候，他的作诗活动所赖以进行的是什么。只有当他或许能够再次将这一神秘莫测的词语本质自身带入诗性词语当中之时，他才会知道这一点。在这样的一种情况之下，作为诗人的他，或许会向诗性语言的那种虽然已被体验到了的奥秘走得更近。相反，在这首诗中，两次谈到了一种"不知"的状态。海德格尔从这句诗中所说出的是：它"如通奏低音一般"，响彻"在组诗的所有歌谣之中"。

诗人所不知道的是：被用于词语的这一神秘莫测的本质的诗性词语，或许会被后来的某个人所发现。这个人或许会从他的发现同他那广博的体验之中，来向诗人诉说。他一同坐在我们桌前，也以我们的钱财为生。因此，诗人知道，在他面前出现了一张美丽的新脸，出现了语言那神秘莫测的存在的面容，但他却不能对之进行更为深刻的解释。他还知道，如今无人活着；他不知道，这个还能够看见他的面容的人，是否会来。确切地说，这个人发现了那仍为他自己所不明了的东西，而词语却并不会就此失去它那神秘莫测和不可把握的特质。对于这一格奥尔格式的根本体验，伽达默尔写道："如果人们想要将这一体验，作为一种根本的人类体验，来认识清楚的话，那么，他们将必须回到完全以意识与自我意识为基础的新时代哲学以及形而上学的语言的后面去"。

在这四首诗中，格奥尔格将他对于诗性词语的体验作为主题来加以了描写。综观它们，我们可以说：格奥尔格对于词语的体验"步入了漆黑不可知的境地，在此过程中，（作为体验）它自身仍然一直是模糊不清的"。这种漆黑不可知所关乎的，是处其赋予存在的本质之中的词语：词语将被进行诗化的东西带入了存在，在其中保有它们，并将它们扣留于自身之中。这种漆黑不可知所关乎的，是词语与"是"以及"那些被进行诗化的东西"之间的关联。尽管这一关联被格奥尔格用珍宝、客人以及恩宠这些词语给言说了出来，然而，诗人却并不知晓那个能专门对词语与尚待诗化的东西的存在之间的关联进行指称的词语。对于诗人来说，在这一关联之上，笼罩着一片他无法照亮的漆黑不可知。只要对于语言的诗性体验步入了这片漆黑不可知之中，而作为体验来说的它是处于一定程度的隐秘之中的，它自身就仍然一直是模糊不清的。

然而，格奥尔格对于语言的诗性体验对之进行了解释的思考，却必须让这一体验保持其原状，即：步入这片漆黑不可知，并保持自身模糊不清的面目。在阐释学的对话中转向了诗性体验的思考，必须让这一体验在其自身之中不受打搅。

然而，在运思对诗性体验进行解释时所做的运思当中，诗性体验已经一直处于了运思的附近与近旁。诗性体验的这一思性探究表明了，诗性体验是处于对于语言本质所进行的运思的附近的，并且就此而言也是必须被运思加以考虑的。格奥尔格的濒临被思考之境的诗性体验，首先说明了，作为运思的这一思考，将转向那片格奥尔格的诗性体验已步入了其中的漆黑不可知。

在这一运思着转向已被诗性地体验到的漆黑不可知的意图中，运思摆脱了以下的狂妄之想：作为思性体验，能够轻而易举地从诗性体验之中照亮那一漆黑不可知，并揭开那层蒙面的面纱。在此，运思必须一直铭记它那阐释性的自我理解。面对这一诗性体验已在创作之时步入了其中的漆黑不可知，对于运思而言，重要的只会是：它是否能为了能以阐释学构想的方式在探询与运思当中去将那被这样理解了的东西展露出来，而从已被诗性地体验到的漆黑不可知之中，倾听着去理解那被允诺给它并向它展示着自身的语言的本质；如果能的话，又是以何种方式。

为了一种思性体验的可能性而对与诗性体验的相通性所做的探访，并非像人们可能认为的一样，是一种权宜之计，它并非是一条出路，一个替代品，或是一条弯路。对对于语言所做的一种诗性体验所进行的探访，是发生于运思的这一推测之中的：作诗与运思是彼此相通的。通过运思对诗性体验所做的探访，是从以下推测之中发生的：只有对运思与创作的相通性加以考虑和仔细考虑，才能从语言本质的允诺中体验到语言的本质，语言的本质也才能在探询之中被想到。

这样，对作诗与运思的相近性的不加考虑，可能成为以下事实的原因：在迄今为止的对语言本质的决定史中，语言的这一本质还从未从其本质的允诺中来被思考过。作诗与运思是彼此相通的、并且是在该相通性中彼此转向对方的这一推测，是符合阐释学主导思想中的那种要求的：语言的本质——：本质的语言。语言本质的允诺只能在与作诗活动的相通性的内部来被思考的这一推测，是符合这一主导思想中的这一要求的。

那么，这是在何种程度之上的呢？是在对词语的诗性体验指明了语言那证实着自身的本质去进行一种思性体验的可能性，而这一诗性体验自身作为诗性体验并不能获得这种思性体验的时候。格奥尔格的诗性体验，在其以解释的方式步入了漆黑不可知之时，向运思指明了一种对于语言的本质进行体验的可能性。这种已被诗性地体验到的漆黑不可知，并非是一种只等着被加以清除的东西。因为，作为这样的一种漆黑不可知，它蕴藏着语言的本质及其可被体验的众多可能性。这种超越于处在其赋予存在的本质之中的诗性词语之上而存在的、已被诗性地体验到的漆黑不可知，可以证明自己是那一片运思将从中去体验语言那证实着自身的本质的领域。

附录 2　格奥尔格年表

1868 年　7 月 12 日生于德国宾根附近的布德斯海姆

1873 年　随父母迁居宾根

1882 年　在达姆施塔特上文理中学

1887 年　创办校园刊物《玫瑰与飞廉》

1888 年　中学毕业，到伦敦和瑞士

1889 年　到都灵、米兰和巴黎，回国后开始在柏林上大学

1890 年　出版诗集《颂歌》

1891 年　翻译出版波德莱尔的《恶之花》

1891 年　出版诗集《朝圣》

1891 年　与霍夫曼斯塔尔在维也纳相遇

1892 年　出版诗集《阿迦巴尔》

1892 年　创办《艺术之页》（1892—1919）

1893 年　在慕尼黑与克拉格斯、沃尔夫斯凯、舒勒等人相处

1894 年　爱上伊达·科布伦茨

1895 年　出版诗集《牧歌和赞美诗，传说和歌谣，空中花园》

1895 年　结识荷兰诗人费尔维

1896 年　与伊达·科布伦茨绝交

1897 年　出版诗集《心灵之年》

1898 年　在罗马结识出版商邦迪

1899 年　出版诗集《生命之毯和梦与死之歌》

1901 年　出版早年作品集《学步》

1900 年　主编三卷本《德国诗选》（1900—1902）

1902 年　在慕尼黑与马克西米连·科伦贝格相遇

1903 年　出版散文集《日子和作为》

1904 年　科伦贝格病逝

1906 年　与霍夫曼斯塔尔断交，出版诗集《纪念马克西敏》

1907 年　出版诗集《第七个环》

1908 年　最后一次到巴黎

1909 年　翻译出版莎士比亚的《十四行诗集》

1912 年　翻译出版但丁的《神曲》

1914 年　出版诗集《同盟之星》

1915 年　出现肾病征兆

1917 年　发表长诗《战争》

1927 年《格奥尔格全集》开始出版（1927—1934）

1928 年　出版诗集《新帝国》（纳入全集序列）

1933 年　12 月 4 日，病逝于瑞士诺迦洛附近的米努西。

附录 3　格奥尔格像和手迹

青年格奥尔格

老年格奥尔格

格奥尔格和马克西敏 [1904年，慕尼黑化妆聚会：
马克西敏饰圣童（左1），格奥尔格饰但丁（左2），
沃尔夫斯凯饰荷马（右2）]

格奥尔格和朋友们 [1919年，海德堡：
格奥尔格（左坐者）]

DIE MASKE

Hell wogt der saal vom spiel der seidnen puppen.
Doch eine barg ihr fieber unterm mehle
Und sah umwirbelt von den tollen gruppen
Dass nicht mehr viel am aschermittwoch fehle..

Sie schleicht hinaus zum öden park. zum flachen
Gestade· winkt noch rasch dem mumenschanze
Und beugt sich fröstelnd übers eis· ein krachen
Dann stumme kälte · fern der ruf zum tanze!

Keins von den artigen rittern oder damen
Ward sie gewahr bedeckt von tang und kiesen.
Doch als im frühjahr sie zum garten kamen
Erhob sich oft vom teich ein dumpfes rieseln.

Die leichte schar aus scherzendem jahrhundert
Vernahm wol dass es drunten seltsam raune.
Nur hat sie sich nicht sehr darob gewundert.
Sie hielt es einfach für der wellen laune.

格奥尔格手迹

修订说明

光阴荏苒，转瞬之间，距离当初走近格奥尔格，已过去了近20年。当此再版之际，译者对卷首的拙文"格奥尔格引论"做了一些增补，订正了诗歌包括附录中存在的一些错漏和欠妥者，同时也补充了一些此前被忽略的作品，并对脚注有所增删。

书名由原来的"词语破碎之处"改为"词语缺失处无物存在"。译者此前袭用了既有的译法。被广为征引的诗句 Kein ding sei wo das wort gebricht 中的 gebricht 一词原形是 gebrechen，它起初虽有 zerbrechen（破碎）之意，然而后来用作书面雅言，其含义多为 fehlen, mangeln 亦即"缺乏，匮乏"。人类对事物的认识始于对事物的命名和指称，而这都要凭借"词语"。凡是人类尚未命名的事物，对于人类的意识而言几乎就是不存在的，但凡获得命名的，即使是不可见的事物或抽象概念，那也是人能意识到的一种存在，例如神灵或电磁波之类无形者，可见"词语缺失处"，对人的认知而言，的确"无物存在"，而若仅仅是"词语破碎"，则未必"无物存在"。

感谢倪为国先生多年来的关切和理解，感谢诗人古冈先生对译稿的精心编辑和匡正。译事繁难，不敢奢求完美，虽曰修订，然恐诸多舛误和疏漏仍未尽除。译者肯请读者和专家指正并为此预致衷心谢意!

译者

2022 年 1 月 6 日，成都犀浦

图书在版编目（CIP）数据

格奥尔格诗选/（德）施特凡·格奥尔格著；
莫光华译.--上海：华东师范大学出版社，2023
ISBN 978-7-5760-4119-4

Ⅰ.①格… Ⅱ.①施… ②莫… Ⅲ.①诗集—
德国—现代 Ⅳ.①I516.25

中国国家版本馆 CIP 数据核字（2023）第 157098 号

华东师范大学出版社六点分社

企划人 倪为国

格奥尔格诗选

著　　者　[德]施特凡·格奥尔格
译　　者　莫光华
责任编辑　朱妙津　古　冈
责任校对　彭文曼
封面设计　夏艺堂

出版发行　华东师范大学出版社
社　　址　上海市中山北路 3663 号　邮编　200062
网　　址　www.ecnupress.com.cn
电　　话　021－60821666　行政传真　021－62572105
客服电话　021－62865537　门市（邮购）电话　021－62869887
地　　址　上海市中山北路 3663 号华东师范大学校内先锋路口
网　　店　http://hdsdcbs.tmall.com

印　刷　者　上海盛隆印务有限公司
开　　本　890×1240　1/32
插　　页　1
印　　张　14
版　　次　2023 年 11 月第 1 版
印　　次　2023 年 11 月第 1 次
书　　号　ISBN 978-7-5760-4119-4
定　　价　88.00 元

出版人　王　焰